J.R. Kron • Der Traum der Jägerin

Liebe Leser,

ich hoffe, ich kann Ihnen mit meiner Geschichte eine Freude machen. Falls Sie Gefallen an meiner Arbeit gefunden haben, besuchen Sie mich doch auf www.jrkron.de oder auf Facebook (www.facebook.de/jrkron). Zeigen Sie mir mit einem ‚Gefällt mir', ob Sie es mögen.

Auch eine aufrichtige Rezension bei Ihrem Online-Buchhändler, E-Book-Shop oder Blog würde mich freuen und es mir ermöglichen, den Geschmack meiner Leser besser kennenzulernen.

Viel Spaß beim Lesen,

J.R. Kron

J.R. Kron

Der Traum der Jägerin

Obsi'tia - Das zweite Zeitalter

- Band 1 -

Roman

Impressum

Der Traum der Jägerin
Copyright © 2012 J.R. Kron
Alle Rechte verbleiben beim Autor.

Homepage: www.jrkron.de
Facebook: www.facebook.com/jrkron
Twitter: @JRKron
Mail: mail@jrkron.de

Lektorat: Lektorat Text-Theke
Sandra Schmidt
www.text-theke.com

Titelbild und Illustrationen: Bild Copyright Patrik Soeder, 2012
www.huatiak.de

Tabletop »Obsidian - Das dritte Zeitalter«: Copyright Till Haunschild, Patrick Soeder

Alle in dieser Geschichte vorkommenden Personen, Schauplätze, Ereignisse und Handlungen sind frei erfunden. Etwaige Ähnlichkeiten mit lebenden Personen oder Ereignissen sind rein zufällig.
Hinweis: Facebook ist eine eingetragene Marke von Facebook, Inc.

ISBN: 1481024272
ISBN-13: 978-1481024273

1. Auflage 2012

Herausgeber: Jürgen Reichardt-Kron, Amselweg 7, 61469 Glashütten

Für meine Olya.

»Danke für deine Geduld und dein Verständnis. Und dafür, dass du mir, ohne zu klagen, die Zeit gelassen hast, die ich zum Schreiben brauchte.«

Mein Dank gilt Till Haunschild und Patrick Soeder für die wundervolle Welt, die sie mit ihrem Obsidian-Tabletop erschaffen haben. Ich fühle mich geehrt, dass ich meine Interpretation dieser Welt zu Papier bringen durfte. Auch danke ich Patrick im Speziellen für seine künstlerische Unterstützung. Seine Skizzen und Bilder aus Obsi'tia haben mich sehr inspiriert.

Ebenso danke ich meinen Testlesern, besonders Melanie, und meiner Lektorin Sandra, dass sie mir geholfen haben, der Geschichte Leben einzuhauchen.

»Du bist der Tod, kleine Träumerin.
Du bist die Zerstörerin.«

Der Traum der Jägerin

Prolog

»Es hat begonnen.«

Die Worte, fast nur ein Flüstern, ließen Ardon erschauern. Etwas Tödliches berührte seine Seele und presste sie unerbittlich zusammen. Er atmete tief ein, schüttelte die Beklemmung ab und trat an die Seite seines Meisters. Trotz der Wärme des lauen Sommerabends, die durch die Fenster des Turmzimmers drang, fröstelte es ihn.

Vor den Augen der beiden Menschen erstreckten sich die Ausläufer des Barkan Gebirges tief in die grüne Finsternis des Hallach Waldes hinein. Schatten krochen zwischen den großen Bäumen des Waldes hervor, zuckten vor dem Licht zurück und verbargen sich wieder unter den uralten Bäumen. Mit einem flauen Gefühl im Magen betrachtete Ardon die Reiter, die der schlängelnden Linie des Pfades zwischen dem Sumpf und dem Forst folgten. Er konnte den Mann, welcher der gemischten Truppe voran ritt, kaum noch erkennen, aber seine Erinnerung an ihr letztes Treffen war noch frisch. Das schattenhafte Lächeln, das immer wieder in den ansonsten reglosen Zügen des Elfen aufblitzte, würde er genauso wenig vergessen wie dessen silbrig graue Augen. Sie waren wie ein Spiegel, in dem man seinen eigenen Tod sehen konnte.

Nun zügelten die Männer ihre Pferde, berieten sich kurz und folgten dann der alten Ork-Straße, die sie in einem weiten Bogen durch den Hallach nach Süden bringen würde. Wenige Minuten später zeugten nur noch gelegentlich Vogelschwärme, die aufgeregt das Blätterdach des Waldes durchbrachen, von der Route, der die Männer folgten.

»Wir hätten ihm nicht vertrauen sollen.« Ardon blickte bei diesen Worten weiterhin auf das sich vor ihm erstreckende Meer aus Bäumen. »Ich habe seinesgleichen noch nie leiden können.«

»Du verwunderst mich.« In Laszans Stimme schwang Belustigung mit. Der Priester legte seine Hand auf Ardons Schulter und drückte sie sanft. Fahle Haut, mit gelblichen Flecken übersät, spannte sich pergamentartig über die Knochen seiner Finger. Unter seiner schmucklosen, grauen Robe zeichnete sich sein ausgemergelter Körper ab. Mit seinen sechs Fuß war er hochgewachsen. Die Kapuze des Umhangs hatte er so weit vorgezogen, dass sein Gesicht vollkommen im Schatten verborgen lag. Fast schien es, als scheue der alte Priester das Licht des Tages. »Ich hätte dich nicht für einen Rassisten gehalten.«

»Das meine ich nicht«, sagte Ardon und war einen Moment selbst nicht sicher, ob das stimmte. »Es ist mir egal, ob er ein Elf ist oder was auch immer. Es ist seine Zunft, die mich abstößt. Wie kann man einem Mann trauen, der in dem Leben Anderer nur etwas sieht, das man in Münzen aufwiegen kann. Er macht mir Angst.«

»Solange es unsere Münzen sind, sollte dich das nicht beunruhigen.« Die Belustigung war aus Laszans Stimme verschwunden, als er fortfuhr: »Aber du irrst dich, was Vehstrihns Motivation anbetrifft. Und das, mein lieber Ardon, sollte dir wirklich Angst machen.« Seine letzten Worte waren nur noch ein Flüstern. Mit einer fließenden Bewegung, die man einem Mann, der die siebzig Lenze schon lange hinter sich gelassen hatte, gar nicht zutrauen würde, wandte der Priester sich vom Fenster ab. Er durchquerte den ovalen

Der Traum der Jägerin

Turmraum mit wenigen Schritten und begann mit dem Abstieg. Kurz bevor ihn der steinerne Treppenabgang endgültig verschlungen hatte, drehte er sich noch einmal zu seinem Schüler um.

»Es ist gut, Angst zu haben, Ardon, denn die Angst macht dich vorsichtig. Nur ein Narr hat keine Angst, wenn er mit einem gefährlichen Werkzeug arbeitet. Und die Friedhöfe sind voll von Narren. Doch wenn man sich der Gefahr bewusst ist und das Werkzeug mit Bedacht handhabt, dann kann man ein Kunstwerk schaffen, das die Zeiten überdauert. Und Vehstrihn ist fürwahr ein Werkzeug, das, von den richtigen Händen geführt, in der Lage ist, ein Monument von schier unvorstellbarer Schönheit zu schaffen.«

Ardon starrte noch einige Momente auf die Stelle, an der sein Meister soeben das Turmzimmer verlassen hatte. Ein lauer Windstoß fegte durch das Fenster hinter ihm und ließ seine aschblonden Haare um seine Schultern wehen. Er brachte den Gestank von Verwesung mit sich. Selbst hier oben, in der alten Felsenfestung, die sich an die fast lotrechten Flanken des Berges klammerte, waren die Fäulnisdämpfe, die unaufhaltsam aus den Tiefen des Sumpfes hervordrangen, allgegenwärtig.

Ardon wandte sich wieder dem Fenster zu und kniff die blauen Augen zusammen, um besser sehen zu können. Sein Gesicht war ebenmäßig, fast feminin. Trotz seiner vierundzwanzig Jahre hatte sich noch kein Bartwuchs einstellen wollen, lediglich ein zartblonder Flaum zierte sein Kinn. Den dunkelgrauen Novizenumhang, der seine schlanke Gestalt umhüllte, hatte er mittels einer blauen Kordel an den

Hüften geschnürt. Die Kapuze trug er zurückgeschlagen. Seine Füße steckten in wildbraunen Lederschuhen, die seine Zehen freiließen. Wie auch sein Meister war Ardon mit sechseinviertel Fuß überdurchschnittlich groß.

Nichts als Sumpf, Wald und Steine, dachte er. Geisterland nannten die Orks das Gebiet, in dem Laszans alte Felsenburg lag, und Ardon fand den Namen sehr passend. Wenn er nachts wach lag und dem Heulen und Klagen lauschte, das die Burg einhüllte, dann war er um jeden der Bannsprüche froh, die sein Meister um das alte Gemäuer hatte legen lassen. Und die Geister waren nicht das Gefährlichste, was in dieser Gegend lebte, wobei *leben* vielleicht nicht das richtige Wort war. Auch wenn er nicht behaupten konnte, etwas in diesen Wäldern gesehen zu haben, so wusste er doch, dass es da war. Ein scharfes Knacken zwischen den Bäumen, eine Bewegung aus dem Augenwinkel oder die kurzen, spitzen Todesschreie der Waldtiere waren ihm Beweis genug. Ein alter elfischer Foliant, der sich mit den Legenden der Orks beschäftigte und den Ardon nur sehr ungenügend übersetzen konnte, hatte ihm die Geschichte eines Krieges erzählt, die über die Vorstellungskraft der Menschen hinausging. Die letzte Schlacht zwischen den Göttern und den Alten hatte das magische Gefüge zerrissen, und das, was aus diesen Rissen hervorgekrochen kam, schlich noch immer hier irgendwo herum. Am Ende waren die Alten, wer auch immer das gewesen war, besiegt und eingeschlossen worden, doch die Narben dieses Konfliktes zeichneten das Land bis heute. Und dieser Ort hier war einer dieser Narben. Die Orks wussten das. Es war verbotenes Land. Nie würden sie einen Fuß hierher

Der Traum der Jägerin

setzen. Und genau deshalb war dieser Ort für Laszan und seine Pläne so ideal.

Ardon zog seinen Umhang fester um die Schultern. In seinem Kopf jagten sich die Gedanken. Etwas Großes schaffen, hatte sein Meister gesagt. Etwas Großes? Gewiss! Aber ein Kunstwerk? Ein kalter Druck breitete sich in Ardons Brust aus. Fühlte sich so ein Künstler, wenn sein Werk begonnen war? Hier ging es nicht darum, eine Statue zu erschaffen. Hier ging es um das Schicksal der drei Rassen. Ihr Rohstoff war nicht ein Block aus kaltem Stein, es waren die heißen Emotionen unzähliger Seelen. Und ihr Werkzeug waren nicht etwa Hammer und Meißel, nein, bei diesem Werkzeug handelte es sich um das pure Grauen.

Tino'ta rannte. Und der Tod folgte ihr.

Kurzzeitig gewann sie an Geschwindigkeit, dann ließen lose Felssplitter, kleine Steine und Knochen verstorbener Kreaturen ihre Füße erneut straucheln. Ihre Zöpfe schlugen ihr ins Gesicht. Blut floss über ihre Stirntätowierung, rann ihr in die Augen und raubte ihr die Sicht. Schmerzhaft stieß sie mit der linken Schulter gegen die überhängende Felswand, prallte zurück und taumelte auf den Abgrund zu, der den schmalen Felsgrat auf der anderen Seite begrenzte. Ihr rechter Fuß trat ins Leere. Ihr Bein prallte hart gegen die scharfe Steinkante. Instinktiv verlagerte die junge Orkjägerin ihr Gewicht nach links und ließ sich nach vorne fallen, rollte ab und war sofort wieder auf den Beinen. Erneut stolperte sie, dann fanden ihre bloßen Füße Halt auf dem trügerischen Boden und sie hastete weiter den schmalen Grat entlang. Vor ihr gabelte sich der Weg. Ein Sims, kaum mehr als eine Handbreit brüchiges Gestein, führte weiter an der Felswand entlang. Der zweite Pfad war eine Treppe, die, teils natürlich entstanden, teils in längst vergangener Zeit von unbekannten Erbauern in den Fels geschlagen, steil anstieg. Wenige Spannen über Tino'tas Kopf endete sie an einer Kante. Dort wich die Felswand zurück.

Die perfekte Stelle, um mich zu verteidigen, wenn ich sie erreiche, fuhr es ihr durch den Kopf, aber bis dorthin bin ich eine leichte Beute.

Als Tino'ta vor wenigen Wochen mit ihrer Sippe zu den Winterquartieren aufgebrochen war, wusste sie, dass es eine aufregende Reise werden würde. Aber es wäre ihr nie in den Sinn gekommen, dass es ihre letzte sein könnte. Mit ihren siebzehn Jahren war es Tino'tas erste Wanderung als Jägerin. Die junge Orkfrau war nur knapp unter fünfeinhalb Fuß groß

Der Traum der Jägerin

und zierlich gebaut. Doch was ihr an Muskelkraft fehlte, machte sie mit Agilität und Geschwindigkeit wett. Noch hatte sie ihre Kopfhaut nicht geschoren. Dies und die noch kaum ausgeprägten Wülste ihrer Stirntätowierung waren ein Zeichen ihrer Jugend. Zwei kastanienbraune Zöpfe, deren Spitzen sie mit aus Knochen geschnitzten Spangen fixiert hatte, baumelten ihr über die Schläfen auf die Brust. Ihr restliches Haar trug sie in unzähligen, eng geflochtenen Zöpfen, die sie im Nacken zusammenband. Ihre Haut hatte die typisch hellgraue Färbung, die bei einer Abstammung von den Gebirgsstämmen der Orks üblich war. Die breite Nase war leicht abgeflacht und ihre Wangenknochen nicht so markant wie bei den meisten Orks. Ihre Augen glänzten wie geschliffene Bernsteine. Die filigranen Ohren, die fast waagerecht nach hinten standen, liefen in schlanken Spitzen aus, was ihr ein etwas zerbrechliches Aussehen gab.

Tino'ta warf einen gehetzten Blick zurück. Sie waren noch da, folgten ihr in immer gleichem Abstand. Kraftvolle Muskeln bewegten sich wie Schlangen unter nachtschwarzem Fell. Jetzt, da Tino'ta verharrte, blieben auch die beiden großen Raubkatzen stehen.

Sie umfasste ihren Speer mit beiden Händen und wandte sich ihren Verfolgern zu. Die größere der beiden Katzen, ein Männchen, befand sich nur zwanzig Schritte entfernt. Kalte Augen fixierten die jungen Orkfrau. Die silbrige Mähne fing das Licht der spätherbstlichen Nachmittagssonne ein. Jeder Muskel des geschmeidigen Körpers war angespannt; in der Bewegung erstarrt; sprungbereit. Kaum weiter entfernt strich die kleinere Katze unweit des Abgrundes hin und her.

Behutsam schob sich Tino'ta rückwärts die Steintreppe hinauf, die Augen fest auf die Tiere gerichtet. Den Speer mit der gebogenen Klinge hielt sie umklammert in der rechten Hand, während sie sich mit der linken den Weg nach oben ertastete. Auch die beiden Katzen setzten sich wieder in Bewegung, ohne jedoch den Abstand zu ihrer Beute zu verringern.

Sie treiben mich, wurde Tino'ta bewusst, aber weshalb? Erinnerungsfetzen ihrer Ausbildung wirbelten an ihrem inneren Auge vorbei. Die Erzählungen alternder Jäger, selbstverliebt, trocken und langweilig. Oh, wie hatte sie diese Lehrstunden gehasst. Tino'ta liebte die Jagd, es war ihr Leben, doch die ermüdenden Stunden, in denen längst fußlahme Greise versuchten den jungen Orks ebenso vergraute Weisheiten einzutrichtern, waren ihr zuwider gewesen. Nicht dass sie keine Geschichten mochte. Im Gegenteil. Den Legenden über die großen Jäger wie Parsemo oder Karen'to hatte sie immer gebannt gelauscht. In ihren Träumen war sie mit Karen'to durch die Wälder und Vorgebirge gezogen, auf der Pirsch nach Flussdrachen. Zusammen hatten sie Flugbestien gefangen und gezähmt. Oder sie war Parsemo in die tiefen Höhlen des Karakul gefolgt und hatte ihn vor den Klauen des Feuerwurms gerettet. Als Heldin kehrte sie jedes Mal zu ihrer Sippe zurück. Gefeiert und umjubelt, wie die alten Recken, zu denen sie sich hinwegträumte, wenn die Monotonie der Lehrstunden sie mal wieder ermüdete. Doch jetzt versuchte sie sich krampfhaft an das zu erinnern, was sie je über Schattenlöwen gelernt hatte. Das Erste, was ihr in den Sinn kam, waren die Worte des einbeinigen Orvaks, wie er, auf

Der Traum der Jägerin

seinen Stock gestützt, unruhig vor seinen Schülern auf und ab humpelte.

»Schattenlöwen greifen normalerweise keine Orks an«, hatte er erklärt und dabei in die Ferne geschaut.

Wenn du wüsstest, kommentierte Tino'ta ihre Erinnerung.

»Im Gegensatz zu anderen Löwen jagen bei ihnen die Männchen mit den Weibchen gemeinsam. Ihr werdet in eurem Leben vielleicht keins dieser faszinierenden und überaus listigen Geschöpfe sehen, wenn ihr nicht direkt Jagd auf sie macht. Und dass«, bei den Worten klopfte er auf seinen Beinstumpf, »wäre mehr als töricht. Selbst erfahrene Jäger wagen sich nur in größeren Gruppen an sie heran. Und das auch nie ohne Schamanen, denn die Tiere sind magiebegabt.«

»Aber Karen'to hat sie gejagt«, hatte die zehnjährige Tino'ta eingeworfen. »Er hatte eine Kette mit Hunderten ihrer Zähnen.«

Der alte Lehrer lachte, bevor er antwortete. »Ja, er hat sie gejagt, aber nie alleine. Und nur wenn er ein einzelnes Tier stellen konnte. Er mag ein Held gewesen sein, aber er war kein Narr. Und er hatte nur zwölf Zähne an seiner Kette, als er seine Waffen zerbrach. Nicht alles, meine kleine Tino'ta, was die Lieder erzählen, entspricht auch der Wahrheit.«

»Aber was tun wir, wenn wir einem Schattenlöwen begegnen? Auf einen Baum klettern?« Die Frage kam von einem kräftigen Jungen, dessen Namen Tino'ta vergessen oder verdrängt hatte.

Orvaks Blick schien sich in der Ferne zu verlieren. »Fliehen? Nein, das bringt nichts. Sie sind schneller und ausdauernder im Laufen und gewandter im Klettern als ihr. Ist es nur ein einziges Tier, dann stellt euch ihm; sie sind nicht unbesiegbar. Aber vor allem solltet ihr euch nie alleine in die Berge begeben. Und wenn ihr einmal mehreren Schattenlöwen über den Weg laufen solltet, dann betet und hofft, dass man euch in den Liedern besingen wird.«

All das, dachte Tino'ta, während sie sich vorsichtig die Stufen hinaufbewegte, wird mir nichts nützen. Sie erreichte die letzte Stufe und schob sich auf die anschließende, ebene Fläche. Ein kurzer Blick sagte ihr, dass sich ihre Lage nicht bedeutend verbessert hatte. Bedächtig, ohne dabei die beiden Katzen aus den Augen zu lassen, griff sie mit der linken Hand nach ihrem Horn und hob es an die Lippen. Hohl und einsam hallte der Ruf über den Felsgipfel und die darunterliegenden Wälder. Doch noch bevor die Antwort ertönte, wusste die junge Orkfrau, dass ihre Freunde zu weit entfernt waren. Sie war auf sich allein gestellt.

***

Die Wälder, die sich vom Oaka-Fluss bis zu den Ausläufern des Gebirges erstreckten, strahlten einen Frieden aus, der vor allem eines war: trügerisch. Das wussten auch die beiden Orks, die nun auf dem Kamm eines langgezogenen Hügels verharrten. Beide waren in die grünbraune Lederkleidung der Jäger-Kaste gekleidet. Der Jüngere von beiden zeigte in Richtung einer verwitterten Felsformation, die sich schemenhaft vor ihnen über die Wipfel der Bäume erhob.

»Ihr Ruf kam vom ‚klagenden Häuptling'«, sagte Kelosa und verstaute sein Horn wieder am Gürtel. In seinem Gesicht

Der Traum der Jägerin

stand Sorge. »Das ist Bärenland. Was hat sie da zu suchen? Warum tut sie das?« Er warf einen fragenden Blick zu Ge'taro, der neben ihm ritt.

»Weil sie uns beeindrucken will.« Der alte Ork begleitete seine Frage mit einem leichten Schulterzucken. »Oder weil sie immer noch ein Kind ist. Oder beides.« Er legte seinem Reitvogel die Hand auf den Hals. »Gwenka, Tarvalok«, flüsterte er. Das Emuil richtete sich auf, legte den Kopf zurück uns rannte den Hügel hinab, in die Richtung, aus der Tino'tas Horn erklungen war.

»Gwenka«, rief Kelosa seinem Reittier zu und folgte dem alten Jäger. Der Boden des Hügels war ebenmäßig und ließ ein weites Ausschreiten der Tiere zu. Trotz der Friedlichkeit, die die Gegend vor ihm ausstrahlte, beobachtete der Orkjäger die Bäume genau. Der Wald war reich an Wild, doch ebenso reich an Raubtieren. Es war eine Gegend, in der man rasch Beute fand. Und genauso schnell konnte man selbst zur Beute werden.

Das Grau von Kelosas Haut hatte einen dunkelbraunen Touch, ein Zeichen dafür, dass seine Vorfahren aus den Ebenen jenseits des Geisterlandes stammten. Über seine blankrasierte Kopfhaut lief eine gezackte Narbe, die von seiner wülstigen Stammestätowierung unterbrochen wurde. Ein Kranz aus pechschwarzen, penibel eng geflochtenen Haaren umringte seinen Kopf. Die Zöpfe waren fingerdick und fielen ihm bis über die Schulterblätter. Kelosa war fünfdreiviertel Fuß groß und breit gebaut. Seit seinem siebzehnten Lebensjahr gehörte er nun den Jägern an. In diesen letzten elf Jahren war er oft in brenzlige Situationen geraten. Gerade in der ersten Zeit als Jäger konnte es einem jungen Ork schnell passieren, dass er eine Gefahr übersah. Doch stets war ein erfahrener und älterer Jäger zur Stelle, um den Schüler zu lehren und zu leiten. Oh ja, dachte Kelosa und musste ein wenig grinsten, in seiner Jugend hatten er und seine Kameraden so manche Dummheit begangen. Aber nie waren sie so verrückt gewesen, sich einem Älteren zu widersetzen oder alleine in die Wildnis vorzudringen. Jeder junge Ork musste sich beweisen, das war ein ungeschriebenes Gesetz und oft wurden ihnen von den Älteren dafür Schlupflöcher in den Anweisungen gelassen. Aber Tino'ta bewegte sich außerhalb jeglicher Regeln. Sie setzte ihr eigenes Leben und das Wohl der Sippe aufs Spiel. Sie war ein Hitzkopf und ließ nur ungern andere Meinungen zu als die ihre. Und doch liebte er sie wie seine kleine Schwester. Etwas an ihr spiegelt das wider, was wir alle sein wollen: frei und ungebunden. Die Umstände haben uns zahm gemacht. Händler und Hirten sind wir geworden. Die einst stolzen Stämme, die die Ebenen und Wälder beherbergten, sind gezähmt worden. Wenn wir auf unserem Marsch zu den Winterquartieren durch die Länder der Menschen ziehen, sehen sie uns mitleidig an. Im besten Falle misstrauisch. Aber fürchten tun sie uns nicht. Das war einmal anders zu den Zeiten der großen Häuptlinge. Doch Häuptlinge gibt es heute nicht mehr. Der Rat ist eine Gruppe von Alten, die das Geschick unseres Volkes leiten. Ich darf nicht ungerecht sein, machte er sich bewusst, der Rat hat uns viel Gutes gebracht. Seit Jahrzehnten gab es keinen Krieg mehr mit den anderen Rassen. Es ist ein guter Friede, denn er sichert uns das Überleben. Aber manchmal überkommt einen ein Gefühl des Aufbegehrens, der Wunsch, es würden wieder die glorreichen Tage der alten Helden zurückkehren. Jene, die

Der Traum der Jägerin

nicht den Kopf gesenkt hielten, wenn sie an den Städten der Menschen vorbeizogen, welche sich immer weiter ausbreiteten. Jene, die mit erhobenem Kopf vorangingen und ihrem eigenen Willen folgten. Und etwas in Tino'ta verkörperte diesen Wunsch. Sie ließ sich nicht beugen, wollte sich nicht unterordnen. Vielleicht, so dachte er, war die Wahl des Ältestenrates falsch gewesen, als sie entschieden, dass Tino'ta eine Jägerin werden sollte. Ihr Ungestüm passte besser zu einer Schamanin. Aber Kelosa wollte den Willen des Rates nicht anzweifeln. Sie hatten ihre Pläne, die den meisten Orks verborgen blieben. Und wenn sie dachten, das Tino'ta zu den Jägern gehörte, dann hatten sie dafür wohl ihre Gründe.

***

Tino'ta versuchte, sich einen besseren Überblick über ihre Lage zu verschaffen. Die beiden Katzen hatten sie auf ein kleines Plateau gejagt, das auf einer Seite vom Abgrund und auf der gegenüberliegenden von steil aufragenden Felsen begrenzt wurde. Nur zwei Zugänge führten auf das Plateau: die Treppe, von der Tino'ta kam und die nun von den Schattenlöwen versperrt wurde, und ein schmaler Pfad auf der gegenüberliegenden Seite. Neben einigen verdorrten Rankengewächsen bestand die einzige Vegetation hier oben aus einem abgestorbenen Baum, der seine Äste anklagend in den leicht bedeckten Himmel reckte. Ein großer, verwitterter Steinquader stand unweit des Abgrundes, unweit des toten Baumes. Seine Oberfläche war mit Rillen und fremdartigen Schriftzeichen überzogen. Vielleicht ein Altar, dachte Tino'ta.

Dieses Land war nicht immer Orkland gewesen. In der Zeit der alten Lieder hatte es denen gehört, die man allgemein als ‚die Alten' bezeichnete. Es hieß, dass ihnen damals alle Rassen gedient haben. Doch Tino'ta konnte das nicht glauben. Die Orks würden niemals fremden Herren dienen.

Der perfekte Ort für eine Falle, dachte sie. Sie haben mich hierher getrieben wie einen Hasen. Fast musste sie lachen. Aber warum haben sie mich hier hinaufgejagt. Es wäre viel einfacher gewesen, mich gleich im Tal anzugreifen.

Die beiden Katzen verharrten unruhig.

Sie wissen nicht, wie sie mich einordnen sollen, wurde es Tino'ta plötzlich bewusst. Sie sind vorsichtig.

Ein Blick zum Abgrund sagte ihr, dass dieser als Fluchtmöglichkeit ausfiel. Er war zwar zerklüftet und ein Abstieg mittels eines Seiles wäre möglich, doch nur sehr langsam und unter Einsatz beider Hände, was sie zu einer leichten Beute machen würde. Auch der Weg nach oben fiel aus denselben Gründen aus. Also blieb nur der Kampf oder der Weg nach vorne.

Eine Bewegung aus dem Augenwinkel ließ Tino'ta herumfahren. Dort, auf der anderen Seite des Plateaus, stand noch eine der schwarzen Raubkatzen und versperrte ihr den Fluchtweg. Woher war die Katze gekommen? Ein Blick zurück bestätigte den in ihr aufkeimenden Verdacht. Das Weibchen, welches eben noch so unruhig umherschlich, war verschwunden.

Es ist dieselbe Katze, durchfuhr es Tino'ta. Hatte Orvak nicht gesagt, die Tiere seien magisch? Wie sollte sie Jägern entkommen, die sich von einem Ort zum anderen zaubern konnten?

Der Traum der Jägerin

Schritt um Schritt, langsam, als wäre die Zeit geronnen, bewegten sich die Löwen nun auf ihr Opfer zu. Tino'ta umfasste ihre Waffe fester. Ein kurzer Blick über ihre Schulter ließ einen Plan in ihr reifen. Bedächtig wich sie bis an die Felskante zurück und brachte den Altarstein zwischen sich und die Löwen. Erneut verharrten die Tiere.

»Ihr seid nicht dumm.« Ihre eigene Stimme zu hören, beruhigte Tino'ta ein wenig. »Wenn ihr mich jetzt angreift, würde ich euch mit in die Tiefe reißen. Und das wollt ihr doch nicht, oder?« Vorsichtig nestelte sie mit der linken Hand an dem Knoten, der ihr Seil an ihrer Hüfte hielt. »Was habt ihr vor?«

Behutsam löste sie das Seil und zog daran. Der männliche Löwe beäugte sie argwöhnisch.

Tino'ta erstarrte. Das Geräusch war fast unhörbar. Er war nur das leise Rieseln von Sand und kleinen Steinen. Plötzlich verstand sie. Ein Lächeln glitt über ihre Züge.

»Von wegen Magie.« Ruhig redete sie weiter auf die Tiere ein. »Listig seid ihr, nicht wahr?« Ohne hinzuschauen band die das Seil um ihr Handgelenk. »Orvak glaubte, nur Beten könnte mir jetzt noch helfen.« Der Löwe legte den Kopf schräg. »Wird man in den Liedern von mir singen?«

Vorsichtig zählte sie sechs Ellen Seil ab und formte eine Schlinge, die sie über ihren Speer gleiten ließ.

Erneut ertönten die Hörner ihrer beiden Jagdkameraden, näher nun, doch immer noch zu weit entfernt, um sie rechtzeitig erreichen zu können.

Der Angriff erfolgte schnell. Tino'ta konnte das zweite Weibchen mehr spüren als sehen, als dieses fast lautlos hinter ihr über die Felskante glitt. Sie sprintete los, sprang über den

Altar, direkt auf das massige Männchen zu. In einer fließenden Bewegung drehte sie ihren Speer. Der Löwe machte einen großen Satz auf sie zu.

Tino'ta wirbelte herum.

Der Löwe sprang.

Mitten in der Bewegung erstarrte Tino'ta. Nur eine Armlänge trennte sie von der von hinten heranstürmenden Löwin. Sie riss den Speer hoch und rammte dem Männchen, dessen Kraft ihn über sie hinwegzutragen drohte, das stumpfe Ende ihrer Waffe in den Leib. Der Aufprall riss ihr den Speer fast aus der Hand. Sie prallte gegen das überraschte Weibchen und die Speerspitze, getrieben durch die Masse des Löwen, bohrte sich tief in den Körper der Katze, als diese gegen den Altarstein gepresst wurde. Der Speer katapultierte das Männchen über Tino'ta und den Altarstein hinweg. Für einen Moment schwebte die Orkjägerin zwischen den beiden Tieren in der Luft, dann erwischte eine Pranke des Löwen sie an der Schulter und riss sie mit sich. Heißer Schmerz durchzuckte sie, als Krallen durch ihr Fleisch schnitten. Ihr Schrei vermischte sich mit dem des Löwen. Einen Herzschlag später stürzte sie in den Abgrund.

***

Die Felsformation, die von den Orks ‚der klagende Häuptling' genannt wurde, verdankte ihren Namen dem Geräusch, das Wind verursachte, wenn er die Felsen umspielte. Doch als Ge'taro sich von seinem Emuil gleiten ließ, war es fast windstill. Heute, so dachte der alte Orkjäger, schweigt der Häuptling. Er war fast so, als hielte er den Atem an.

»Sie muss irgendwo da oben sein«, sagte Kelosa hinter ihm. »Sie hat Na'tarva an dem kleinen See zurückgelassen und ist zu Fuß weitergegangen. Was sucht sie hier nur?«

»Bären«, antwortete Ge'taro und ging in die Hocke. Sanft strich seine Hand über das Gras vor ihm. »Die Bären bereiten sich auf den Winter vor. Tino'ta wollte einen besonders dicken Braten mit nach Hause bringen.« Er richtete sich auf und deutete auf einen schmalen Wildpfad, der direkt auf die Felsen zuführte. »Hier ist sie lang.«

Es muss immer etwas Besonderes sein, dachte Ge'taro. Sie gibt sich nie damit zufrieden, einfach nur die ihr aufgetragene Aufgabe zu erfüllen. Sie kann nicht nur ein Teil der Gruppe sein. Große Helden spuken in ihrem Kopf herum und dabei vergisst sie, dass auch diese nur normale Orks gewesen sind, die vom Schicksal in eine Rolle gepresst wurden. Nur die Lieder und die Geschichten machten sie zu Helden. Was unterschied sie von denen, die die Lieder vergessen haben? Nur eines: Sie hatten zu irgendeinem Zeitpunkt die Entscheidung getroffen, das Wohl des Volkes über ihr eigenes zu setzen. Deshalb erinnerte man sich an sie. Es sind keine Helden, die große Taten begehen, es sind die großen Taten, die Helden erschaffen. Das, dachte Ge'taro, hat Tino'ta noch nicht begriffen. Und deshalb verwechselt sie Heldenmut mit Leichtsinn. Die Sippe stand über allem, wenn die Orks auf Uk'ul'te, auf Wanderung, waren. Jeder hatte eine feste Aufgabe. Ge'taro, Kelosa und Tino'ta waren in ihrer Sippe für das Jagen zuständig. Die anderen verließen sich auf sie. Wenn einer seine Aufgabe vergaß oder sich nicht an die Regeln hielt, konnte er die ganze Sippe gefährden. Hier im Orkland, so gestand sich Ge'taro ein, war das nicht ganz so wichtig. Noch gab es lockeren Kontakt zwischen den Sippen und die Orks kannten sich hier aus. Aber sobald sie den Fluss überquert hatten, was nun unmittelbar bevorstand, mussten sie enger zusammenrücken. Dann reisten sie durch die Länder der Menschen. Auch wenn diese ihnen nicht feindlich gesinnt waren, so würden sie doch Fremde sein. Und später, wenn sie die Ebenen erreichten, dann war der Zusammenhalt der Sippe überlebensnotwendig. Dort, wo neben wilden Stämmen und Gesetzlosen aller Rassen vor allem die Wesen zu fürchten waren, die alles, was sie trafen, als Beute ansahen, dort brauchten die Orks den Schutz der Gemeinschaft. Erst wenn sie die Winterlager errichtet hatten, würden sich die Sippen wieder vermischen und unter Umständen neu formieren, bevor im Frühjahr die Uk'ul'te erneut begann.

Ge'taro blieb stehen. Vor ihnen lag der angefressene Kadaver eines Schwarzbären. Sorgfältig betrachtete der Ork den Boden. Die graue Haut seines Gesichtes wurde noch runzliger, als er die Augen zusammenkniff. Der alte Jäger war ergraut, doch vereinzelte braune Haare in seinen Zöpfen, die er im Nacken zusammengebunden trug, verrieten seine ursprüngliche Haarfarbe. Trotz seines Alters war er drahtig. Er drehte sich zu Kelosa um und in seinem sonst so gutmütigen Gesicht lag Sorge.

»Schattenlöwen«, sagte er. »Ein Wunder, dass sie noch lebt. Ich kann ihre Spuren sehen. Sie führen direkt zu den Felsen. Die Fährte der Katzen überlagert Tino'tas Abdrücke. Sie haben sie dort hinaufgetrieben.«

Der Traum der Jägerin

»Dann müssen wir dort hoch und ihr helfen.«

»Ja«, sagte Geʻtaro und atmete schwer, »das müssen wir. Obwohl es weiser wäre, es nicht zu tun.«

***

Der Ruck, mit dem das Seil sich straffte, riss Tinoʻta fast den Arm aus dem Schultergelenk. Hart schlug sie gegen die Felsenwand. Das Seil zuckte wie eine Schlange, ein Echo des Todeskampfes der Löwin oben auf dem Plateau. Unter sich konnte sie den mehrfachen Aufschlag des schweren Löwenkörpers hören.

Die junge Orkjägerin biss die Zähne zusammen. Ihre Schulter schmerzte. Die Wunde brannte wie Feuer. Sie hatte keine Zeit zu verlieren. Jeden Moment konnte das sterbende Tier, an dem ihr Seil hing, sich von dem Altar lösen und in den Abgrund stürzen, was für Tinoʻta den sicheren Tod bedeuten würde. Schwarze Punkte tanzten vor ihren Augen. Verzweifelt griff sie mir der Hand ihres unverletzten Armes nach dem Seil. Ihre Finger rutschten ab und für einen Moment baumelte sie hilflos über der Tiefe. Erneut packte sie das Seil und konnte sich unendlich langsam nach oben zu ziehen, all die dafür notwendige Kraft kam nur aus einem Arm, mit dem verletzten schaffte sie es gerade sich an dem Seil festzuklammern, während sie umgriff. Endlich erreichte sie eine Stelle in der Wand, die Halt versprach. Es war der schmale Sims, der am Felsen entlanglief und über den sich vermutlich auch die Katze an sie herangeschlichen hatte. Als sie wieder festen

Boden unter den Füßen hatte, löste sie das Seil von ihrem schmerzenden Handgelenk und atmete einen Moment tief durch. Sie blickte in die Tiefe. Etwa fünfundzwanzig Spannen unter ihr, auf halbem Weg zu den Baumwipfeln, lag, verkeilt zwischen zwei großen Steinblöcken, der reglose Körper des Löwen. Dunkelrotes Blut ließ sein schwarzes Fell nass glänzen. Tino'ta sah an dem Seil, das nun vollkommen still hing, nach oben. Der Kopf der toten Löwin und der Speerschaft ragten über den Rand der Felsen. Der leere Blick des Tieres war direkt auf sie gerichtet.

Eine Schmerzwelle durchströmte ihren Körper, die Welt vor ihren Augen begann, sich zu drehen. Sie atmete tief durch und presste sich gegen die Felswand. Ihr durfte jetzt nicht schwindlig werden. Nicht hier. Sie musste weiter. Es war auch noch nicht vorbei, die andere Katze musste sich irgendwo in der Nähe befinden. Wie zur Bestätigung ergoss sich ein feiner Regen aus Steinen und Sand über sie. Die zweite Löwin war im Begriff, zu ihr hinabzusteigen.

Tino'ta spannte ihre Muskeln an. Den Schmerz in ihrer Schulter ignorierend, schob sie sich den Sims entlang. Sie musste nach oben. Wenn es in der Felswand zu einem Kampf kommen sollte, hatte sie keine Chance gegen das Tier. Ihre Finger fanden Risse in den Steinen und sie begann schräg hinaufzusteigen. Als sie die Hälfte der Strecke nach oben und etwa das dreifache Stück an der Wand entlang zurückgelegt hatte, wagte sie einen vorsichtigen Blick zurück. Die große Katze hatte fast die Stelle erreicht, an der Tino'ta sich kurz zuvor noch ausgeruht hatte und bewegte sich nun langsam, aber sicher auf sie zu. Tino'ta verdoppelte ihre Anstrengung, das Plateau zu erreichen. Brennender Schweiß lief ihr über die

Der Traum der Jägerin

Stirn in die Augen. Noch einmal musste sie gegen die Ohnmacht ankämpfen, dann hievte sie sich über den Rand des Felsens.

Schwer atmend richtete sie sich auf. Ihr Blick fiel auf den Speer, der tief im Körper der toten Löwin steckte. Sie verwarf den Gedanken wieder. Stattdessen taumelte sie weiter vom Rand des Plateaus weg. Schlieren tanzten durch ihr Blickfeld. Sie zog ihren Dolch. Das schwarze Vulkanglas spiegelte die tiefstehende Sonne wieder. Die Muskeln ihrer Beine zitterten. Der abgestorbene Baum tauchte wie ein Schatten aus dem Dunst ihrer Wahrnehmung auf. Sie drehte sich um, die Klinge des Obsidiandolches zwischen den Fingern, und lehnte sich gegen den Stamm. Die raue Rinde des Baums drückte gegen ihren Rücken. Aus der Felswand erklangen die Hörner ihrer Kameraden.

Die schwarze Katze zog sich über die Felskante. Sie griff sofort an. Ein gewaltiger Satz verkürzte den Abstand zu ihrem Opfer um die Hälfte, dann setzte sie zum tödlichen Sprung an. Tino'ta wartete. Ihr Blick fand den des Tieres. Die Löwin sprang. Tino'ta schleuderte den Dolch. Sie warf sich zur Seite. Viel zu langsam kam sie aus der Flugbahn der Bestie. Sie hörte den Schrei der Schattenlöwin – Triumph, Angst oder Schmerz – sie wusste es nicht. Der Aufprall schleuderte sie zur Seite. Heftiger Schmerz übermannte ihre Sinne. Tiefe Dunkelheit umfing sie. Die Zeit verlangsamte sich. Zäh schlug Tino'ta auf den harten Felsboden auf, doch sie spürte nichts davon. Das Letzte, was sie wahrnahm, war der Klang aus den Hörnern ihrer Freunde: nah, doch unerreichbar fern.

J.R. Kron

***

Kühler Wind wehte vom Fluss herauf, ohne jedoch Linderung zu verschaffen. Er war zu schwach, um die schwere Süße, die in der Luft lag, zu vertreiben.

Es hätte schlimmer kommen können, dachte Orman und schämte sich sofort für den Gedanken. Aber ein Teil von ihm war froh, dass es nicht Sommer war. Zwar waren die letzten Tage für Ende Herbst recht warm gewesen, aber die Sonne hatte lange nicht mehr die Kraft, die sie an einem durchschnittlichen Sommertag entfaltete. Doch auch ohne die Hitze des Sommers war der Gestank fast nicht zu ertragen. Orman zog sich den feuchten Schal fester ums Gesicht und beobachtete seine Männer. Keiner von ihnen war das, was man einen Veteranen nannte, aber sie alle waren kampferprobt und der Anblick eines Schlachtfeldes war ihnen nicht fremd. Doch jenes, was man dort nach dem Gemetzel vorfand, egal wie arg es auch sein mochte, war das, was man dort erwartete. Die Sache hier war etwas vollkommen Anderes. Auf einem Landgut in der Provinz erwartete man springende Fohlen, lachende Mägde und fleißige Arbeiter. Man erwartete grüne Wiesen und den Geruch von Dung und frisch zubereitetem Essen. Orman bewegte sich phlegmatisch auf ein Nebengebäude zu und zwang seinen Blick jede Einzelheit zu erfassen. Oh ja, die Wiesen waren grün, aber der süßliche Geruch stammte nicht von frischgebackenem Brot, er entstammte den verwesenden Körpern dutzender Menschen, die mehrere Tage in der Sonne gelegen hatten. Oder gehangen, kam es ihm in den Sinn. Er ging auf drei seiner Männer zu, die

Der Traum der Jägerin

gerade damit beschäftigt waren, den Oberkörper eines Mannes von dem Balken zu befreien, an dem er mit fingerdicken Nägeln fixiert worden war. Von den Beinen des Unglücklichen war nichts zu sehen.

»Warum haben sie das getan?«

Orman sah in den Augen des Fragenden das gleiche Maß an Abscheu und Unglauben, das auch er empfand. Er antwortete nicht. Er wusste, dass keine Antwort erwartet wurde. »Bringt ihn zu den Anderen, ich will hiermit fertig werden, bevor die Sonne untergeht«, befahl er stattdessen und wandte sich an einen Mann, der gerade aus dem halb zerstörten Nebengebäude kam. In der einen Hand hielt dieser ein in ein Tuch eingeschlagenes Bündel voller feuchter dunkler Flecken und in der anderen einen kurzen, gesplitterten Speer. Sein Gesicht war kalkweiß.

»Gandoar, was ...?«, Ormans Blick war starr auf das Bündel gerichtet, in dem sich ein winziger Körper abzeichnete. Gandoar schüttelte nur leicht den Kopf, übergab das Bündel einem der Männer, der ihm einen entsetzten Blick zuwarf, und streckte Orman den Speer entgegen. Dieser nahm ihn und drehte ihn langsam in den Händen. Fast andächtig berührte er die farbigen Bänder, die an den Schaft geknüpft waren. Er nahm einen zweiten, kurz unter der Spitze abgebrochenen Speer von seinem Gürtel und verglich die beiden. »Verschiedene Sippen?« Er schüttelte nachdenklich den Kopf. Er brach die Spitze des neuen Speers gänzlich ab und verstaute nun beide Speerspitzen an seinem Gürtel.

Die beiden Männer schritten Seite an Seite über den Hof.

Orman war fünfdreiviertel Fuß groß und schlank. Unter seinem moosgrünen Umhang zeichneten sich breite Schultern ab. Ein grob geflochtenes Lederband hielt seine schulterlangen Haare zusammen, die, ebenso wie sein kurzgeschorener Bart, die Farbe trockenen Grases hatten. Eine feine Narbe zog sich von seinem linken Nasenflügel bis zur Mitte seiner Wange. In seinen grünen Augen, die nie stillzustehen schienen, lag ein Hauch von Melancholie. Mit seinen 23 Jahren war er jünger als einige seiner Männer, aber sie respektierten ihn vorbehaltlos.

Gandoar war vier Jahre älter und einen halben Fuß kleiner als sein Hauptmann. Sein gelbblondes Haar war zu einem Zopf gebunden, der ihm bis weit in den Rücken reichte. Auch er trug, wie alle Männer Ormans, einen moosgrünen Umhang über seiner braunen Lederkleidung.

Als sie die kleine Baumgruppe neben den Ruinen des Haupthauses erreichten, blieben die beiden stehen. Von hier aus hatten sie einen guten Blick über das Treiben der Männer. Einige trugen die Leichen der ehemaligen Gutshofbewohner am Rande der Koppel zusammen und reihten sie sorgfältig nebeneinander auf. Andere schichteten einen großen Berg aus trockenem Holz auf. Ein Stück von den aufgereihten Toten entfernt befand sich eine andere, kleinere Ansammlung an Körpern. Diese waren nicht wie die ersteren entstellt, wenn man von dem absah, was wilde Tiere und Wetter an Spuren hinterlassen hatten.

Orman brach das Schweigen.

»Es will mir einfach nicht in den Kopf«, sprach er leise, fast wie zu sich selbst. »Das ist einfach nicht normal.«

»Normal für uns oder normal für sie?« In Gandoars Stimme schwang Zorn mit. Seine Augen funkelten. »Sie haben sie abgeschlachtet wie Vieh!«

Der Traum der Jägerin

»Nein!«

»Was? Nein?«

»Nicht wie Vieh.« Orman sah Gandoar fest in die Augen. »Niemand würde Tieren so etwas antun. Es ist fast wie ein Ritual. Ein abscheuliches Ritual.«

»Es hat ihnen Spaß gemacht«, sagte Gandoar. »Sie haben sich viel Zeit gelassen. Wir müssen dem Einhalt gebieten. Du musst dem Einhalt gebieten. Lass uns das Ganze umgehend nach Gisreth melden. Bitte um Verstärkung. Lass dir eine Hundertschaft Soldaten senden. Oder besser noch eine Legion.«

»Willst du einen Krieg riskieren?« Orman schüttelte den Kopf. »Wenn wir jetzt, zur Wanderzeit, eine Legion Soldaten hierher verlegen, wird es unweigerlich Krieg geben und wir wissen doch noch gar nicht, was hier wirklich passiert ist.«

»Was hier passiert ist?« Gandoars Stimme begann schrill, »wissen es nicht ...«, und versagte dann. Mehrere der Männer schauten besorgt zu den beiden Offizieren herüber.

»Ja.« Orman klang ruhig, doch sein Freund konnte das Zittern in der Stimme hören. »Wir wissen es nicht.« Er legte Gandoar die Hand auf den Arm. »Sag mir, was du gesehen hast.«

»Dasselbe wie all die anderen Männer«, sagte Gandoar irritiert. »Mehr als ich sehen wollte. Dasselbe wie du! Dass die Orks diese armen Menschen zu ihrem bloßen Vergnügen geschändet, gefoltert und abgeschlachtet haben. Dass sie die Kinder ... bei allen Göttern Orman, lass mich das nicht wiederholen, du hast es doch auch gesehen.«

»Nein«, sagte Orman ruhig. »Nein, das habe ich nicht. Und du auch nicht. Ich frage dich jetzt noch mal, nicht als dein

Freund, sondern als dein Hauptmann: Was hast du gesehen? Denk in Ruhe nach, bevor du antwortest.«

Gandoar atmete tief durch. Ärger und Verwirrung kämpften in seinen Zügen um die Vorherrschaft. Nach einer Minute begann er betont langsam zu sprechen. »Ich habe die Leichen der Hofbewohner gesehen oder das, was davon übriggeblieben ist.« Er machte eine kleine Pause und fuhr dann mit festerer Stimme fort. »Und ich habe die Leichen von einigen Orks gesehen, die die Verteidiger wohl während des Angriffs getötet haben. Und wir haben zwei ihrer Waffen und Schmuck entdeckt, die unbrauchbar geworden sind oder den sie verloren haben.«

Erwartungsvoll blickte er Orman an. Doch dieser nickte nur.

»Komm mit.« Mit raschen Schritten ging Orman auf die nebeneinanderliegenden Leichen zu. Gandoar folgte ihm.

»Schau dir das an«, Orman zeigte auf die toten Menschen, »fällt dir etwas auf?«

Einen Moment lang betrachtete Gandoar die Toten, die nun, fein säuberlich nach Frauen, Kindern und Männern sortiert, nebeneinander lagen, ohne zu verstehen, was Orman meinte. Er war froh, dass jemand auf die Idee gekommen war, die Blöße der Frauen zu bedecken. Dann plötzlich begriff er! Sein Blick ging zwischen den Frauen und den Männern hin und her und kehrte schließlich zu Orman zurück.

»Warum ...?«, begann er und stoppte sich selbst.

»Genau«, antwortete Orman. »Warum!«

Er setzte seinen Weg fort und ging zu den toten Orks. Vier Orkmänner lagen hier. Orman ging am Kopf eines der Toten auf die Knie und fuhr vorsichtig mit seinem Finger über dessen Stirntätowierung. Dann tat er das gleiche mit dem daneben liegenden Ork.

»Kannst du dich erinnern, wie es hier ausgesehen hat, als wir eintrafen? Versuche, es mit Abstand zu betrachten.«

Gandoars Augen wurden größer. »Es war wie ...«, er stockte, »aber wieso? Ich verstehe nicht ...«, erneut brach er ab und blickte seinen Freund lange an.

»Ich auch nicht.« Ormans Stimme schien von weit her zu kommen. »Aber ich habe vor, es herauszufinden!«

***

Zögerlich schlug Tino'ta die Augen auf und blinzelte in Nezubas Antlitz. Einige Atemzüge lang blieb sie ruhig liegen und betrachtete den roten Mond, der über ihr am Zelt der Nacht hing. Friede umflutete sie. Der Ruf eines Waldkäuzchens und das Rauchen des Nachtwindes, der sanft über uralten Baumwipfel strich, hatten etwas Beruhigendes, Heimeliges. In der Nähe knisterte ein Feuer. Es roch nach brennendem Harz und gebratenem Fleisch. Mit einem Mal fielen ihr die Ereignisse auf dem Felsplateau wieder ein. Wo war sie? Wie kam sie hierher? Das Letzte, woran sie sich erinnern konnte, war die Löwin, die ihr entgegensprang. Sie richtete sich auf, nur um sich sofort wieder mit einem Schmerzensschrei zurücksinken zu lassen.

»Ah, unsere halsstarrige Freundin ist wach. Das wird dir eine Lehre sein, alleine auf die Jagd zu gehen.« Kelosas Gesicht tauchte über ihr auf und sein breites Grinsen strafte seine strengen Worte Lügen. »Du hast uns ganz schöne Sorgen bereitet, kleines Mädchen.«

»Wie komme ich hierher? Wo ist Ge'taro?« Tino'ta schaffte es, sich auf den rechten Ellenbogen aufzurichten. Ihr linker Arm schmerzte so sehr, dass sie glaubte, ihn nie wieder gebrauchen zu können.

»Hier.« Ein Schatten erhob sich von der Feuerstelle und kam auf sie zu. Ge'taro war einen ganzen Kopf kleiner als Kelosa. Seine sonst so gutmütigen Augen blickten ernst und traurig auf Tino'ta herab. »Kelosa hat recht. Du hast nicht nur dich in Gefahr gebracht, sondern auch uns beide. Und damit auch die ganze Sippe. Eine Jagdgemeinschaft muss sich aufeinander verlassen können. Nur in der Gruppe sind wir stark. Hier geht es nicht darum, wer als Erster sein Ziel erreicht oder die meiste Beute macht. Es geht auch nicht darum, Heldentaten zu begehen. Du hast mich sehr enttäuscht.«

Tino'ta merkte, dass es noch einen anderen Schmerz gab als den in ihrem Arm. Den alten Ork so verletzt zu haben, tat ihr in der Seele weh. Sie versuchte etwas zu sagen, bekam jedoch kein Wort heraus.

»Die Tage des Spielens sind vorbei, Tino'ta.«, fuhr Ge'taro fort. »Du bist jetzt eine vollwertige Jägerin und als solche solltest du nur eins im Sinn haben: das Wohlergehen der Sippe.« Er schwieg einen Moment, dann umspielte ein leichtes Lächeln seine Lippen. »Und vor allem deren Mägen. Katzenfleisch ist nicht besonders bekömmlich.« Mit diesen Worten drehte er sich um und ging zum Feuer zurück.

Auch Kelosa, der Mühe hatte, sein Schmunzeln zu verbergen, wollte sich abwenden. »Warte!«, rief Tino'ta leise.

Schweigend schaute er sie an.

Der Traum der Jägerin

»Was ist passiert? Die dritte Katze, meine ich.«

»Ich weiß nicht. Als wir kamen, lagst du gemütlich in der Abendsonne und schliefst.« Er grinste jetzt breit und ließ sich neben ihr nieder. »Nur ein paar kleine Kratzer und Prellungen. Und neben dir eine tote Miezekatze mit deinem Dolch im Auge und einem gebrochenen Schädel. Sie konnte wohl dem Baum nicht mehr rechtzeitig ausweichen. Du hättest Ge'taro sehen sollen, als er sich vom ersten Schreck erholt hatte. Er lief ständig zwischen den beiden Löwinnen hin und her. Murmelte etwas von ‚zwei' und ‚beide auf einmal' und so. Ich habe den alten Knaben noch nie so aufgeregt gesehen. Als wir dann die Blutspur, die über den Rand des Abgrundes führte, sahen und das Männchen fanden, war er mit einem Mal ganz still. Er ist sehr stolz auf dich.«

»Das hörte sich eben aber nicht so an. Ich dachte, er würde mich aus dem Kreis der Jäger verbannen.«

»Das sind zwei verschiedene Dinge. Du hast einen Fehler gemacht und er hat dich zurechtgestutzt. Mehr wird er dazu nicht mehr sagen. Zu niemandem.« Kelosa erhob sich und reichte Tino'ta die Hand, um ihr auf die Beine zu helfen. »Aber drei Schattenlöwen auf einmal, und das alleine, das ist eine ganz andere Sache. Du wirst ihn erschlagen müssen, um ihn zum Schweigen zu bringen.« Er führte die immer noch leicht schwankende Tino'ta zum Feuer. »Und mich auch«, fügte er lachend hinzu.

***

J.R. Kron

Vehstrihn führte sein Pferd über die Kuppel des Hügels. Unter ihm erstreckte sich der Lauf des Pazervals. Der Fluss, dessen unzähligen Schleifen in der aufgehenden Sonne glitzerten, bildete die Hauptverkehrsader der Provinz Ohmaga, deren einziger Reichtum aus Bäumen bestand. Und doch basierte der Wohlstand der Region nicht auf seinen Bäumen, vielmehr war es der Obsidianhandel mit den Orks, die hier in der Wanderzeit vorbeikamen und das seltene Glas gegen Werkzeuge, Getreide und die eine oder andere Kleinigkeit eintauschten.

Es war das Obsidian, da war sich Vehstrihn sicher, das den Orks das Überleben gestattet hatte. Obis'tia nannten die diese das schwarze Glas. Im Gebirge und besonders in der Nähe der Orkstadt Malak'tin Shuda't gab es große Vorkommen mit hoher Qualität. Und doch waren diese Primitiven unfähig, das eigentliche Potential des Obsidians zu nutzen. Die Narren verwendeten es zur Herstellung von Waffen, Werkzeugen und als Schmuck. Nur in der Verwendung zur Aufzucht ihre Tulkapflanzen und zur Beherrschung von Tieren zeigt sich die eigentliche Macht des schwarzen Glases, welche die Orks aber als gegeben hinnehmen, ohne dass ihr naturgemäß beschränkter Verstand dazu in der Lage wäre, die eigentliche Bedeutung des Effekts zu erfassen. Und so ist für die Orks der größte Nutzen des Obsidians der Handel mit den anderen Rassen. Die Menschen hatten für Obsidian ein ganz anderes Verständnis. Sie erkannten das Potential des Glases, pervertierten es jedoch in abstruser Weise; etwas, was diese Rasse mit allem, was sie anfassen, tat. Jede Erfindung, egal wie gut sie gemeint war, können sie in eine Waffe verwandeln. Und dafür zollte Vehstrihn ihnen einen gewissen Respekt. Ihr

Der Traum der Jägerin

Einfallsreichtum wurde nur noch von ihrer kulturellen Primitivität übertrumpft. Wie anders war es zu erklären, dass sie das Obsidian dafür benutzten, um Maschinen und Konstrukte anzutreiben. Sie hatten erkannt, dass man in dem Vulkanglas Energie speichern konnte, aber ihre einzige Verwendung dafür war das rohe Ausnutzen der gespeicherten Energie. Alleine der Gedanke, mit Obsidian die Türen eines Königshauses öffnen zu lassen, ließ Vehstrihn vor Abscheu erschauern. Es waren die Elfen, die als Einzige den wahren Charakter des Obsidians erkannt hatten und ihn auch nutzten. Nur Elfenmagier waren dazu fähig, angereichertes Obsidian herzustellen. Und nur seine Rasse wusste, wie man dieses richtig einsetzte. Das Erschaffen von Wissenssphären, die Möglichkeit, über aufeinander abgestimmte Kugeln telepathisch zu kommunizieren und die Fähigkeit Magie zu fokussieren und umzuleiten, waren nur mit den Artefakten der Elfen möglich.

Viele kleine Gehöfte und Dörfer hatten sich am Ufer des Pazervals und in dessen Umland angesiedelt, oft nur wenige Tagesritte voneinander entfernt. Die einzige befestigte Ansiedlung in der Gegend, Kolfurt, lag nun fast greifbar vor Vehstrihn am Fuße der Hügel, die die Grenze zum Orkland bildeten. Die kleine Stadt war Vehstrihns Ziel.

Hätte man den Elf mit einem Wort beschreiben sollen, so wäre ‚länglich' wohl am passenden gewesen. Dies bezog sich nicht auf seine Körpergröße, denn mit fünfeinhalb Fuß war Vehstrihn nicht wirklich groß für einen Elf. Aber es passte auf nahezu alle seine anderen Attribute. Ob es der Hals war, der den Kopf unnatürlich weit vom Körper fernzuhalten schien oder seine Nase, die dem Schnabel eines Aasfressers ähnelte, ob es seine Ohren, seine schlanken Finger oder sein dünnes, rotgraues Haar war, das ihm bis zur Hüfte reichte, all das wirkte länger als erwartet. Selbst seine mandelförmigen, silbrig grauen Augen, die schräg in seinem bleichen Gesicht standen, schienen erst am Haaransatz in einer feinen Spitze enden zu wollen.

Er hatte einen weiten Weg zurückgelegt. Eine ganze Jahreszeit war vergangen, seit er die Felsenburg des grauen Priesters verlassen hatte. Er hatte gesucht, gefunden und erneut gesucht. Das Ziel lag vor ihm in der Zukunft. Der Priester hatte klare Vorstellungen von diesem Ziel. Doch Vehstrihns Ziel war nicht das des Priesters. Was der Priester wollte, war abstrakt, ungreifbar und nicht realisierbar. Vehstrihns Ziel war der Weg, der ihn dazu befähigte, die Wünsche des Priesters augenscheinlich zu erfüllen. Der Elf lächelte, was seinen Begleiter einen kalten Schauer über den Rücken jagte. Gut, wenn seine Ziele letztendlich zur Befriedigung der Wünsche des Priesters beitrugen, um so besser. Doch das hatte Zeit, es war der Weg, der zählte. Und das Lernen, das ihn dazu befähigte, diesen Weg noch effektiver zu gehen. Dieser Tag, so wusste Vehstrihn, würde den Wendepunkt darstellen. Und einen Anfang. Den Anfang vom Ende.

***

Ein sanfter Nieselregen ging über dem Wald nieder. Schon in der Nacht waren die Temperaturen merklich abgesunken. Tino'ta fühlte sich klamm und steif. Zwar hatten die

Der Traum der Jägerin

Schmerzen in ihrer Schulter nachgelassen, die Tulkaessenz, mit der Ge'taro ihre Wunden behandelt hatte, tat ihre Wirkung, doch die vielen Prellungen, die sie sich auf dem Plateau zugezogen hatte, ließen sie jede Bewegung Na'tarvas überdeutlich spüren. Im Gegensatz zu ihr waren die beiden Männer an diesem Morgen ausgesprochen gut gelaunt. Sie erzählten sich Geschichten und das ein und andere Mal konnte Tino'ta Kelosas kehliges Lachen hinter sich hören. Sie selbst war ein Stück vorausgeritten, teils weil sie nachdenken wollte, teils weil sie sich durch die gute Laune der Männer noch ein wenig schlechter fühlte.

Der von den drei Jägern eingeschlagene Weg verlief parallel zum Nordufer des Oaka-Flusses, den die Menschen Pazerval nannten, durch lichte Oaka-Baum-Haine. Die hohen, schattigen Bäume, denen der Fluss und die angrenzenden Ländereien ihren Namen verdankten, hielten einen Großteil des Regens ab. Ihre sonst tiefgrünen Blätter hatten ein herbstliches Rot angenommen und einige von ihnen bildeten schon einen dünnen Teppich auf dem moosigen Untergrund.

Tino'ta atmete tief ein. Der Geruch von Herbst und feuchtem Moos wirkte belebend. Nicht weit entfernt ertönte das Klopfen eines Spechtes. Einige Sonnenstrahlen, die ihren Weg durch die Wolken und das Blattwerk fanden, versprachen ein wenig Wärme.

In Kürze würden sie die Stelle erreichen, an der sie vor drei Tagen die Sippe verlassen hatten. Die Wagen waren inzwischen weiter gereist, doch morgen im Laufe des Nachmittags, so schätzte Tino'ta, würden sie diese einholen. Tino'ta lenkte ihren Laufvogel nach links, weg vom Fluss. Ihr Ziel war eine kleine, fast vollkommen freiliegende

Hügelgruppe. Ein schmaler Bachlauf schlängelte sich von dort durchs hohe Gras, um sich ein wenig später in den Oaka-Fluss zu ergießen. Neue Kraft durchströmte Tino'ta und sie ließ Na'tarva schneller ausschreiten.

Plötzlich schreckte sie auf. Für einen Moment wusste sie nicht, was sie irritiert hatte, dann nahm sie die feinen Rauchschwaden war, die hinter dem Hügel aufstiegen. Ein kurzer Zug an den Zügeln und das Tier unter ihr verharrte regungslos. Hinter ihr verstummten die Gespräche der beiden Männer. Angestrengt starrte die junge Orkjägerin in den feinen Regen. Die Wagen sollten längst weitergezogen sein. Was mochte sie aufgehalten haben? Doch vielleicht stammte das Feuer auch von einer anderen Sippe. Ohne einen Blick zurückzuwerfen, wusste sie, dass Ge'taro und Kelosa ebenfalls angehalten hatten und dabei waren, von ihren Emuils abzusteigen. Anmutig sprang Tino'ta aus dem Sattel und begann die Flanke des Hügels hinaufzuschleichen. Die beiden männlichen Orks folgten ihr ohne Zögern. Lautlos huschten die drei Jäger von Busch zu Busch, von Mulde zu Mulde und verschmolzen mit den Schatten der hier nur spärlich wachsenden Bäume. Binnen Sekunden wurden die Orks für jeden möglichen Beobachter unsichtbar.

Tino'ta roch es als Erste. Sie hatten den Gipfel des Hügels fast erreicht, als der Wind drehte. Übelkeit stieg in der Jägerin auf. Das war nicht der Geruch von Lagerfeuern. In dem Rauch lag etwas Beißendes und zugleich Süßliches. Ein beklemmendes Gefühl beschlich sie. Was mochte auf der anderen Seite des Hügels geschehen sein? Was war mit den Wagen geschehen? Die Wagen – ihre Sippe und zugleich ihre

Der Traum der Jägerin

Familie. Tino'ta erschauerte. Sie beschleunigte ihre Schritte und erreichte wenig später die Kuppe des Hügels. Nur ein großer Felsen lag noch zwischen ihr und der Wahrheit. Sie blieb stehen. Etwas schnürte ihr die Kehle zu. Verdammt, so lange sie sich zurückerinnern konnte, hatte sie noch nie eine Angst verspürt, die sie so gelähmt hatte. Eines der ersten Dinge, die sie als Jägerin gelernt hatte, war ihre Furcht zu beherrschen und sie zu ihrem eigenen Vorteil einzusetzen. Doch dies hier war etwas Anderes. Sie fürchtete sich. Nicht vor einem Gegner oder einem Kampf. Nein, sie hatte Angst vor etwas, das sie nicht beeinflussen konnte; vor einer Wahrheit, die nicht sein durfte. Sie war wie gelähmt.

Das Gefühl dauerte nicht an. Tino'ta atmete tief durch und spürte erleichtert, wie sich der Knoten in ihrer Brust löste. Ohne noch einmal darüber nachzudenken, schob sie sich behutsam am Felsen entlang und blickte in das Tal hinab, in dem sie noch vor drei Tagen am Lagerfeuer gesessen und gemeinsam mit ihren Freunden gespannt den Geschichten Tavl'taks und Ge'taros gelauscht hatte. Das, was sie sah, entsetzte sie. Und doch verspürte sie wider Willen auch ein Gefühl der Erleichterung.

Dort unten im Tal standen mehrere Wagen. Es waren die riesigen Gefährte mit der gebogenen Deichsel, wie sie nur von den Orks benutzt wurden. Aber keiner dieser Wagen gehörte zu Tino'tas Sippe.

Hinter der jungen Orkjägerin tauchte Kelosa auf. Er erfasste die Szene mit einem Blick. Scharf zog er die Luft ein.

»Wer kann so etwas nur getan haben?« Tino'tas Stimme zitterte leicht bei den Worten. Ihr Verstand war noch immer nicht bereit, das Gesehene zu akzeptieren.

»Wer immer es war, er ist nicht mehr dort unten«, erklang Ge'taros Stimme hinter Tino'ta. Aus seinen Worten konnte man keine Gefühlsregung heraushören. »Die Feuer sind schon heruntergebrannt und die Pavahunde haben mit ihrer Arbeit begonnen. Last uns hinuntergehen. Was uns dort erwartet, mag grauenhaft sein, aber nicht gefährlich.«

***

Haneraf hatte Angst. Es war nicht die Art von Angst, die er kannte, wenn ein Gewitter über dem Fluss tobte und er sich mit seiner Familie, den Mägden und Knechten in dem kleinen Keller zusammenkauerte. Es war auch nicht die Art von Angst, die ihn nicht schlafen ließ, wenn die Ernte schlecht auszufallen drohte. Nein, denn diese Ängste waren immer von einem Schimmer der Hoffnung begleitet. Das Gewitter mochte vorbeigehen, ohne dass der Hof von einem Blitz getroffen wurde. Die Ernte, wie dürftig sie auch ausfallen würde, konnte sie trotzdem über den Winter bringen, wenn sie die Gürtel enger schnallten. Aber diese Angst hatte etwas Endgültiges. Es war nicht die Furcht davor, dass er sterben könnte, es war die Angst davor, nicht zu wissen, wie der direkt bevorstehende Tod sein würde. Und dass der Tod kam, dessen war er gewiss. Am Anfang war es nur ein mulmiges Gefühl gewesen, das er mit einem Lächeln abgetan hatte. Als der Fremde gestern auf seinem Hof auftauchte und ihnen all das Geld geboten hatte, nur um ihn nach Kolfurt zu führen, da hatte er innerlich über die Dummheit des Fremden gelacht. Der Weg war nicht zu verfehlen. Selbst ein Kind hätte die Stadt gefunden. Wenn der

Der Traum der Jägerin

Fremde sich also fürchtete, den Weg alleine im Dunklen zu gehen, nur zu. Es war willkommenes, leicht verdientes Geld. Und es war auch noch eine gute Gelegenheit, um ein paar überfällige Besorgungen machen zu können; Dinge, die er vor sich hergeschoben hatte, weil das Geld knapp war. Mit dem Lohn, den der Fremde zu zahlen bereit war, musste er sich für die nächsten Monate keine Sorgen um solche Kleinigkeiten machen. Deshalb hatte er das unbestimmt mulmige Gefühl, das in seinem Magen aufkam, als er den Fremden das erste Mal lächeln sah, mit einem Lachen erstickt.

Sie waren zu viert aufgebrochen. Neben dem Elf und sich selbst hatte er noch seinen Knecht Gelon ausgewählt, einen Mann, der einen Stier mit einem Fausthieb ins Reich der Träume senden konnte. Der Letzte in ihrer kleinen Reisegesellschaft war Hanero, sein zweitältester Sohn. Der Junge war fünfzehn Jahre alt und im Sommer so stark gewachsen, dass er jetzt eine neue gefütterte Lederjacke für den nahenden Winter brauchte und dies war die perfekte Gelegenheit. Noch später im Jahr wurden die Straßen schlammig. Er hatte seiner Frau einen Kuss gegeben und ihr sanft über ihr blondes Haar gestrichen, bevor sie vom Hof ritten.

Bis zum Morgengrauen war die Reise ruhig verlaufen. Das gelegentliche Aufwallen eines unguten Gefühls, wenn Haneraf den Blick des Elfen auf sich spürte, unterdrückte er rasch. Und dann war da dieses Lächeln. Stundenlange war das Gesicht des Elfen wie aus Stein gemeißelt. Dann, ohne ersichtlichen Grund, glitt ein Lächeln über dessen Züge, wie ein Schatten, den man nur aus dem Augenwinkel wahrnahm. Als sie am späten Vormittag auf dem Hügel standen und das erste Mal Kolfurt vor sich liegen sahen, hatte es begonnen.

Der Erste, der mit dem Sterben begann, war Gelon. Haneraf würde gerne behaupten, es sei schnell gegangen, aber so war es nicht. Der Hieb des Elfen kam unerwartet. Er schlitzte Gelons Bauch auf, wie einen Fisch zum Ausnehmen. Der große Mann starrte einen Moment lang wie gebannt auf seine Gedärme, die sich über den Rücken seines Pferdes ergossen. Dann begann er zu schreien. Haneraf hatte noch nie einen Menschen so brüllen gehört. Es klang eher wie ein Schwein, das geschlachtet wurde. Er selbst erstarrte angesichts dessen, was er nicht begreifen konnte. Hanero reagierte schneller, aber nicht schnell genug. Der Junge gab seinem Tier die Sporen. Doch noch bevor er drei Pferdelängen zurückgelegt hatte, war der Elf schon neben ihm. Mit einer fließenden Bewegung führte er einen ausholenden Hieb und wendete sein Pferd, um zu Haneraf zurückzureiten. Das war der Moment, in dem etwas in Haneraf zerbrach. Es war nicht der Tod seines Sohnes. Er hatte schon mehrere Kinder an das Fieber verloren. Nein, es war die Art, wie sein Sohn von ihm weggerissen wurde. Und es war der Anblick, der sich ihm ins Hirn brannte, der Anblick, den er für den kurzen Rest Lebens nie mehr vergessen würde. Es war das Bild von Haneros Kopf, der zwischen zwei Steinen und einigen dahinwelkenden Berggeranien lag und ihn aus toten Augen anklagend ansah.

»Reite voran!« Die Stimme des Elfen zeigte keine Gefühlsregung. Vom Fluss her wehte ein kühler Wind und trieb Nieselregen heran. Er brachte den Duft von Herbstrosen und frischem Laub mit sich.

Der Traum der Jägerin

Kalter Schweiß perlte von Hanerafs Stirn, als er sein Pferd wendete und den Hügel hinab in Bewegung setzte. Dem Elfen den Rücken zuzuwenden, kostete ihn alle Überwindung, die er aufbringen konnte. Die Körper von Hanero und Gelon, der immer noch zuckte, hatte der Elf auf ihre Pferde gebunden. Die Leine der beiden unruhig stampfenden und schnaubenden Tiere hatte er an seinen Sattelknauf gebunden. Haneraf musste schlucken bei dem Gedanken, dass die Leiche seines Sohnes nur wenige Fuß hinter ihm auf dem Rücken eines Pferdes lag. Aber noch mehr sorgte ihn, dass er Haneros Kopf auf dem Hügel zurücklassen musste.

Vorsichtig lenkte er sein Pferd den schmalen Pfad entlang, der den Hügel hinab führte. Vor ihnen lag die Stadt, die er wohl nie lebend erreichen würde. Er hatte geplant, die Nacht im ‚Trunkenen Reiter' zu verbringen und gleich morgens früh nach Hause aufzubrechen. Vorher wollte er Haneros Jacke und seiner Frau ein kleines Geschenk kaufen. Seine Frau! Er würde sie nie wieder sehen. Der Gedanke schmerzte. Fünfundzwanzig Jahre waren sie nun verheiratet und noch immer fiel es ihm schwer, auch nur einen Tag von ihr getrennt zu sein, was normalerweise nur an Markttagen geschah. Er überlegte, was seine Frau wohl zu einem neuen Schal sagen würde. Fast hätte er seinen Begleiter vergessen, dann wurde er in die Wirklichkeit zurückgerissen.

»Es ist Zeit«, erklang hinter ihm die Stimme des Elfen als sie gerade in eine kleine Senke einritten, die ihnen die Sicht auf die Stadt versperrte.

Zeit wofür, dachte Haneraf und wusste es doch. Er zwang sich, sich nicht umzudrehen oder nachzufragen. Eiskalt kroch ihm die Furcht über den Rücken. Der Regen wurde stärker. Im

Heidekraut vor ihm tollten zwei fast ausgewachsene Strohkatzen. Der Schrei eines Raubvogels hallte weit über die Hügel.

Der Schmerz kam schnell. Voller Entsetzen blickte er auf die Klinge, die aus seiner Brust ragte. Die Zügel entglitten seinen Händen. Er griff nach dem Sattelknauf und bekam nur leere Luft zu fassen. Unendlich langsam kippte er zur Seite, die Augen immer noch auf die Spitze des Schwertes gerichtet, die sich wieder in seine Brust zurückzog. Er fiel; schlug auf. Der Aufprall trieb den Atem aus den Lungen. Über ihm tauchte die Silhouette des Elfen auf. Die silbrig grauen Augen näherten sich seinem Gesicht. Aus dem Augenwinkel sah er die Hand des Elfen und den Dolch darin. Haneraf versuchte schützend den Arm zu heben, doch seine Muskeln versagten. Der Elf vollführte drei rasche Schnitte. Hanerafs Schmerzensschrei ging in ein Husten über. Ein feiner roter Sprühnebel legte sich auf das bleiche Gesicht das Elfen, der seine Finger nun in den Schnitt um Hanerafs Gesicht versenkte. Haneraf keuchte vor Schmerz und Angst. Ein Ruck folgte und ein Brennen, das ihm den Verstand raubte. Voller Entsetzen starrte er auf das, was sich nun in den Händen des Elfen befand. Er war sein eigenes Gesicht, das nun mit leeren Augenhöhlen zurückstarrte. Mit letzter Kraft bäumte er sich auf, versuchte zu sprechen, doch nur ein gurgelndes Geräusch entrann seiner Kehle. Er schmeckte Blut. Seine Lungen waren ein einziger Schmerz. Verzweifelt rang er nach Luft, die nie mehr kommen würde. Die Schwärze kam. Noch einmal sah er das Lächeln seiner Frau, dann floh sein Verstand.

Der Traum der Jägerin

Vehstrihn beugte sich über den immer noch zuckenden Mann. Rasch streifte er ihm Jacke, Wams und Beinlinge ab. Er hatte Glück, das der Bauer in etwa seiner Größe entsprach. Nur im Bauch- und im Wangenbereich war der Mann etwas korpulenter als er. Aber das sollte sich mit ein paar kleinen Auspolsterungen in den Griff bekommen lassen. Und überhaupt würden die Leute sowieso auf andere Dinge achten. Der menschliche Versand war etwas Wunderbares, dachte Vehstrihn. Er nimmt nur das wahr, was er auch wahrnehmen will. Die Menschen hatten nie die Klarheit der Elfen erlangt, die Dinge als das zu sehen, was sie waren. Und heute würde ihm das zugute kommen.

Ohne sich allzu sehr zu beeilen, entkleidete er sich und verstaute seine Garderobe ordentlich in einer Satteltasche, aus der er vorher einige Verbände und eine Spiegelscherbe entnahm. Dann zog er die Kleidung des frisch verstorbenen Bauers an. Wie er vermutet hatte, musste er einige Stellen auspolstern. Als er mit seiner Arbeit zufrieden war, widmete er sich dem eigentlichen Kunststück seines heutigen Planes. Fast andächtig legte er die Gesichtshaut des Toten über seine eigene. Zum Schluss tunkte er die Verbände in die Wunden des verstorbenen und fixierte damit die fremde Gesichtshaut. Die übrigen Verbände wickelte er um seinen linken Arm, sein rechtes Bein und legte eine Schlinge um seine rechte Schulter. Er betrachtete sein Werk in der Spiegelscherbe, rückte den Kopfverband noch etwas zurecht und stupste die Nase ein wenig nach links. Dann lächelte er zufrieden. Ja, dachte Vehstrihn, heute würde er sein Werk krönen.

J.R. Kron

***

Der Regen war stärker geworden, doch Tino'ta bemerkte es nicht. Wie betäubt bewegte sie sich zwischen den Überresten des Wagenzuges. Der Wind versetzte die Oka Bäume in ein beständiges Rauschen. Das aufgeregte Geschrei von Vögeln mischte sich mit dem Keifen der Pavahunde, sie sich um ihre Beute stritten. Gelegentlich knackte es in dem noch immer schwelenden Holz. Weißer Dampf stieg zischend auf, wo der Regen auf die verbleibenden Glutnester fiel. Der Brandgeruch war allgegenwärtig. Er hatte den Duft des Morgens vertrieben. Verschmortes Holz, Haare und Fleisch, der Gestank trieb Tino'ta die Tränen in die Augen. Da waren noch andere Ausdünstungen. Bei jedem ihrer Schritte drängte sich eine weitere in den Vordergrund und verblasste wieder: Urin, verschmorter Kot und der metallische Geruch von Blut. Tino'ta blieb stehen, um einen abgebrochenen Pfeil zu betrachten, der aus einer verkohlten Deichsel ragte. Ihre Hand glitt über den Schaft und verharrte kurz an der Bruchstelle. Eine zierliche Gestalt, halb unter dem Wagen verborgen, zog ihre Blicke an. Es war ein kleines Mädchen, die weit aufgerissenen Augen starr, die Hand im Tod fest um die Puppe eines Laufvogels geklammert. Vergangenheit und Gegenwart drängten gleichermaßen auf Tino'ta ein. Ein anderes Orkmädchen tauchte in ihrer Erinnerung auf, das verzweifelt versuchte die geliebte Puppe hinter ihrem Rücken zu verbergen – vergeblich. Es war der Tag, an dem ihre Mutter ihr eröffnete, dass sie nun zu alt sei, um noch ein Kind zu sein. Damals hatte sie es nicht verstanden. Noch Stunden später hatte sie weinend vor dem Feuer gesessen, in dem ihre Mutter die Puppe verbrannt hatte; es waren die letzten Tränen ihrer Kindheit. Doch dann war die Zeit gekommen, die alles veränderte. Sie war erwachsen geworden. Ein vollwertiges Mitglied des Klans. Und mit einem Mal war die Kinderzeit vergessen; das geliebte Spielzeug nur noch ein Schatten der Vergangenheit.

Bis jetzt.

Tino'ta ging in die Hocke. Sanft schloss sie die Augen der Kleinen und legte ihr die Puppe auf die Brust. Dann erst zog sie den leblosen Körper vollständig unter dem Wagen hervor und hob sie vorsichtig auf. Obwohl sie es besser wusste, hatte sie das Gefühl, sie dürfe den Schlaf des Mädchens nicht stören. Sie richtete sich auf und begann, sich den Weg aus dem Trümmerfeld hinaus zu suchen. Die Wagen hatten Tino'ta immer ein Gefühl der Sicherheit vermittelt. Die riesigen Räder, die sie selbst dann noch überragten, wenn sie auf Na'tarva ritt, die massiven Aufbauten, die die Habe der Sippe und die Kinder trugen und die mächtigen, gebogenen Deichseln, an denen die Muhvak-Stiere angejocht wurden. All das hatte sie bisher mit Heimat verbunden. Jeder Ork, der nicht zu alt zum Wandern war, verbrachte die Hälfte seines Lebens in den Wagen. Abends, wenn sie sich einen Platz zum Rasten suchten, stellten die Wagenführer ihre Gefährte in einem Kreis auf, die Deichseln nach innen gerichtet. Dann wurden Planen von Deichsel zu Deichsel gespannt, so dass ein gewaltiger Zeltkreis entstand, der seine Bewohner vor Wind und Wetter schützte. In der offenen Mitte dieser Wagenburg brannte das große Feuer. Hier brieten die Frauen das Fleisch, und wenn die Dunkelheit kam, erzählten die Männer

Geschichten aus vergangenen Tagen, während sich die Kinder in die Arme ihrer Mütter kuschelten. Die schweren Wagen selbst dienten als Abschirmung gegen Tiere und etwaige Feinde. Es entstand eine Festung, in der die Orks sich behütet fühlen konnten. Zusammen mit den Kriegern, die jeder Sippe angehörten, bildete die Wagenburg den vollkommenen Schutz der Sippe – der Familie. Die Kinder wussten es, die Mütter wussten es und auch Tino'ta wusste es ... bis heute. Wer auch immer die Orks hier abgeschlachtet hatte, sie hatten ihn nicht als Feind betrachtet, bevor es zu spät war. Und so nahe an der Grenze zu den Ländern der Menschen konnte es nur einen Schuldigen geben.

Tino'ta zwängte sich zwischen einem zerbrochenen Rad und dem Kadaver eines Muhvak-Stiers hindurch. Die verdrehten Augen des großen Tieres standen offen. Seine Zunge, die die Länge von Tino'tas Arm hatte, hing ihm aus dem Maul. Für einen Moment übertünchte der Gestank seines nassen Felles alle anderen Gerüche.

Tino'ta erreichte die Stelle, an der schon sieben andere Leichen lagen. Vier Frauen im fortgeschrittenen Alter, ein Mann, dessen Kopf sie noch nicht hatten finden können, und zwei Jungen. Bedächtig legte sie den Körper des Mädchens neben den Frauen ab. Dann wischte sie sich Ruß und Tränen aus dem Gesicht und marschierte entschlossen zurück zu der Wagenburg.

Sie kehrte zu der Stelle zurück, an der das Kind gelegen hatte. Um weiter vorzudringen, musste sie eine Barriere aus zerbrochenen Fässern überwinden. Direkt dahinter fand sie die nächste Leiche. Diesmal musste sie erst einen Pavahund vertreiben, der nur widerwillig von seiner Beute abließ. Der kleine Aasfresser fauchte sie an, besaß aber nicht den Mut ihr entgegenzutreten. Nachdem sie mehrmals auf den Boden gestampft und einen kleinen Stein nach ihm geworfen hatte, zog er schließlich winselnd von dannen.

Entsetzt starrte sie auf die Tote. Sie hätte nicht gedacht, dass ihr ein Anblick noch näher gehen konnte als der des toten Mädchens. Nun musste sie sich eingestehen, dass sie sich geirrt hatte. Die junge Frau war kaum älter als sie selbst. Man hatte sie entkleidet und an ein Wagenrad gebunden. Ihr einst hübsches Gesicht war mit Tränen und Blut verschmiert. Der Strick, mit dem sie erdrosselt wurde, hing noch immer um ihren Hals. Tino'tas Kehle wurde trocken. Sie konnte ihre Tränen nicht mehr aufhalten. Niemand durfte so etwas tun. Nicht so. Aber es war nicht die Art, wie die junge Frau gestorben war, die Tino'ta am meisten mitnahm, es war die Tatsache, dass sie schwanger gewesen war.

Verzweifelt wendete sich Tino'ta ab, doch wohin sie auch schaute, überall lagen Tote; erschlagen, erdrosselt, ausgeweidet. Das war kein Kampf gewesen, sondern Mord.

»Etwas stimmt hier nicht«, Kelosas Stimme ließ Tino'ta herumwirbeln. Der große Jäger war über und über mit Ruß bedeckt. An seinen Armen klebte Blut, das nicht von ihm stammte.

»Etwas stimmt nicht?«, stieß sie hervor. Wut funkelte in ihren Augen. »Jemand schlachtet unschuldige Kinder und Frauen ab und alles, was dir dazu einfällt, ist: Etwas stimmt nicht?«

»Du verstehst mich falsch«, verteidigte sich Kelosa. »Ich meine nicht diese Gräueltaten, sondern die Umstände.«

Tino'ta sah ihn verwirrt an. »Wie meinst du das?«

»Schau dich doch um. Hier stehen die Überreste von sieben Wagen. Hast du jemals gehört, dass eine Sippe nur mit sieben Wagen durch diesen Landstrich gezogen ist?«

»Vielleicht wurden sie von den anderen getrennt? Oder der Rest der Sippe ist nach dem Kampf weitergezogen.«

»Und hat die Toten so zurückgelassen? Niemals!«

Kelosa bückte sich und hob etwas vom Boden auf. Es sah aus wie ein zerbrochenes Schmuckstück. Nachdenklich drehte er es zwischen den Fingern.

»Und noch etwas«, fuhr er nach einer Weile fort. »Hier liegen mehr Leichen und tote Zugtiere, als dass es nur sieben Wagen gewesen sein können. Vielleicht haben sie die Wagen irgendwo leer zurücklassen müssen. Alles in allem sieht das hier aus, als wäre es wie eine normale Sippe gewesen. Aber etwas fehlt.«

***

Die beiden Wächter, die am Flusstor von Kolfurt Dienst schoben, starrten wie gebannt auf die Horrorgestalt, die sich aus dem Grau des Nieselregens herausschälte. Der Mann, der die schlammige Straße, welche die Stadt mit den nahegelegenen Gehöften verband, entlanghumpelte, schien direkt aus der Hölle zu kommen. Seine Kleidung war blutverschmiert und die linke Hälfte seines Gesichtes war unter getrocknetem Blut verborgen. Der sichtbare Teil seines

Der Traum der Jägerin

Gesichtes war blass und geschwollen. Die Nase schien gebrochen und irgendwie zu groß. Sein Mund wirkte schief. Blut tropfte von den Lippen. Sein rechtes Auge, das Einzige, was unter den Verbänden noch sichtbar war, war blutunterlaufen. Ein schmutziger Verband hüllte den oberen Teil seines Kopfes ein und den rechten Arm trug er in einer notdürftigen Schlinge, während er mit dem linken zwei Pferde hinter sich herführte. Zwei Körper hingen festgebunden über die Sättel der Tiere.

»Bleibt stehen!«, rief der Wächter, der an der rechten Seite des Tores unter einem winzigen Dach stand, das kaum den Regen abhalten konnte. Gufward war ein Veteran der Stadtwache. Trotz seiner viele Dienstjahre hatte er es nie geschafft, im Rang aufzusteigen. Ein Umstand, der nur zum Teil seiner Vorliebe für selbstgebrannten Schnaps zu Schulden war. Vielmehr war es die kreative Art, mit der er Befehle auszuführen pflegte, die ihm den Weg nach oben verbaute. Im Laufe der Jahre hatte er den einen oder anderen Raufbold am Passieren des Tores gehindert und zweimal hatte er sogar einen gesuchten Dieb dingfest gemacht. Aber noch nie hatte sich ihm ein solcher Anblick geboten wie an diesem grauen Herbstmorgen.

Nun zog Gufward sein Schwert. Es war schartig, aber es lag gut in der Hand. Vor ihm hatte es schon seinem Vater gute Dienste geleistet. »Stehen bleiben, habe ich gesagt.« Er trat einen Schritt vor und schirmte mit der Linken seine Augen vor dem Regen ab, um besser sehen zu können. »Was zum ... oh bei allen Göttern, Haneraf, seid ihr das?«

Der Angesprochene stolperte kurz, fing sich schwankend wieder und gab ein bestätigendes Stöhnen von sich. »Ich ...«, begann er. Er atmete tief durch und zitterte plötzlich am ganzen Körper. »Orks!«, fuhr er mit röchelnder Stimme fort, »... der Hof ... meine Familie ... alle tot. Sie kommen ... Orks ... sie kommen uns alle zu töten.«

»Marcus«, rief Gufward dem zweiten Wächter zu. »Sag dem Alten, dass wir hier möglicherweise ein Problem haben. Wir brauchen Männer am Tor. Und hol den Vogt. Und Gudrun. Sag ihr, hier ist ein Mann, der dringend ihre Hilfe braucht.«

»Das könnt ihr ihn auch noch fragen, wenn ich seine Wunden gereinigt habe und er sich ein wenig ausgeruht hat. Sonst stirbt er uns noch an Blutfieber. Er kann ja kaum noch gehen. Ihr solltet euch schämen, den armen Mann so zu bedrängen, Meister Bomormann.« Die Frau, die diese Worte mit einem einzigen Atemzug ausstieß, war etwa achtundzwanzig Lenze alt. Gudrun war hochgewachsen und, wenn sie nicht so dünn gewesen wäre, man hätte die blonde Frau mit der Stupsnase und den geschwungenen Lippen fast als hübsch bezeichnen können. Doch ein Mann, der Gudrun ansprach, musste äußerst mutig oder betrunken sein. Sie war eine gute Seele, aber sie wusste genau, was sie wollte und eine andere Meinung als ihre zu haben oder ihr gar noch zu widersprechen, kam für sie einer Todsünde nahe. Und momentan war es Meister Bormomann, der Stadtvogt von Kolfurt, der sich in ihren Augen versündigt hatte.

Mert Bormomann war augenscheinlich das absolute Gegenteil von Gudrun. Er war recht kurzgewachsen und fast genauso breit wie hoch. Ständig hielt er sich mit seinen Händen den Bauch, so dass man den Eindruck hatte, als trage er ihn in den Händen mit sich herum. Sein Gesicht war ebenso rund wie er selbst. Seine Nase war das einzig dünne an ihm. Im Moment schien er sich äußerst unwohl in seiner Haut zu fühlen, während er neben Gudrun die gepflasterte Hauptstraße von Kolfurt hinaufschnaufte, die sich in weiten Bögen den Kolberg bis zur Festung schlängelte. Man erzählt sich, dass alles mit einem Turm angefangen hatte. Der Kolberg war die höchste Erhebung in der Gegend und von hier aus hatte man einen guten Überblick über die Furt und die angrenzenden Hügel. Später wurde dieser um ein Gasthaus und einen mit Steinmauern befestigten Hof erweitert. Die junge Festung bot Reisenden und Händlern Schutz und Unterkunft und mit den Jahren zog sie auch immer mehr Siedler an. Jahrhunderte später schmiegte sich nun die Stadt Kolfurt an die Hänge des Hügels. Doch noch immer thronte die alte Festung auf seiner Spitze, auch wenn das ehemalige Gasthaus schon lange einer Kaserne gewichen war.

Der Kolberg lag auf einer Landzunge zwischen einer ausladenden Schleife des Parzevals und des Dunkelwards, der hier in den großen Strom mündete. Der Dunkelward hatte so viel Sand in den Parzeval geschwemmt, dass dieser noch breiter als sonst, dafür aber sehr flach, war. Es war diese natürliche Furt, die das Orkland mit den Ländern der Menschen verband, die den kleinen Handelsposten auf der Kolburg zu der Stadt gemacht hatte, die nun der Inbegriff für den Obsidianhandel in den Grenzlanden war. Die Stadt besaß drei große Tore. Das Flusstor, das der Furt und der nördlichen Straße, die den Großteil der Höfe mit der Stadt verband, zugewandt lag, war nur zur Erntezeit gut frequentiert. Es wurde hauptsächlich von Bauern und fahrenden Händlern benutzt, die die Versorgung Kolfurts mit den wichtigsten

Grundnahrungsmitteln und Haushaltshandelswaren sicherstellten. Auch Lieferungen, die mit Schiffen über den Strom transportiert wurden, passierten dieses Tor. Der kleine Hafen Kolfurts, eine Ansammlung von Schuppen und Stegen, lag in Sichtweite des Tors und bildete den Endpunkt des beschiffbaren Parzevals. Viel bedeutender als das Flusstor war das Dunkeltor, das die Verbindung zur Vorstadt bildete. Die Vorstadt, ein Gewühl von leichten Holzhäusern, Verkaufsbuden und Zelten, lag zwischen der Stadtmauer und dem Dunkelwald. Kleine Märkte, wackelige Lagerhäuser, billige Absteigen und Bordelle bildeten das wirtschaftliche Herz der Vorstadt. Dort befand sich auch der große Platz, den die Einheimischen den Fremdboden nannten. In der Wanderzeit waren auf dem Platz die riesigen Orkwagen mit ihren ausladenden Deichseln und den massigen Zugtieren zu bestaunen. Viele Orks legten hier eine mehrtägige Rast ein, um sich mit Waren aus der Stadt einzudecken, die sie gegen Obsidian eintauschten. Das dritte Tor, das einfach nur Haupttor genannt wurde, war das größte der drei Tore und zugleich das unbedeutendste. Es war der Obsidian-Straße zugewandt, die sich von hier durch die Länder der Menschen schlängelte. Und auch wenn die Straße selbst hochfrequentiert war, so ließen die Karawanen und Händler das Tor doch links liegen, um an der Stadtmauer entlang direkt zur Vorstadt zu reisen. Und so waren es hauptsächlich offizielle Besucher, reiche Kaufleute und Reisende, die das Geld hatten, sich ein Gasthaus in der Stadt zu leisten, die das Haupttor passierten.

Hinter Gudrun und dem Vogt schritten zwei Wächter, die den vermeintlichen Haneraf stützten. Ein weiterer Mann folgte mit den beiden Pferden. Die Blicke der Menschen, an denen sie vorbeigingen, verweilten nur kurz auf dem ungleichen Paar, um dann mit wachsendem Entsetzen zuerst zu dem Verletzten und schlussendlich zu den Toten zu gleiten. Gespräche verstummten und Stille breitete sich in den Straßen aus, während die Prozession sich langsam der Stadtmitte näherte. Dann begann ein Wispern und von Ohr zu Ohr wanderte ein Wort: Orks.

»Meine liebe Gudrun, nichts liegt mir ferner, als euch von eurer Arbeit abzuhalten. Und wenn ihr sagt, dass Haneraf Ruhe braucht, dann stimme ich dem voll und ganz zu. Aber wenn es wirklich ein Problem mit den Orks gibt, dann müssen wir das wissen. Es gab Gerüchte in den letzten Tagen. Wenn es zu einem Krieg kommt, dann liegt Kolfurt direkt in der Gefahrenzone. Die Wanderungszeit hat begonnen. Wir müssen wissen, was uns bevorsteht.«

»Ihr könnt ihn befragen, wenn er sich ausgeruht hat«, entgegnete Gudrun etwas beschwichtigt. »Die Orks werden schon nicht fortlaufen. Vielleicht ist es ja ein Irrtum, bisher waren sie immer friedlich. Und noch habe ich keine vor den Toren gesehen. Ihr etwa?«

»Ist schon gut«, begann Haneraf und sofort erntete er einen missbilligenden Blick von Gudrun. Er schluckte, es kostete ihn sichtlich Überwindung, zu reden. »Sie kamen mit der Abenddämmerung. All das Blut ... es war so dunkel ... ich werde ihre Fratzen nie mehr vergessen. Sie haben meine Frau vors Haus gezerrt ..., ich musste ihnen dabei zusehen.«

»Ihr müsst jetzt nicht reden«, sagte Gudrun mit sanfter Stimme. »Gleich sind wir im Haus der Heilung, dann werdet ihr Ruhe haben.«

»Nein«, antwortete Haneraf mühsam, »es ist wichtig. Sie müssen es wissen. Die Orks haben meine Familie, die Knechte und die Mägde geschändet und abgeschlachtet wie Vieh. Wir drei«, er deutete auf die beiden Toten, »konnten fliehen, aber einer hat uns eingeholt. Er hat meinen Sohn geköpft und meinen Knecht und mich schwer verletzt, bevor wir ihn töten konnten. Gelon hat es nicht geschafft, seine Wunde war zu stark. Er ist auf dem Weg hierher gestorben.«

»Was hat sie dazu gebracht?«, fragte Meister Bormomann. »Hattet ihr schon vorher Ärger mit den Orks? Habt ihr irgendetwas getan, um sie zu provozieren?«

»Nein«, sagte Haneraf. »Sie haben getobt und geschrien, als sie meinen Hof verwüsteten. Sie haben gebrüllt, dass die Menschen ihnen ihr Land weggenommen haben, und dass sie es sich zurückholen. Es sind Bestien, die im Blutrausch töten. Sie waren schon immer Bestien, auch wenn sie sich unter der Maske der Lämmer verborgen haben.« Plötzlich hob er seine Stimme. Schrill hallten seine Worte durch die Gassen von Kolfurt. »Sie werden kommen. Sie werden euch eure Kinder rauben und eure Frauen nehmen. Sie werden die, die ihr liebt vor euren Augen massakrieren. Sie kommen, um zu töten.« Dann brach er zusammen.

Wenige hundert Fuß entfernt betrat ein Fremder das Gasthaus ‚Zum einarmigen Ork'. Vor wenigen Jahren war das Gasthaus noch eine Scheune gewesen und es hatte nur geringer Umbauten benötigt, um es in seinen jetzigen Zustand zu versetzen. Leere Fässer und ein paar alte Bretter waren in eine Theke und drei lange Tische verwandelt worden. Eine Handvoll Holzklötze und einige weitere Bretter dienten als

Der Traum der Jägerin

Sitzgelegenheiten. Der handwerklich aufwendigste Teil des Umbaues waren die Halterungen für die Bierfässer, die ihr erstes Leben als Lattenzaun verbracht hatten. Auf dem Heuboden hatte man der Einfachheit halber alles so belassen, wie es war. Ein paar fleckige Decken, eher wahllos über das alte Heu geworfen, und fertig waren die Betten. Der ganze Raum roch nach abgestandenem Bier, Urin, angetrocknetem Erbrochenen und ungewaschenen Leibern. Tagelöhner, Fäkalmänner oder Bettler: hier war jeder willkommen, der ein paar Münzen mitbrachte. Dies war ein Ort, an dem keine Fragen gestellt wurden. Ein Ort, an dem man sich unter seinesgleichen wähnte. Doch auch wenn der Name etwas anderes vermuten ließ, so hatte noch nie ein Ork das Gasthaus ‚Zum einarmigen Ork' betreten. Bis zum heutigen Tage. Der Wirt, ein dicker Mann mit fettigem, braunem Haar, das ihm strähnig über die Schultern fiel, gab dem Hünen, der neben der Theke auf einem Haufen fauligem Stroh schlief, einen Stoß mit dem Fuß.

Mit einem Grunzen richtete sich der Hüne auf. Normalerweise begann seine Arbeit erst spät in der Nacht. Ferk verdingte sich im ‚Zum einarmigen Ork' als Rausschmeißer und Zecheeintreiber. Dafür bekam er einen Platz zum Schlafen und eine warme Mahlzeit am Tag. Seit er hier arbeitete, und das war länger, als er sich mit seinem schwerfälligen Geist erinnern konnte, gab es keine Nacht, in der seine Arbeit nicht gebraucht wurde. Doch so früh am Tag hatte er noch nie tätig werden müssen. Er grunzte noch mal, richtete sich zu seiner vollen Größe von siebeneinhalb Fuß auf und stapfte auf den Fremden zu. Wie beiläufig schnappte er sich eine Holzkeule, die an einem der tragenden Balken lehnte.

»He, du«, stieß er hervor. Seine Züge zeigten keine Regung. »Verschwinde. Ihr dürft hier nicht rein. Das ist nur für Menschen. Verstehst du mich?«

Der Fremde legte den Kopf leicht schräg. Seine Haut hatte die Farbe nassen Schiefers und seine Stirntätowierung glich fast einem Horn. Sein linkes Ohr stand waagerecht von seinem Kopf ab; das rechte fehlte. Er bedachte Ferk mit einem angedeuteten Lächeln, das seine Eckzähne noch stärker betonte.

»Hau ab, Ork!« Ferk hielt unbeirrt auf den Fremden zu, der fast einen Kopf kleiner war als er selbst. Er hob die Keule. »Bist du dumm? Hier ist kein Platz für dich. Das hier ist ...«

Der Fremde schmetterte Ferk die Faust gegen den Hals. Der große Mann taumelte. Der Ork machte eine halbe Drehung und zerschmetterte Ferks rechte Kniescheibe mit einem Tritt. Das Knirschen von splitternden Knochen schien das einzige Geräusch im Raum zu sein. Dann setzte Ferk zu einem infernalischen Heulen an. Er stolperte. Blind vor Wut schlug er mit der Keule um sich. Erneut machte der Ork eine fließende Drehung, wich dem Hieb der Keule aus und packte Ferks Handgelenk. Wieder splitterten Knochen. Die Keule wechselte den Besitzer. Ferk keuchte. Tränen rannen über sein ausdrucksloses Gesicht. Auf einen Arm und ein Bein gestützt, begann er, nach seinem Peiniger zu beißen. Ohne Mühe wich dieser aus. Mit drei kurzen Hieben verwandelte er Ferks Kopf in eine breiige Masse.

»Ja«, sagte der Fremde ruhig und wandte sich den anderen Gästen zu. Er sog die Luft durch seine breite Nase ein und verzog angewidert das Gesicht. »Dies ist ein Ort für deinesgleichen.«

***

»Wir reiten offen?« Gandoar hielt seinen Braunen auf der Höhe von Ormans Rappen. Die Männer ritten hinter ihnen in Zweierkolonne. »Wird das die Bevölkerung nicht noch mehr davon überzeugen, dass ein Problem mit den Orks besteht.«

»Ja und ja«, sagte Orman. Seine Miene verriet die gleiche Sorge, die in seiner Stimme mitschwang. »Aber uns läuft die Zeit davon. Auch wenn das Muster der Übergriffe zu Beginn vollkommen willkürlich erschien, so bin ich mir sicher, dass Kolfurt, obgleich es möglicherweise nicht das direkte Ziel ist, so doch irgendwie im Zentrum der Vorfälle steht.«

»Und wenn uns die Täter das glauben lassen wollen? Vielleicht ist ein Trupp Bewaffneter, die unter der Flagge Gisreths reiten, genau das, was sie haben wollen.«

»Das Risiko bin ich bereit einzugehen«, sagte Orman, obwohl ihm der Gedanke, den Mördern in die Hände zu spielen, Magenschmerzen bereitete. Aber die Situation war schon zu weit eskaliert, um sie noch verborgen halten zu können. Jeder weitere Versuch hätte nach Vertuschung gerochen. Und das bedeute, Öl ins Feuer zu gießen.

Nein, Orman wusste, dass es Zeit war, etwas zu unternehmen. Und sein erster Schritt würde ihn nach Kolfurt bringen. Die Stadt besaß zwar nur eine kleine Garnison, doch alleine das Aussenden von Patrouillen zu den Höfen reichte vielleicht, um die Mörder abzuschrecken.

Die Straße, der die Orks folgten, schlängelte sich durch eine Landschaft sanfter Hügel. Heidekraut und Ginsterbüsche stellten den größten Teil der hiesigen Flora dar. Vereinzelte Zypressen und der eine oder andere Olivenbaum zogen die Blicke auf sich. Ab und zu kamen sie an längst verfallenen und von der Natur zurückeroberten Ruinen vorbei. Orman wusste, dass sich der Parzeval nicht weit von ihnen hinter den Hügeln erstreckte, doch der feine Nieselregen hing wie ein Dunst über der Landschaft und verhinderte, dass man zu weit sehen konnte. Es war eine wilde Gegend. Die Menschen, die hier draußen ihre Höfe errichtet hatten, gehörten zu einem besonderen Schlag. Es war ein hartes Leben und viele hatten es nur gewählt, weil das Haus Osarek Siedlungswillige mit einem eignen Stück Land und einer großzügigen Summe Startkapital belohnte. Und so waren die Blauen Lande für einige verzweifelte Familien die einzige Chance, ein neues Leben zu beginnen und der Armut in den Slums und Vorstädten zu entgehen. Es waren anständige Leute, das wusste Orman, und sie hatten nicht verdient, was nun mit ihnen geschah. Niemand hatte das verdient.

Der Hufschlag eines galoppierenden Pferdes riss ihn aus seinen Gedanken. Er zügelte sein Pferd und mit ihm kam der gesamte Trupp zum Stehen. Wenige Atemzüge später tauchte ein Mann aus dem Dunst des Regens auf, der in vollem Galopp auf sie zuhielt. Orman hatte die Brüder Manroah als Späher vorausgeschickt. Es war Patrar, der sein Pferd nun vor ihm zum Stehen brachte.

»Mein Hauptmann«, sagte der drahtige Mann, »wir haben ein Problem. Es ist die Stadt Kolfurt. Ich glaube, wir kommen zu spät.«

Der Traum der Jägerin

***

Die Tür schlug zu und dämpfte Meister Bomormanns Stimme. Mit einem lauten Klacken ließ Gudrun den Riegel zufallen.

»Gudrun, bitte.« Die Stimme kam von dem Fenster, das neben der Tür ins Mauerwerk eingelassen war. Der Vogt presste sein feistes Gesicht gegen die winzigen Butzenscheiben. »Die Menschen haben Angst. Sie haben Gerüchte vernommen. Von einigen Höfen haben wir seit Wochen nichts mehr gehört. Es könnte sich wirklich etwas Großes zusammenbrauen, wenn was dran ist.« Der runde Mann verschnaufte einen Moment und holte dann erneut Luft. »Bitte, meine Liebe, ich will doch nur noch ein paar kleine Fragen stellen. Wir müssen Gewissheit haben.«

»Nicht jetzt«, antwortete Gudrun ruhig und drückte ihren Patienten sanft auf die breite Liege, die mitten in dem beengten Raum stand. Trotz des Platzmangels schien auch dieses Zimmer von Tiegeln, Fläschchen und kleinen Kästchen besetzt zu sein. Der Geruch von Ampfer, Melisse und unzähligen anderen Kräutern vermischte sich zu einer überwältigenden Symphonie, die jede Nase sofort betäubte. »Er gehört jetzt mir und ich bestimme, wann ihr mit ihm reden dürft. Wenn es nach Euch ginge, würdet ihr ihn befragen, bis er tot ist. Und das dies noch nicht geschehen ist, grenzt an ein Wunder. Los, Mert, geht und regiert ein wenig an der Stadt rum.« Mit einem Ruck zog sie einen graugrünen Vorhang vor das Fenster. Sofort versank der Raum im Dämmerlicht. Staub tanzte in den wenigen Lichtstrahlen, die durch Mottenlöcher im Vorhang fielen.

»So«, sagte Gudrun und es klang nach einem Gottesurteil. »Keine Angst, ich bringe Euch schon wieder auf die Beine.« Sie lächelte ein wenig. »Aber eins müsst Ihr Euch merken. Hier gelten meine Regeln.«

Mert Bomormann war verzweifelt. Was bildete sich das Weib nur ein? Er war der Vogt dieser Stadt und er hatte hier das Sagen. Er blickte in die Runde und erkannte in den Augen der Menschen, dass sie alle das gleiche dachten. Ja, er hatte das Sagen, mit einer Ausnahme. Keiner in der Stadt wollte es sich mit der Heilerin verderben. Alleine der Gedanke, das nächste Mal, wenn er mit Zahnschmerzen zu ihr kam, mit einem herablassenden Blick abgespeist zu werden, klärte die Prioritäten sofort.

»Nun gut«, setzte Meister Bomormann an, »dann werde ich eben ...« Er verstummte. Wenn ihm etwas noch mehr Ehrfurcht einflößen konnte als Gudrun, dann war es die schrille Glocke, deren Klang nun über der Stadt wehte. Fast sofort kam Bewegung in die Menge. Gleichzeitig erklang der Ruf, den jede Stadt am meisten fürchtete: »Feuer!« Der Schrei setzte sich durch die Gassen fort. »Feuer in der Vorstadt.«

»Das ist weit weg«, kommentierte Gudrun die Schreie, die gedämpft in den Behandlungsraum drangen. »Erst mal muss ich Euch reinigen.« Sie griff nach einer Karaffe, die zwischen mehreren Büscheln getrockneter Pflanzen stand. »Euer Gesicht sieht ja furchtbar aus. Man könnte meinen, die Haut würde Euch gleich abfallen. Was ist geschehen? Habt Ihr

Der Traum der Jägerin

etwas Heißes ins Gesicht bekommen? Hat man Euch verprügelt? So was habe ich ja noch nie gesehen. So, und nun haltet still.« Sie nahm einen kleinen Schwamm und tauchte ihn in die Karaffe ein. Dann drehte sie sich wieder ihrem Patienten zu. Der Schlag traf sie vollkommen unvorbereitet. Ohne einen Laut ging die dürre Frau zu Boden.

»Was ist geschehen?«, fragte Meister Bomormann den Jungen, der schnaufend vor ihm zum Stehen kam. Er legte ihm die Hand auf die Schulter und stapfte weiter Richtung Stadtmauer. »Los, Bursche, erzähl.«

»Es waren die Orks«, der Junge, der noch ein paar Jahre vom Mannesalter entfernt war, schnappte nach Luft. »Sie haben den Ork angezündet.«

»Du redest wirr«, sagte der Vogt. »Die Orks haben sich also selbst angezündet? Es sind doch noch gar keine Orks in der Stadt. Die Wanderung hat gerade erst begonnen.«

Der Junge atmete ein paarmal gepresst ein und aus. »Das Gasthaus. Ich meine das Gasthaus. Sie haben den ‚einarmigen Ork' angezündet. Die Leute sagen, sie haben ein paar Männer getötet. Es waren Krieger, ein paar Dutzend, sagt man. Und sie haben Ferk getötet.«

»Ein paar Dutzend Orkkrieger wären doch wohl früher aufgefallen«, kommentierte der Vogt ungläubig. »Und weder der ‚einarmige Ork' noch Ferk sind ein großer Verlust. Seine Mutter hätte ihn schon als Säugling ersäufen sollen. Aber dazu hätte sie vielleicht einen Tag nüchtern sein müssen.« Er blieb kurz stehen und blickte in Richtung der Rauchwolke, die sich über der Stadt ausbreitete. »Wie schlimm ist es?«

J.R. Kron

»Die Flammen haben auf die Nachbargebäude übergegriffen«, sagte der Junge. »Die Gasse der Färber steht in Flammen und die Gerberei ist eine einzige Feuersbrunst. Jeder, der laufen kann, ist beim Löschen. Die Leute haben Angst, dass es auf die Hurenhäuser übergreift. Und Kalbert sagt, es war in der letzten Zeit viel zu trocken. Er sagt, wir haben ein Problem.«

Bomormann fluchte. Kalbert leitete die freiwillige Feuerwehr. Er war ein besonnener Mann und wenn er von einem Problem sprach, dann meinte er es auch so. Der Vogt blickte zum Himmel hinauf und war froh über den feinen Regen. Er konnte das Feuer vielleicht nicht löschen, aber er minderte die Gefahr von Funkenflug.

»Lauf zu Kalbert«, befahl er. »Er soll die Löscharbeiten auf die Gassen oberhalb der Färbergasse konzentrieren. Wir geben den unteren Teil der Vorstadt auf. Soll sich das Feuer doch bis zum Fluss durchfressen, das lässt sich alles wieder aufbauen. Die Huren können auch in Zelten arbeiten. Wichtig ist, dass wir es von der Stadt fernhalten.«

Gudruns Tränen vermischten sich mit dem Blut, das ihr aus Mund und Nase lief. Sie hatte Angst und schämte sich. Seit sie sich erinnern konnte, hatte sie nicht mehr geweint. Nicht einmal als kleines Mädchen. Das war ein Zeichen der Schwäche, hatte ihre Mutter ihr eingebläut. Und Schwäche durfte sie nicht zulassen. Doch jetzt fühlte sie sich alles andere als stark. Der Fremde, Gudrun war sicher, dass es nicht Haneraf war, hatte sie geschlagen und getreten als sie am Boden lag. Ihr Kiefer brannte wie die Hölle und ihr Magen rebellierte. Sie hatte Blut erbrochen.

Der Traum der Jägerin

Der Mann stieß sie in eine kleine Seitengasse und presste sie gegen die Steinwand. Gudrun wollte schreien, wollte um Hilfe rufen, aber ihr Blick hing wie gebannt an der gebogenen Klinge, die der Fremde in der Hand hielt, und sie wusste, dass sie sich nicht zur Wehr setzen würde. Und dafür schämte sie sich.

»Los, weiter.« Der Fremde riss sie mit sich. Gudrun folge ohne Widerstand. Ihr Leben lang hatte sie gedacht, dass sie selbst über ihr Tun bestimmen würde. Keiner hatte ihr etwas zu sagen. Nie würde sie sich verbeugen und gehorchen, hatte sie sich geschworen. Und jetzt folgte sie dem Fremden wie ein kleines Hündchen. Jedem seiner Befehle gehorchte sie sofort. Gudrun hatte Angst um ihr Leben; unendliche Angst. Doch warum lebte sie überhaupt noch? Als sie am Boden ihres Behandlungsraumes gelegen hatte und der Fremde auf sie einschlug, war sie sich sicher, dass sie sterben würde. Als das nicht passierte, war sie ihm dankbar; dankbar dafür, dass er ihr ihr Leben ließ. Die nächsten Minuten waren wie in Trance an ihr vorbeigezogen. Der Fremde hatte ihr einen Umhang zugeworfen, den sie sonst nur im Winter oder bei starkem Regen trug. Er selbst zog sich eine Gugel über, die sein Gesicht im Schatten verbarg. Dann stieß er sie durch den Hinterausgang in die Gasse hinaus. In den Straßen herrschte Chaos. Menschen liefen zur Vorstadt; manche, um zu helfen, manche, um zu gaffen und einige, um einfach dabei zu sein. Es war ihnen nicht schwer gefallen, unbemerkt im Gewirr kleiner Gassen und dunkler Höfe bis zum Haupttor vorzudringen. Die Menschen hatten Anderes zu tun als auf sie zu achten.

»Wenn du auch nur einen Mucks machst, bist du tot. Hast du mich verstanden?«

Gudrun nickte. Sie hielt den Kopf gesenkt. Der Fremde packte sie am Handgelenk und presste es mit eisernem Griff zusammen. Gudrun biss sich auf die Unterlippe, um nicht laut aufzuschreien. Brav trottete sie neben ihm auf das Tor zu.

Außer den zwei Wächtern, die das Haupttor bewachten, war niemand zu sehen. Die beiden hatten sichtlich schlechte Laune. Es war eine langweilige Arbeit, das wusste Gudrun. Vermutlich hatte sich seit Stunden kein Reisender dem Tor genähert und nun gab es auch noch irgendwo ein Feuer, das die beiden sich nicht ansehen durften. Als sich ihnen nun zwei Gestalten näherten, die offensichtlich die Stadt verlassen wollten, sahen sie eine gute Gelegenheit, an diesem trüben Tag doch noch etwas Spaß zu haben.

»Wohin des Weges?«, frage der blonde Wächter. Der junge Bursche war hochgewachsen und sehnig. Sein Hals wirkte dünn und sehnig. Gudrun hatte ihn zweimal gesehen, konnte sich aber nicht an seinen Namen erinnern. Das letzte Mal war er wegen eines bösen Zahnes bei ihr gewesen. »Der Abend bricht an. Vor Einbruch der Dunkelheit könnt ihr kein Gasthaus mehr erreichen. Ihr sucht euch besser eine Bleibe in der Stadt.«

»Unser Hof liegt nur zwei Wegstunden von hier«, sagte der Fremde und Gudrun wusste sofort, dass das ein Fehler gewesen war. Jede der Wachen kannte die Bewohner der nahegelegenen Höfe genau. In ihr kämpften Hoffnung und Furcht. Wenn die Wachen bemerkten, dass der Fremde nicht der war, als der er sich ausgab, konnten sie ihre missliche Lage beenden. Aber was, wenn der Fremde beschloss, sich nicht

Der Traum der Jägerin

lebend fassen zu lassen? Was, wenn er sie mit in den Tod nahm?

»Hm«, gab der andere Wächter von sich. Er war stämmig und sein vernarbtes Gesicht war Zeuge vieler Schlägereien. Letztes Jahr hatte sie seiner Frau bei der Geburt eines strammen Sohnes geholfen. »Zeigt mal euer Gesicht. Ihr auch, Frau.«

Gudrun zögerte. Sie spürte, wie der Griff des Fremden stärker wurde; wie sich seine Muskeln anspannten.

»Seid ihr taub, Weib?« Der stämmige Wächter griff nach ihrem Kinn und hob es an. »Gudrun? Was ...«

Sein Blut spritze der Heilerin ins Gesicht. Sie schrie. Der Fremde stieß sie zu Boden. Er machte eine Pirouette und wirbelte von dem Wächter weg, der mit beiden Händen den Schnitt in seiner Kehle umklammerte. Pulsierend spritze sein Lebenssaft zwischen den Fingern hervor.

Der junge Wächter griff nach seinem Schwert. Er starb mit einem Ausdruck der Verblüffung im Gesicht, als der Fremde ihm die Klinge in den Nacken trieb.

Etwas Schwarzes, Glänzendes fiel zu Boden. Bevor Gudrun erkennen konnte, was es war, wurde sie auch schon wieder auf die Füße gerissen. Ihr Peiniger trieb sie auf die Büsche zu, die am Rande der Obsidian-Straße wuchsen. Sie wartete auf Rufe von der Stadt her, doch es kamen keine. Niemand folgte ihnen. Gudrun begann zu weinen.

Vehstrihn blickte gelassen auf die Mauern von Kolfurt. Die Maske des Bauern hatte er achtlos mit den Verbänden ins Gestrüpp geworfen, doch noch immer war er blutverschmiert. Von dem kleinen Hügel aus, auf dem er verborgen zwischen zwei windgepeinigten Zypressen stand, wirkte die Stadt im Licht der untergehenden Sonne friedlich. Der Himmel war aufgerissen und der Regen hatte sich gelegt. Die Friedlichkeit des Anblicks täuschte. Der dichte Rauch, der immer noch über der Vorstadt hing, hatte einen orangefarbenen Schimmer auf der Unterseite. Die Feuer brannten noch immer.

Das Haupttor konnte er von hier nicht sehen. Aber der Elf war sicher, dass die beiden Leichen schon lange gefunden worden waren. Und auch der Obsidiansplitter, der Teil eines Orkspeers, den er zurückgelassen hatte. Die Menschen würden schon die richtigen Schlüsse ziehen.

Er warf kurz einen Blick hinter sich den Hügel hinab, zu dem Olivenbaum, an dem er seine Gefangene angebunden hatte. Die Frau stierte ausdruckslos vor sich hin. Ihre Tränen waren getrocknet. Die Frau lernte schnell, er hatte sie nicht noch einmal schlagen müssen. Das war etwas, dass er sehr früh über die Menschen gelernt hatte. Wenn man ihnen gleich am Anfang zeigte, dass man es ernst meinte und den Keim sinnloser Hoffnung ein für alle Mal erstickte, dann waren sie gefügsamer als ein Hund. Ein paar ordentliche Schläge und die eine oder andere gebrochene Rippe bewirkten bei ihnen Wunder.

Nicht zum ersten Mal an diesem Tag fragte er sich, warum er sie nicht gleich getötet hatte. Am Anfang wäre das kontraproduktiv gewesen. Erstens würde es unnötige Fragen aufwerfen, wenn die Heilerin tot aufgefunden und der Bauer verschwunden war. Das konnte die Menschen davon abbringen, die richtigen Schlussfolgerungen zu ziehen. Das Feuer und auch die Leichen der Torwächter konnten sie den Orks zuordnen. Wenn die Frau und der Bauer einfach nicht

Der Traum der Jägerin

sofort zu finden waren, würde man das wohl eher der Aufregung in der Stadt zuschreiben. Bei Feuer verhielten sich die Menschen wie orientierungsloses Vieh. Aber ein Mord mitten in der Stadt würde unnötige Fragen aufwerfen. Und dann hatte sie sich auch als Geisel geeignet, falls seine Flucht nicht so reibungslos geklappt hätte. Aber danach hätte er sie eigentlich nicht mehr gebraucht. Warum hatte er sie nicht in einem der zahllosen Gebüsche in den Hügeln vor der Stadt entsorgt? Irgendetwas hatte ihn davon abgehalten und Vehstrihn hatte gelernt, auf seinen Instinkt zu hören, auch wenn sein Verstand den Sinn nicht immer sofort erfasste. Es würde sich schon ein Nutzen für sie finden. Sie war als Frau nicht ganz nach seinem Geschmack, aber die Männer würde sie bei Laune halten. Und vielleicht war es auch nicht so schlecht, jemanden dabei zu haben, der sich so gut wie sie mit Kräutern auskannte.

Er wandte sich wieder der Stadt zu. Alles sah gut aus. Er hatte die Angst in den Augen der Bürger gesehen und auch ihre Wut. Die Ereignisse des vergangenen Tages würden diese nur verstärken. Was nun passierte, lag nicht mehr in seiner Hand. Er hatte den Samen gesät, nun galt es, die Frucht zu ernten. Doch das würden Andere für ihn erledigen. Der Mensch an sich mochte eine gewisse Vernunft besitzen, doch in der Meute ließen sich die Menschen von ihren Gefühlen und Trieben leiten, dann waren sie wie eine einzige Bestie. Die Gerüchte über die Massaker, die Furcht vor den entfesselten Orks und die Wut über den Brand ihrer Stadt, all das würde den Hunger der Bestie nach Rache und Blut nähren.

Er blickte zur Furt und zu den zwölf großen Wagen mit den gebogenen Deichseln, die sich langsam durch die Fluten kämpften. Noch wussten die Orks nicht, was sie erwartete, doch Vehstrihn war sich sicher, dass die Bestie in dieser Nacht auf ihre Kosten kommen würde.

Ein Lächeln huschte über sein Gesicht.

***

Die drei Orkjäger saßen an dem Lagerfeuer, das sie abseits der zerstörten Wagen in einer flachen Mulde entzündet hatten. Ihre Reittiere, die Tino'ta herbeigeholt und versorgt hatte, schliefen mit unter ihre Stummelflügel gesteckten Köpfen unweit des Lagers.

Die letzten Stunden des Tages hatten sie hart gearbeitet. Die Suche nach Spuren und die darauf folgende rituelle Verbrennung der Toten war fast schweigend vonstatten gegangen. Ge'taro hatte die Totenzeremonie abgehalten und die Opfer des Massakers den Flammen übergeben. Nur zwei Tote hatten sie nicht verbrannt. Diese beiden Leichen, die zu den Mördern gehörten, lagen nun außer Sichtweite ihres Lagerplatzes zwischen zwei Ginsterbüschen. Ihnen würde weder eine Totenehrung noch eine Bestattung zukommen. Ihre Zukunft lag in den Mägen der Pavahunde.

Als die Feuer heruntergebrannt waren, hatte Ge'taro ein wenig von der Asche eingesammelt und sie feierlich an Kelosa übergeben. An diesem Abend würden sie die Toten ehren, auf dass deren Wissen auf sie übergehen möge. Während Tino'ta und Ge'taro noch einmal die nähere Umgebung durchstreiften, immer in der Hoffnung weitere Spuren oder Hinweise zu finden, richtete Kelosa das Essen für die kleine Gruppe. Als die beiden Rebhühner, die so unvorsichtig gewesen waren, sich dem Lager der Orks auf Schussweite zu nähern, über dem Feuer brieten, begann er mit der Zubereitung der traditionellen Tulkasuppe. Er schnitt die Tulkapflanzen mit seinem Obsidianmesser in feine Streifen und ließ sie zusammen mit Muhvakfett und etwas Obsidianstaub im Kessel zergehen, bevor er das Wasser, die Asche der Toten und einen Schuss Blutwein hinzufügte.

Während des Essens sprach keiner der drei ein Wort. Auch danach saßen sie noch lange stumm und in die eigenen Gedanken versunken da. Die Geräusche der Nacht und das Knistern des Lagerfeuers begleiteten sie dabei. Noch einmal zogen die Gesichter der Toten an ihrem geistigen Auge vorbei; so ehrten sie diese ein letztes Mal.

Tino'ta hatte das Gefühl, alleine in einer riesigen Höhle zu stehen, auf deren Wänden sich der Wald und die Hügel nur als fade Schemen abzeichneten. Die Wirklichkeit war entrückt; es blieb ein verzerrtes Bild. Die Tulkapflanze befreite den Geist vom Körper, das wusste sie. Aber es war das erste Mal, dass sie es selbst erlebte. In der Tulka lebte Magie, sie konnte heilen, Visionen schenken und töten. Und all dies gab ihr die Möglichkeit, eine Brücke zwischen dem Leben und dem Tod zu schlagen. Aus dem schemenhaften Wald tauchten Gestalten auf und eilten an Tino'ta vorbei. Sie lachten und redeten, so als sei nichts geschehen. Die Frauen, Kinder und Männer, die sie nicht kannte, sahen zufrieden aus. Die Angst und die Entstellungen, die Tino'ta noch wenige Stunden zuvor auf ihren leblosen Gesichtern gesehen hatte, waren verschwunden. Die letzten beiden, die auf Tino'ta zukamen, waren die junge Frau und das kleine Mädchen, das nun ihre Hand hielt.

Anstatt, wie die anderen Geister, an der jungen Orkjägerin vorbei zu gehen, blieb die Kleine abrupt stehen und blickte Tino'ta direkt in die Augen. Auch die junge Frau verharrte. In ihren Augen lag Güte.

»Es ist dein Schicksal.« Die Worte der Kleinen klangen wie das Splittern von Eis an einem kalten Frühlingsmorgen. Dies war nicht die Stimme eines Kindes. »Du musst sie ans Licht führen. Das große Rad wird zerspringen. Es kann nicht repariert werden. Am Scheideweg musst du, Träumerin, zwischen Vernichtung und Tod entscheiden. Die Splitter müssen neu geordnet werden. Sie brauchen dich, aber sie wissen es nicht. An dem Tag, an dem sich die Sonne zweimal erhebt, musst du bereit sein, kleine Träumerin. Treffe deine Entscheidungen; wenn der Wurm sich erhebt; wenn eine Tote im Licht des Tages wandelt; wenn geboren wird, was vereint und entzweit – treffe sie und wähle weise. Denn du bist der Tod, kleine Träumerin. Du bist die Zerstörerin.« Sie lächelte und setzte ihren Weg fort.

Tino'ta zitterte. Was war das gewesen? Ein Traum? Eine Vision? Oder eine Prophezeiung? Der Tulkatraum war kein normaler Traum, das wusste sie. Man erlebte ihn mit vollem Bewusstsein. Also war es kein Traum gewesen. Eine Vision war es bestimmt, denn der ganze Tulkatraum war eine Vision, ein Blick in die Welt jenseits der ihren. Schamaninnen vermochten es manchmal einen Blick in ferne Vergangenheit oder in die Zukunft zu erhaschen. Aber das hier war etwas anderes. Das Mädchen hatte zu ihr gesprochen. Nein, korrigierte Tino'ta sich selbst, etwas hatte zu ihr gesprochen. Es hatte von ihrem Schicksal geredet, von Tod und Zerstörung und von Entscheidungen. Also war es eine Prophezeiung gewesen. Aber warum sie? Sie hatte keine Macht, keine Bedeutung, die groß genug wäre, etwas zu bewirken. Ihre Entscheidungen würden nichts nach sich ziehen, außer vielleicht ihre Kameraden zu verärgern.

Mit einem Male fühlte sich ihr Brustkorb eng an. Das Atmen fiel ihr schwer. Ich muss aufwachen, befahl sie sich selbst. Aber es gelang ihr nicht. Die Wände der Höhle rückten näher zusammen und die Bäume wurden grau. Die Temperatur fiel rasch. Vor ihrem Mund bildete sich eine kleine Wolke aus gefrierendem Atem.

Und dann kamen noch zwei Geister auf sie zu. Bleich und ausgezehrt wirkten sie und ihre Wunden waren nicht geschlossen; in ihren Augen lag Angst. Bei jedem Schritt ließen sie eine Blutspur hinter sich, die sofort gefror. Tino'ta erkannte sie augenblicklich. Es waren die beiden Toten, die sie nicht verbrannt hatten. Die, die es nicht verdient hatten. Die Mörder. Die Menschen.

»Ihr dürft hier nicht sein.« Tino'ta versuchte aufzuspringen, brachte aber nur ein halbherziges Schweben zustande. Für einen Moment taumelte sie haltlos hin und her, dann stabilisierte sie sich wieder. Die beiden Geister schienen davon nichts zu bemerken. Zielstrebig kamen sie auf Tino'ta zu. Erst eine Armlänge vor der jungen Jägerin blieben sie stehen. Die Luft um sie herum war eiskalt. Der kleinere der beiden streckte die Hände nach Tino'ta aus. In der Geste lag keine Drohung, vielmehr waren die Finger leicht gespreizt und die Handfläche schräg nach oben und innen gerichtet; es war eine flehende Geste. Er öffnete den Mund, aber kein Laut kam über die schwarz angelaufenen Lippen. Tino'ta konnte sich genau an den Moment erinnern, als sie seine Leiche gefunden hatten.

J.R. Kron

Er lag im Schatten zwischen zwei Tierkadavern und zuerst hatte sie gedacht, sie hätte ein weiteres Kind entdeckt. Erst auf den zweiten Blick erkannte sie, dass seine Haut vom Tode grau gefärbt war. Er mochte ein paar Jahre älter als Tino'ta sein, aber so genau konnte sie einen Menschen nicht einschätzen. Die sahen alle gleich aus. Er war in einfacher, blauer Kleidung mit Lederbesatz gekleidet, die stramm an seinem beleibten Körper lag. Eine Uniform, hatte Kelosa erklärt. Auch der andere Tote hatte die gleichen Farben getragen. Und das bedeutete, dass dies nicht einfach die Tat von Verbrechern war, sondern ein geplanter Akt des Krieges. Nun jedoch trugen sie andere Kleidung. Der wohlbeleibte Junge, der ihr die Hände entgegenreckte, war in ein grobes, sackartiges Gewebe gekleidet, und der andere Kerl trug eine ehemals weiße Schürze, die sich zur Hälfte mit Blut vollgesaugt hatte.

»Was wollt ihr hier?« Krampfhaft kämpfte Tino'ta gegen die in ihr aufsteigende Panik. Konnten sie ihr hier etwas tun? Hier, wo sie selbst nicht in der Lage war, ihren eigenen Körper zu kontrollieren? Sie hatte Geschichten von Schamaninnen gehört, die aus dem Tulkatraum nicht zurückgekehrt waren. Ihr Körper lebte weiter, doch die Seele war aus den Augen verschwunden. Wie in einem ewigen Schlaf waren sie dahingesiecht, einem Schlaf, aus dem sie nie mehr erwacht waren. Nein, sie würde sich nicht von den Menschen besiegen lassen. Nicht hier und auch nicht an einem anderen Ort. »Dies ist ein Ort des Friedens, des Abschiedes. Hier ist kein Platz für Mörder.«

Der Traum der Jägerin

Erneut öffnete der Mann die Lippen, seine stumpfen Augen waren weit aufgerissen, die Handflächen vor Tino'ta ausgebreitet.

»Wollt ihr Vergebung?« Tino'ta sprang auf und war selbst überrascht, dass es diesmal gelang. Ihre Augen funkelten. »Von mir werdet ihr keine bekommen.« Sie trat einen Schritt vor und die Erscheinungen wichen zurück. Es wurde wärmer. »Ihr habt Kinder ermordet und schwangere Frauen geschändet. Ihr seid Monster.« Tränen liefen ihr übers Gesicht. »Ihr sollt keine Ruhe bekommen. Niemals!« Sie trat noch einen Schritt vor. »Ich hasse euch!«, rief sie den schwindenden Menschen hinterher.« Die Wärme kehrte zurück. Tino'ta war alleine. Ihre Tränen liefen jetzt ungehemmt. »Ja«, wiederholte sie mit kaum hörbarer Stimme, »ich hasse euch.«

»Geht es dir gut?« Tino'ta spürte Kelosas Hand auf ihrer Schulter.

»Ja«, sagte sie und schob seine Hand sanft beiseite. »Mir geht es gut.« Beschämt senkte sie den Blick zu Boden. Sie konnte die Nässe der Tränen in ihrem Gesicht spüren und den kalten Schweiß, der auf ihrer Haut trocknete. Noch immer zitterte sie.

»Das erste Mal ist immer etwas aufwühlend«, sagte Kelosa und setzte sich wieder ans Feuer. »Sie gehen schweigend vorbei und scheinen alle so glücklich zu sein. Und doch ist es ein Abschied. Man beleibt zurück und fühlt sich verlassen. Ich habe manchmal das Gefühl, ihnen geht es besser als uns.«

Tino'ta nickte, noch immer hielt sie den Kopf gesenkt. »Ja, aber da ...«, begann sie. Sie schaute auf und spürte Ge'taros Blick, der sie prüfend über das Lagerfeuer hinweg fixierte.

Irgendetwas in seinen Augen sagte ihr, dass es nicht normal war, was sie erlebt hatte. Und dass es vielleicht nicht gut wäre, darüber zu reden. Nicht hier, nicht jetzt, niemals. »Ich meine, ich werde sie nie vergessen.«

»Nein«, sagte Kelosa, »das wirst du nicht. Und das ist ja auch der Sinn der Sache, denke ich wenigstens.«

Tino'ta blickte vor sich auf den Boden und versuchte, Abstand zu dem Tulkatraum zu gewinnen. Mit jedem Atemzug kam die Ruhe zurück. Die Erinnerung an die Menschengeister verlor ihren Schrecken und der Gedanke, dass die Toten nun ihren Frieden hatten, erfüllte sie mit Wärme. Sie würde die Gesichter niemals vergessen, da hatte Kelosa recht, aber mit der Zeit würden sie zu Schemen werden. Aber etwas würde nie verblassen: Es waren die Worte des kleinen Mädchens, die in ihrem Kopf widerhallten.

Eine ganze Weile saßen sie noch wortlos zusammen, jeder für sich mit seinen Gefühlen und Gedanken. Doch Tino'ta konnte den Blick Ge'taros immer noch auf sich spüren.

Es war die Tino'ta, die endlich das Schweigen brach.

»Was tun wir nun?«, fragte sie leise und schaute in die Runde. »Die Menschen haben fast einen Tag Vorsprung, aber den können wir durch die Geschwindigkeit der Emuils problemlos wettmachen.«

»Du willst also Rache?«, fragt Ge'taro mit fast unhörbarer Stimme.

Tino'ta schaute dem älteren Jäger lange und fest in die Augen. »Wollen wir diese Tat ungesühnt lassen?«

»Sie wird gesühnt werden, doch es ist nicht an uns, dies zu tun. Unsere Aufgabe ist es, zu unserer Sippe zurückzukehren.«

Ge'taro erhob sich und ging neben Tino'ta in die Hocke. Er legte seine Hand auf ihren Arm. Nach einer Weile fuhr er fort: »So wie es aussieht, handelt es sich bei den Tätern um eine Gruppe von etwa fünfzehn Männern, wenn wir die beiden Toten abziehen. Vielleicht auch mehr.«

»Hast du Angst vor den Menschen?«, fauchte Tino'ta ihn an und entzog sich seinem Griff. Sie sah den verletzten Ausdruck in seinen Augen und wusste, dass sie zu weit gegangen war. Rasch fügte sie mit ruhigerer Stimme hinzu: »Es tut mir leid, ich wollte dich nicht beleidigen.«

»Ist schon gut, kleine Jägerin«, erwiderte Ge'taro ruhig. »Ich weiß, wie dir zumute ist. Ich will auch nicht, dass diese Verbrecher mit ihren Taten davonkommen. Aber wir müssen die Sippe verständigen. Vielleicht droht auch ihr Gefahr. Wenn diese Menschen zu einer weitaus größeren Gruppe gehören, dann ist es besser, wenn wir unsere und die anderen Sippen warnen. Dann können wir mit den Kriegern zusammen die Frevler zu Rechenschaft ziehen.«

»Ich denke, ihr habt beide recht«, meldete sich nun Kelosa zu Wort. »Wir müssen die Unseren informieren, aber wir dürfen auch die Spur der Täter nicht erkalten lassen. Einer von uns sollte zur Sippe zurückreiten und die anderen beiden nehmen die Verfolgung auf. Dabei legen die Verfolger Zeichen aus, damit ihnen die Krieger folgen können.«

»Die Idee ist gut«, sagte Ge'taro und setzte sich wieder. »Aber die Verfolger dürfen keinen Alleingang wagen. Keine unüberlegten Angriffe auf den Gegner.« Er schaute Tino'ta direkt an. »Seid ihr einverstanden?«

Kelosa nickte und Tino'ta sprang auf.

»So sei es«, rief sie und ihre Augen glänzten vor Jagdfieber. »Wer von euch beiden reitet zur Sippe zurück?«

Ge'taro schüttelte bedauernd lächelnd den Kopf. »Nein, Tino'ta«, sagte er in beruhigendem Ton. »Nicht so schnell. Wir lassen die Steine entscheiden. Setz dich wieder.«

Tino'ta zögerte. Dann setzte sie sich.

Bedächtig nahm Ge'taro einen kleinen Lederbeutel von seinem Gürtel, öffnete ihn und leerte den Inhalt vor sich auf den Boden. Acht blank geschliffene Steinkugeln glitzerten im Schein des Lagerfeuers. Eine davon reflektierte das Licht in einem feurigen Rot, die anderen funkelten gelb.

Ge'taro legte zwei gelbe und die rote Kugel zurück in den Beutel. Die übrigen ließ er offen vor sich liegen. Dann schüttelte er den Lederbeutel und reichte ihn Kelosa. Dieser fasste, ohne hineinzuschauen, in den Beutel, entnahm ihm eine Kugel und verbarg diese sorgfältig in seiner Handfläche, bevor er den Beutel an Tino'ta weiterreichte. Auch sie entnahm verdeckt eine Kugel. Sie hielt sie so fest in der Hand, dass ihre Fingerknöchel weiß durch ihre graue Haut schimmerten.

Als Letzter entnahm Ge'taro die verbleibende Kugel. Dann streckten die drei Orks ihre Arme aus. Die Handrücken wiesen nach unten. Langsam öffnete Kelosa seine Finger. Die Kugel in seiner Handfläche war gelb.

Nun war Tino'ta an der Reihe, aber noch presste sie ihre Faust fest zusammen. Ihre Augen wanderten unruhig zwischen den Kameraden hin und her. Dann öffnete sie mit einem Ruck die Hand.

Die Kugel war rot.

Sie schleuderte die Steinkugel zu Boden, sprang auf und funkelte die beiden anderen Orks wütend an.

Der Traum der Jägerin

Warum sie? Tinoʻta ballte ihre Fäuste zusammen. Immer war sie es, die zurückbleiben sollte, die sich nicht in Gefahr begeben durfte. Wie ein altes Weib, das nur noch vor dem wärmenden Feuer saß. Sie war genauso fähig wie Kelosa und Geʻtaro, die Menschen zu verfolgen. Aber nein, sie musste zur Sippe zurückreiten. Wie sollte sie sich beweisen? ‚Du bist der Tod, kleine Träumerin, du bist die Zerstörerin‘, hallten die Worte in ihrem Kopf wieder. ‚Du musst sie ans Licht führen.‘ Was, dachte sie, wenn ich falsch entscheide? Wenn mein Hitzkopf mich in die falsche Richtung leitet? Aber ist es nicht egal, was ich tue? Tod oder Zerstörung? Läuft das nicht auf das Gleiche hinaus? Sie schaute zu den beiden Männern, die sie besorgt ansahen. Aber vielleicht war das alles nur ein Traum gewesen; etwas ohne Bedeutung. Doch der Tulkatraum war heilig. Was, wenn es wirklich eine Prophezeiung gewesen war? Aber wieso war sie dann ihr offenbart worden und nicht irgendwelchen weisen Frauen, die dann jahrelang berieten für wen die Worte bestimmt waren? Nein, irgendetwas in ihr wusste, dass es wichtig war. Und waren es nicht die Steine, die entschieden hatten, dass sie zur Sippe zurück sollte? Es war ein Zeichen des Schicksals.

Tinoʻta sog die Luft tief ein. Ihr Brustkorb hob und senkte sich. Ohne Hast setze sich wieder.

»So sei es«, sagte sie mit versteinerter Stimme.

***

Vehstrihn erklomm die steinige Flanke eines mit Buschwerk und Heidekraut bewachsenen Hügels. In seiner Hand hielt er das Seil, das Gudruns Hände zusammenband. Sie folgte ihm wortlos. Vor ihnen erhob sich die Ruine eines alten Wachturms. Das Alter des Bauwerks konnte der Elf nicht schätzen, doch es mochte aus der Zeit stammen, als Kolfurt noch nichts anderes als ein befestigtes Gasthaus gewesen war. Damals gab es entlang der alten Handelsstraße, deren Verlauf heute nur noch zum Teil mit der Obsidian-Straße übereinstimmte, in regelmäßigen Abständen Bollwerke an gut zu verteidigenden Positionen. In jenen Tagen war das Land hier noch voller Gesetzloser und marodierender Orks gewesen. Die Hand der kleinen Königreiche reichte noch nicht so weit in die Wildnis hinein. Die Blauen Lande waren noch nahezu unerforscht und das Haus Osarek, das nun hier herrschte, war nichts anderes, als eine unbedeutende Beamtenfamilie am Hofe des Großkönigs. Welche Rolle die kleine Festung, auf deren zerborstenen Mauern Vehstrihn nun zuhielt, in der Geschichte der Blauen Lande auch gespielt hatte, sie war längst vergangen. Die alte Handelsstraße war unter dem Staub der Jahrhunderte und Heidekraut verschwunden. Nur vereinzelte, schräg aus dem Boden ragenden Wegsteine erinnerten noch an die einstige Lebensader des Landes. Statt Soldaten, Händlern und Abenteurern beherbergte die kleine Anlage nun Füchse, Eulen und kleineres Ungeziefer. Die Menschen hatten diesen Ort vergessen. Und das machte ihn zum idealen Treffpunkt für Vehstrihn und seine Männer.

Der Schrei eines Parvahundes schallte durch die Nacht. Vehstrihn musste innerlich lächeln. Auf dieser Seite des Parzevals waren die kleinen Aasfresser äußerst selten. Aber einem zufällig in der Nacht vorbeikommenden Menschen würde das nicht auffallen. Er beantwortete den Schrei und wartete. Erneut schrie das Tier, erneut antwortete er. Eine große, breitschultrige Gestalt trat aus der Schwärze eines alten Torbogens.

»Was hat dich aufgehalten, Vehs?« fragte der Mann. »K'tor'to ist schon vor fast zwei Stunden eingetroffen. Er riecht immer noch, als hätte er in einer Köhlerei übernachtet.« Seine Stimme war tief und fest. Er hob eine Blendlaterne und öffnete die Klappen ein wenig. Die Lichtstreifen fielen auf das noch immer blutverschmierte Gesicht des Elfen. »Bei den Verdammten der Ebenen, Vehs, du siehst ja furchtbar aus!«

»Nichts, was eine eingehende Reinigung nicht beheben könnte. Im Gegensatz zu dir, Bruder, da hilft noch nicht mal eine Maske.« Vehstrihn gab Gudrun einen Stoß, so dass sie in die Arme des großen Mannes stolperte. »Das hab ich euch mitgebracht. Ich hoffe, ihr habt den Brunnen zum Laufen gebracht. Und ich könnte auch was zu Essen gebrauchen.«

Der große Mann packte Gudrun an den Haaren und zerrte sie hinter sich her, während er vor Vehstrihn die Ruine betrat. Er durchschritt einen steinernen Bogen und schob dann mehrere Felle zur Seite, die das Licht eines kleinen Feuers, das im verfallenen Innenhof brannte, vor neugierigen Blicken verbarg. Um das Feuer saßen fünf Männer, die aufmerksam die Neuankömmlinge beobachteten. Der große Mann trat zum Feuer und stieß Gudrun zu Boden.

»He, Schlitzer«, rief er einem kleinen Mann mit verschlagenem Blick und auffällig krummer Nase zu, »pass auf, dass sie nicht wegläuft.«

»Klar, Mohv.« Der kleine Mann glitt vom Feuer auf Gudrun zu, die sich dort zusammenkauerte, wo sie hingefallen war. Seine Augen funkelten lüstern. »Du weißt doch, wie geschickt ich mit Gefangenen umgehen kann. Sie wird bestimmt nicht weglaufen. Nein, das wird sie nicht.«

»Und noch was, Schlitzer«, sagte Mohv und sah ihn lange an. »Behalt deine Finger bei dir, wenn du sie behalten willst. Du sollst sie nur bewachen. Vehs wird später entscheiden, was mit ihr passiert.« Er wandte sich zu Vehstrihn. »Kommt. Der Brunnen ist zwar nicht mehr zu gebrauchen, aber ich habe was Besseres.«

Schlitzer beobachtete die beiden Männer, bis sie im hinteren Bereich der Ruine verschwunden waren. Dann beugte er sich über Gudrun und zog testweise an ihren Fesseln. »Mach dir keine Hoffnungen«, sagte er und tätschelte ihr die Wange. »Keiner kommt und hilft dir. Und weg lass ich dich auch nicht. Aber keine Angst, es wird nicht lange dauern. Hat es noch nie. In ein paar Stunden hast du deinen Frieden. Für immer.«

Gudrun zwang sich, den Kopf zu heben. Sie sah dem kleinen Mann in die Augen. Lüsternheit lag darin, Gemeinheit und ... Dummheit. Sie richtete sich auf und schluckte ihre Angst herunter. Wenn sie ihren Stolz vergaß, was war sie dann noch? Was bedeutete das alles, wenn sie schon aufgegeben hatte? Sie wollte nicht sterben, aber wenn es schon passieren musste, dann wollte sie dem Tod in die Augen sehen. Sie würde nicht voller Angst, zitternd und gebrochen im Dreck dieser Ruine sterben. Es kostete sie ihren ganzen Willen, ihr Gesicht unter Kontrolle zu halten und den Blick Schlitzers zu erwidern. Nach ein paar Sekunden zuckten die Gesichtsmuskeln des kleinen Mannes. Dann wandte er seinen Blick ab.

Der Traum der Jägerin

»Alles so gelaufen wie geplant, Vehs?«, fragte Mohv.

Vehstrihn grunzte bestätigend. Mohvrihn, oder Mohv, wie ihn die Männer nannten, war der Einzige, der ihn so nennen durfte. Und das auch nur, weil er sein Bruder war. Das Blut verband sie und in diesem Fall war es das Blut ihrer Mutter. Vehstrihn kannte seinen Vater nicht, aber das war auch nicht wichtig. Es war die Mutter, die die Blutlinie fortsetzte. Väter kamen und gingen, sie waren austauschbar. Nun, in Mohvrins Fall war das vielleicht etwas anderes, denn sein Vater war, wie jeder gut erkennen konnte, kein Elf. Ihre Mutter war bei ihren Bettpartnern nicht wählerisch gewesen. Mohvrihn vereinte die Feingliedrigkeit der Elfen mit der Grobschlächtigkeit der Orks auf eine einzigartige Weise, die man nur als grotesk bezeichnen konnte. Aber trotz seines abstoßenden Äußeren war er eben sein Bruder. Es war nicht Liebe, die sie aneinander band, es war Blut. Ihre ganze Jugend lang waren sie mit einer Schaustellertruppe durch die Lande gezogen und es gab wohl nicht einen der Artisten oder Künstler, der nicht die Gunst ihrer Mutter genossen hatte. Die Scham nahm erst ein Ende, als sie starb. Es war ein elender Tod in einer halb verfallenen Scheune. Die Schausteller hatten sie zurückgelassen. Keiner wollte sich mit einer Kranken abgeben. Vehstrihn konnte noch das faulende Stroh riechen, auf dem seine Mutter gelegen hatte. Damals hatte er keine Trauer gesprüht, auch kein Mitleid. Alles, was er fühlte, war Erleichterung.

»Die anderen warten am orkseitigen Flussufer«, sagte Mohv. Er führte seinen Bruder an der Rückseite des Hügels den Hang hinab. »Wann wollen wir aufbrechen?«

»Noch heute Nacht«, antwortete Vehstrihn. »Wir müssen über den Fluss, bevor es zu gefährlich wird. Wir haben in ein Wespennest gestochen und da ist es gut, den Kopf ein wenig einzuziehen.«

»Hier ist es.« Mohv deutete auf einen kleinen Bachlauf, der sich zwischen den Hügeln entlangschlängelte.

»Wir gönnen den Männern noch drei Stunden Schlaf«, sagte Vehstrihn. »Dann brechen wir auf. Jetzt liegen nur noch zwei Aufgaben vor uns, dann haben wir unser Ziel erreicht.«

»Wird das reichen?«

»Bisher haben wir nur die Zweifel und Ängste des Volkes genährt. Das ist die Basis, aber es sind nicht die Bauern und Händler, die wir für unseren Plan brauchen. Die Diplomaten werden versuchen, alles wieder ins Lot zu bringen. Deshalb müssen wir jetzt dafür sorgen, dass sie das nicht mehr können. Und was eignet sich da besser, als ein wenig wertvolleres Blut zu vergießen? Glaubst du, Bruder, dass Prinzessinnen blaues Blut haben?«

***

Fackeln erhellten die Nacht als Orman mit seinen Männern auf die Mauern Kolfurts zuritt. Der Mond schimmerte rot auf den Fluten des Parzevals. Die Luft war noch immer mit dem Gestank des Brandes schwanger.

Flackerndes Licht ließ Schatten über eine frisch ausgehobene Grube zur Linken der Straße huschen. Fünf Männer standen dort und beobachteten die Reiter misstrauisch. Sie hatten sich Tücher vors Gesicht gebunden. Mehrere in

Der Traum der Jägerin

grobes Leinen eingeschlagene Bündel lagen zu ihren Füßen im feuchten Gras. Aus einem der Bündel ragte eine zierliche Hand.

Orman zügelte seinen Rappen und blickte zu dem Hügel, der sich zwischen dem Massengrab und der Stadtmauer erhob. Hunderte von Menschen hatten sich dort versammelt.

Mit flauem Gefühl im Magen gebot Orman seinen Leuten zu warten und ritt die Flanke des Hügels hinauf. Zäh und unwillig teilte sich die Menge vor ihm. Schweigend starrten die Menschen ihn an. Ihre Blicke erzählten von Angst, Wut und Reue. Einige der fahlen Gesichter waren rußgeschwärzt. Andere wiesen Schrammen oder Verbände auf. Doch allen gemeinsam war das beklommene Misstrauen, mit dem sie den Hauptmann beäugten.

Zu spät! Patrars Worte hallten in Ormans Kopf wieder. Aber das hatte er nicht gemeint, oder? Und zu spät war ein sehr dehnbarer Begriff. Für die Menschen, die neben der Grube im Gras lagen, war es definitiv zu spät. Aber was ihn auf dem Hügel erwartete, machte ihm wirklich Sorgen. Es war diese Art von Hügel, der zu jeder Stadt gehörte, die eine eigene Gerichtsbarkeit besaß. Gut in Sichtweite, damit er seine abschreckende Wirkung aufrechterhielt, und doch so weit weg von den Mauern, dass der Gestank nicht ständig präsent war. Faszination und Bedrohung gingen davon aus, es war ein Ort der Endgültigkeit. Normalerweise waren diese Hügel kahl, doch in Kolfurt hatte man eine Reihe Bäume so angepflanzt, dass die eigentliche Hinrichtungsstätte von der Straße nicht sofort einsehbar war. Eine gnädige Maßnahme, die vermutlich dazu diente die Kaufleute und Händler, welche die Stadt am Leben hielten, nicht schon bei ihrer Ankunft abzuschrecken.

Wenige Augenblicke später erreichte Orman den Gipfel des Richthügels. Der alte Galgen war leer. Doch unweit davon hatten die Stadtbewohner ein neues Schafott zusammengezimmert. Große Teile des Baumaterials stammten offensichtlich von den riesigen Wagen mit der charakteristisch gebogenen Deichsel, die auf der anderen Seite des Hügels in einem kleinen Hain standen. Orman zählte ein Dutzend Fahrzeuge. Das frisch errichtete Gerüst aus drei Längs- und fünf Querbalken trug reichlich Früchte. Dicht aufgereiht hingen die Leichen der Orks: Männer, Frauen und Kinder – keiner war verschont worden.

Ja, dachte Orman, das bedeutet ‚zu spät'.

***

Als die ersten Vögel die Nacht vertrieben, löste sich Tino'ta aus den Schatten, in denen sie während ihrer Wache reglos gestanden hatte. In all den Stunden hatte sie versucht nachzudenken, aber ihr Geist war immer ausgewichen. Jedes Mal, wenn sie sich auf den Tulkatraum und die bevorstehende Reise konzentrieren wollte, kamen ihr Bilder ihrer Jugend ins Gedächtnis. Oder sie träumte sich zu fernen Orten und vergangenen Zeiten zurück. Und nun, mit dem keimenden Morgen, fühlte sie sich erschöpft und niedergeschlagen. Sie weckte ihre Kameraden und ging dann zu der Stelle, an der die Emuils den neuen Tag begrüßten, indem sie mit ihren scharfen, gebogenen Schnäbeln den Boden nach Knollen, Wurzeln und Insekten durchwühlten. Na'tarva hob den Kopf, als sie Tino'ta nahen sah. Sie gab einen zärtlichen Schnarrton

Der Traum der Jägerin

von sich, der fast so klang, als würde man einen Igel über ein Waschbrett ziehen. Sanft legte ihr Tino'ta die Hand auf den Hals.

»Wir werden eine Reise machen. Nur wir beide.« Sie tätschelte das Tier. Ihr Blick verlor sich in der Ferne. »Die Sippe muss gewarnt werden, weißt du. Und wer außer uns beiden kann das so schnell erledigen wie der Wind. Siehst du, meine Schöne, ich kann ganz vernünftig sein.«

Rasch war ein karges Frühstück aus den Resten vom Abend und einer Handvoll gekochten Kastanien eingenommen und das Lager abgebrochen. Als Tino'ta Na'tarva aufzäumte, spürte sie plötzlich eine Bewegung hinter sich. Sie drehte sich um und sah Ge'taro.

»Wenn du reden willst«, sagte der alte Ork, »dann ist jetzt vielleicht ein guter Zeitpunkt.«

»Über was soll ich reden wollen?«, fragte Tino'ta und ärgerte sich selbst über die Schärfe in ihrer Stimme. »Die Steine haben entschieden und ich werde den Weg gehen, den man von mir erwartet.«

»Das meine ich nicht, kleine Jägerin«, sagte Ge'taro und legte ihr die Hand auf die Schulter. Seine Finger fühlten sich dünn an; zerbrechlich. »Ich rede von dem, was du im Tulkatraum gesehen hast.«

»Da war nichts«, antwortete sie viel zu schnell. »Es war neu für mich, das ist alles.«

»Hm.« Ge'taro sah ihr in die Augen und in seinem Blick lag Sorge. »Wir sehen uns bald wieder, Tino'ta. Ich werde da sein, wenn du doch noch reden willst.«

Mit Na'tarva am Zügel begab Tino'ta sich zu der Stelle, an der sie am gestrigen Tag die ermordeten Orks verbrannt hatten. Kelosa hatte dort eine kleine Pyramide aus Steinen zu einem Gedenkaltar errichtet; ein Stein für jeden Toten. Sie zog die Puppe, die dem toten Mädchen gehört hatte, hervor. Schweigend hielt sie diese in den Händen. Ihr Blick schweifte in die Ferne über die flachen grünen Hügel und dunklen Wälder, die vor ihr lagen. Am Rande ihres Sichtfeldes funkelte der Fluss im Licht der aufgehenden Sonne.

All dies sollte das kleine Mädchen niemals mehr sehen.

»Ich werde dich rächen«, flüsterte die junge Orkjägerin und legte die Puppe am Fuß der Pyramide ab. Sie wusste, dass sie nicht laut sprechen musste. Die Geister der Toten würden sie auch so hören. »Ich komme wieder. Und ich werde nicht eher ruhen, bis euer Tod gesühnt wurde. Blut für Blut.«

Tino'ta saß auf und blickte zu Ge'taro und Kelosa, die mit ihren Reittieren nebeneinander standen und sie aus der Ferne beobachteten. Sie tauschte eine kurze Abschiedsgeste mit den Männern aus. Dann ritt sie zügig das kleine Tal entlang, immer in die Richtung, in die auch die Sippe vor ihr gereist war.

***

»Ist es das, was uns erwartet?«, fragte Gandoar.

Orman zuckte die Achseln. Der Wind ließ sein Haar flattern. »Vielleicht. Aber ich denke nicht. Wenn wir versagen, wird das, was heute Nacht hier geschehen ist, wie ein lauer Wind sein im Gegensatz zu dem Sturm, der uns erwartet. Die Blauen Lande werden brennen. Der Hass wird stärker. Das, was die

Der Traum der Jägerin

Menschen von Kolfurt den Orks angetan haben, werden die Orks uns um ein Vielfaches vergelten, wenn wir den wahren Schuldigen nicht finden. Und dann bleibt Gisreth nichts anderes übrig, als mit voller Kraft zurückzuschlagen. Die anderen Länder werden folgen, denn ein Krieg mit den Orks wird sich nicht auf die Blauen Lande beschränken. Und die Orks können sich nicht einfach ergeben, auch wenn sie den Menschen zahlenmäßig hoffnungslos unterlegen sind. Erstens würde ihr Stolz das nicht zulassen und zweitens, und das wiegt viel schwerer, würde ein offener Konflikt mit den Menschen sie von ihren Winterquartieren abschneiden. Und das würde den Tod tausender bedeuten. Einige Orks können vielleicht an den Kratern überleben, aber dann wird ihnen schnell die Nahrung ausgehen. Die Anderen werden wie hungrige Wölfe aus den Wäldern herausbrechen und plündernd über die Länder der Menschen herfallen, wenn die Ordnung der Sippen erst einmal zusammengebrochen ist.«

»Wäre es nicht besser, gleich um Hilfe aus Gisreth zu ersuchen?«

»Ich werde bevor wir aufbrechen eine Taube mit einem Bericht senden«, sagte Orman. »Aber ich werde die Empfehlung aussprechen, dass sich die Armee noch zurückhält. Wir dürfen einfach nicht vorzeitig aufgeben. Wer immer hinter all dem steckt, muss gestoppt werden, bevor es kein Zurück mehr gibt. So etwas wie hier darf nicht noch einmal geschehen. Ich werde alles daran setzen, einen Flächenbrand zu verhindern, den wir nicht mehr in den Griff bekommen.«

Schweigend blickte er zu seinen Männer, die die Stadtbewohner dabei beaufsichtigten, wie sie die Toten Orks dem Feuer übergaben. Alles ging sehr langsam voran, die Menschen bewegten sich mit hängenden Köpfen – die Wut des Vortages war dem Schrecken über ihre eigenen Taten gewichen.

»Heute werden wir noch hierbleiben«, sagte Orman. »Sag den Leuten, sie sollen ihre Vorräte aufstocken und früh zu Bett gehen. Sie müssen morgen bei Sonnenaufgang bereit für einen harten Ritt sein.«

»Wohin reiten wir?«, fragte Gandoar, doch er brauchte keine Antwort. Er brauchte nur dem Blick seines Freundes zu folgen.

***

Tino'ta ritt so schnell es ging, ohne Na'tarva zu sehr zu ermüden. Sie kannte die Route, welche die Wagen der Sippe genommen hatten, und so machte sie sich nicht die Mühe, nach Spuren zu suchen. Auch konnte sie mit ihrem leichten Laufvogel unzugängliches Gelände durchqueren, das die schweren Wagen umständlich umgehen mussten.

Der Oaka-Fluss wurde von hügeligem Waldland zu einem großen Bogen gezwungen. Für die Wagen gab es nur zwei Routen. Die eine würde am Ufer des großen Stromes entlangführen. Auf diesem Weg würden sie eine Woche bis zur Furt benötigen. Die zweite Route führte auf der entgegengesetzten Seite an den Hügeln vorbei. Das flache, mit kleinen Auen und Seen gesprenkelte Tal verkürzte die Reise auf drei bis vier Tage. Vor Jahren hatte der Oaka-Fluss seinen

Der Traum der Jägerin

Lauf geändert. Und so war das grüne Tal ein Überbleibsel des alten Flussbettes.

Tino'ta wählte eine dritte Route, die den Wagen verwehrt war. Sie ritt direkt durch die mit lichtem Baumbestand bewaldeten Hügel. Um die Mittagszeit wurden die Hänge schroffer. Felsen ragten aus dem Laub. Bäume klammerten sich an uraltes Gestein. Im Schein der Nachmittagssonne passierte sie eine Steingruppe, die aussah, als würden drei riesige, verwitterte Finger aus der Erde ragen. Die Kuppe des mittleren Fingers war abgebrochen. Dort hatte ein Storch sein Nest gebaut. Doch der Horst war längst verlassen. Auf einer kleinen Lichtung, unweit der drei Finger, erlegte sie einen stattlichen Fasan. Sie machte kurz Rast, um das Tier auszunehmen und von seinen Federn zu befreien. Das frische Fleisch schlug sie in Leinentücher ein und verstaute es in einem Beutel am Sattel Na'tarvas.

Kurz vor Sonnenuntergang erreichte sie eine überhängende Felswand, die einen leichten Schutz gegen Wind und Wetter versprach. Ein kleiner Wasserfall, kaum mehr als ein Rinnsal, speiste einen klaren Teich, der mit braunblättrigen Seerosen bedeckt war.

Tino'ta versorgte Na'tarva. Dann pflockte sie das Emuil in der Nähe des Teiches an.

Sie unterzog die nähere Umgebung einer gründlichen Untersuchung. Mehrere Plätze eigneten sich für ein Lager. Schlussendlich entschied sie sich für den Hohlraum zwischen einem herabgestürzten Steinblock und der Felswand, dessen mit trockenen Blättern bedeckter Boden einen fast gemütlichen Eindruck machte. Sie brachte ihre Habseligkeiten in die natürliche Höhlung. Dann begann sie, trockenes Holz für ein Feuer zu suchen. Die Nächte waren zwar noch nicht so kalt, dass sie erfrieren würde, doch das Feuer würde kleinere Raubtiere von ihr fernhalten. Und der Gedanke, rohes Fasanenfleisch zu essen, gefiel ihr auch nicht sonderlich.

Zwei Stunden und eine Fasanenkeule später saß Tino'ta mit angewinkelten Beinen vor dem kleinen Hohlraum. Das Feuer raubte dem Himmel die Sterne. Die Nacht um den Lagerplatz schien noch dunkler als in normalen Nächten. Doch es war eine Dunkelheit, die Friede und Geborgenheit ausstrahlte. Nichts, das wusste Tino'ta, was da draußen umherschlich, stellte eine Gefahr für sie dar. Hier, so nah an den Reisewegen der Orks, gab es weder Bären noch wilde Katzen von nennenswerter Größe. Das Gefährlichste, was ihr hier begegnen konnte, war ein anderer Ork und davor fürchtete sie sich nicht. Und vor allem gab es keine Menschen. Doch war sie sich da sicher? Die Orks, die sie gestern dem Feuer übergeben hatten, hatten sich sicher gefühlt. Unwillkürlich griff sie nach ihrem Speer, der neben ihr an der Felswand lehnte. Die Dunkelheit hatte mit einem Mal ihre Vertrautheit verloren. Angestrengt starrte sie in die Nacht.

Nein, dachte sie, hier bin ich sicher. In der Gegend um ihren Rastplatz hatte sie keine Spuren gefunden, die auf die Anwesenheit von Menschen hinwiesen. Und es war doch sehr unwahrscheinlich, dass diese aufs Geratewohl durchs Orkland streiften, um nach Opfern zu suchen. Zu groß war die Gefahr, auf eine größere Ansammlung Orks zu stoßen. Sie erstarrte. Das war es. Den ganzen Tag hatte sie sich den Kopf darüber zerbrochen, wie der Überfall vonstatten gegangen war. Wie jemand so nah an die Wagenburg herankommen konnte, um die Bewohner ohne großen Kampf abzuschlachten. Und jetzt

Der Traum der Jägerin

stand die Antwort vor ihr und sie gefiel ihr überhaupt nicht. Aber es ergab alles einen Sinn. Wie hatten sich die Angreifer durchs Orkland bewegen können ohne aufzufallen? Sie wurden von jemandem geführt, der sich auskannte. Wie hatten sie den Lagerplatz der Sippe ausfindig gemacht? Jemand, der das Wanderverhalten der Orks genau kannte, hatte sie geleitet. Und sie kamen so nah an ihre Opfer heran, ohne dass diese Argwohn verspürten? Die Opfer hatten ihnen vertraut; wenigstens einem von ihnen. Tino'ta wurde flau im Magen. Es war so klar. Einer der Mörder musste ein Ork gewesen sein. Ein Ork, der sein Volk verkaufte. Ein Verräter.

In dieser Nacht schlief die junge Orkjägerin nicht. Schweigend starrte sie in die Nacht, bis diese vom ersten Grau des Morgens vertrieben wurde. Nach einem kurzen Frühstück aus kaltem Fleisch und Kastanien, die Kelosa ihr eingepackt hatte, ritt sie weiter.

***

Um die Mittagszeit tauchte vor ihr der Oaka-Fluss auf, der in einer gemächlich weiten Schleife von Süden heranströmte. Der Fluss war hier breit und flach. Er bildete eine der zwei Furten, mittels der die Sippen ihn mit den Wagen überqueren konnten. Tino'ta ließ sich von Na'tarvas Rücken gleiten und begann den Boden unweit der Furt nach Wagenspuren abzusuchen. Die tiefen Furchen war gut sichtbar, doch die jüngsten davon waren ein paar Tage alt. Keine davon konnten von ihrer Sippe stammen. War es möglich, dass sie die Wagen überholt hatte? Das war zwar unwahrscheinlich, aber vorstellbar. Die schweren Fuhrwerke kamen viel langsamer voran als ein einzelner Reiter. Vielleicht hatte die Sippe einen anderen Weg gewählt und die einen halben Tagesritt weiter flussabwärts gelegene Neufurt genommen, die von den Menschen Kolfurt genannt wurde? Doch es war ebenso unwahrscheinlich, dass der Sippenführer die Rute ändern würde, während die Jäger noch unterwegs waren. Es war üblich, dass die Jäger nicht den gleichen Weg nahmen wie die Wagen. Deshalb mussten sie immer genau über die geplante Route der Sippe Bescheid wissen. Falls der Sippenführer sich doch entschied, die Route zu ändern, würde er Boten aussenden, die die Jäger an wichtigen Wegpunkten, wie der Furt, abfangen würden. Wenn aber weder Wagen noch Boten hier waren, bedeutete das, dass sie zu früh war. Die Wagen befanden sich noch auf dem Weg und es wäre das Beste, ihnen entgegenzureiten.

Tino'ta wollte gerade zu Na'tarva zurückkehren, da kam ihr ein Gedanke. Irgendwie mussten auch die Mörder den Fluss überquert haben. Und wenn sie nicht geschwommen oder mit einem Schiff gekommen waren, dann hatten sie eine der Furten genommen. Zwar würden die Spuren, nach mehreren Tagen, nicht mehr sehr deutlich sein, doch der schlickige Boden bewahrte Abdrücke sehr lange. Noch einmal sah sie sich das Ufer an der Furt genau an. Außer den Radfurchen gab es Hufspuren von Muhvaks und Fährten von Laufvögeln. Auch Fußspuren von Orks waren zu sehen. Doch alle diese Spuren waren über eine Woche alt und nichts deutete auf Menschen hin. Eine vereinzelte Menschenspur wäre hier nicht einmal ungewöhnlich gewesen. In der Gegend zwischen den

Der Traum der Jägerin

Furten gab es eine Handvoll menschlicher Höfe. Nein, hier waren sie nicht entlanggekommen, dachte sie, also kamen sie von der Neufurt. Noch einmal ließ sie ihren Blick über das flache Wasser des Oaka-Flusses gleiten, das im Sonnenlicht glitzerte. Die Furt war recht breit, doch nur die Mitte war für die schweren Wagen geeignet. Aber die Menschen hatten bestimmt keine Wagen benutzt. Sie mussten sich nicht in der Mitte halten. Aufgeregt überquerte sie den Weg mit den Wagenspuren und sah sich das nahegelegene Ufer genauer an. Hier wuchsen Schilf und Rohr. Plötzlich schlug ihr Herz schneller. Einige der dicken Rohrhalme waren abgeknickt. Und dann fand sie, was sie gesucht hatte. Eine Furche aus Hufspuren führte vom Schilfrand bis in die Wiese, die zwischen dem Weg und dem Wald lag. Einige dutzend Reiter hatten hier den Fluss verlassen und Orkland betreten. Die Spur war frisch, und das irritierte Tino'ta. Die Spur der Mörder hätte mindestens zwei Tage alt sein sollen, diese war erst wenige Stunden alt. Also waren noch mehr Menschen in der Gegend.

Rasch sammelte Tino'ta einige Steine und ordnete sie am Rande des Weges zu einem Zeichen an. Fünf Steine im Kreis und drei als Linie darüber. Dieses Zeichen würde jedem Ork, der diesen Weg entlangkam, zeigen, dass dieser Ort gefährlich war. Auch wenn der Grund der Gefahr nicht daraus erkennbar war, so hoffte die junge Jägerin doch, dass die Kundschafter und Jäger der vorbeiziehenden Sippen die Gegend durchsuchen und anhand der Spuren ihre eigenen Schlüsse ziehen würden.

Dann kehrte sie zu Na'tarva, die sie geduldig beäugte, zurück. Sie ritt den Weg entlang, auf dem der Wagenzug kommen musste. Sie legte immer wieder rasch kurze Strecken zurück, um dann zu verharren, auf der Suche nach Spuren, die darauf hinweisen würden, dass ihre Sippe hier vorbeigekommen war. Auch vergewisserte sie sich, ob die Spur der Menschen immer noch parallel des Weges verlief. Je weiter die Zeit fortschritt, desto mulmiger wurde ihr. Was hatte sie aufgehalten? Hatten die Menschen ihre Sippe abgefangen? Vielleicht wäre es besser gewesen, den Wagen direkt zu folgen, anstatt durch die Hügel abzukürzen. Was, wenn sie alle tot waren? Dann war sie schuld daran. Es war ihre Aufgabe gewesen, die Sippe zu warnen. ‚Du bist der Tod, kleine Träumerin', die Worte aus dem Tulkatraum hallten in ihrem Kopf wieder. War das gemeint? Brachte sie allen, die ihr vertrauten, den Tod? Immer wieder hielt sie Ausschau nach der Sippe, doch bis zum Spätnachmittag konnte sie kein Zeichen der Ihren entdecken. Kleine Rauchfahnen, die in der Ferne zwischen den hohen Bäumen aufstiegen, wiesen auf vereinzelte Gehöfte der Menschen hin. Kalte Wut stieg in der Jägerin auf. Dies war Orkland! Und doch breiteten sich die Menschen immer weiter aus und mit ihnen kam der Tod; war das Land auf der anderen Seite des Oaka-Flusses nicht groß genug? Warum hinderte keiner die Menschen daran, auf dieser Seite des großen Stromes zu siedeln? Der Rat wusste Bescheid und doch unternahm er nichts. Die toten Augen des kleinen Mädchens tauchten aus ihrer Erinnerung auf. Wie viele Orks mussten noch sterben, bevor der Rat etwas tat? All die alten Männer und Frauen, die sich zusammensetzen, um zu reden - zu reden und nichts zu tun. Das Alter hatte sie zahnlos

Der Traum der Jägerin

gemacht; sie wagten es nicht mehr, Entscheidungen zu treffen, die getroffen werden mussten. Warum hörten Orks wie Kelosa auf einen Haufen Greise, die sich in ihrem Turm eingeschlossen hatten? Und Ge'taro? Er selbst war alt. Dies war der letzte Winter, den er außerhalb von Malak'tin Shuda't verbringen würde. Er war alt und vorsichtig geworden und doch liebte Tino'ta ihn wie einen Vater. Aber sein Alter machte ihn blind. Sah er denn nicht, dass die Menschen eine Bedrohung waren, dass sie der Untergang der Orks waren? Wenn ihnen kein Einhalt geboten wurde, würden sie weiter morden und wenn der Rat – nein, falls der Rat – endlich beschließen würde, ihnen ihre Grenzen aufzuzeigen, dann war es vielleicht schon zu spät. Es war wie mit den Ratten: Erschlug man sie nicht, sobald man eine sah, würden sie sich so sehr vermehren, dass man ihrer nicht mehr Herr werden konnte.

Der Weg machte hier einen Knick, aber zu ihrer Überraschung stellte Tino'ta fest, dass die Spur der Menschen weiter geradeaus führte. Sie waren direkt in den Wald geritten, der hier dichter wuchs. Was wollten sie dort? Dort war nichts. Kaum ein Ork ging in diesen Teil der Wälder. Die Menschen führten etwas im Schilde. Wenn sie nicht weiter den Wagenweg entlanggeritten waren, stellten sie keine direkte Gefahr für die Sippen dar. Aber was, wenn sie ein viel größeres Übel ausheckten?

Tino'ta sah der Spur nach, die ins Dunkle des Waldes führte, dann blickte sie den Weg entlang. Noch einmal schaute sie in den Wald, dann traf sie eine Entscheidung.

Sie ritt noch ein gutes Stück in die Richtung weiter, aus der der Wagenzug kommen musste. Dort errichtete sie erneut ein

Warnzeichen. Diesmal nahm sie sich mehr Zeit. Die Zeichen erzählten von Gefahr, vom Menschen, von Mord und Verrat.

Danach kehrte sie zu der Stelle zurück, an der die Spur der Pferde den Weg verlassen hatte. Die Sonne stand nun schon tief und zwischen den Bäumen herrschte trübes Zwielicht. Noch einmal betrachtete sie den Boden und die Umgebung. Dann folgte sie den Spuren in den nahe gelegenen Wald.

Wenige Augenblicke später lösten sich mehrere Schatten aus dem Schutz eines nahegelegenen Tavragebüsches. In Umhänge gehüllt und weit über die Hälse ihrer Pferde gebeugt, folgten sie der jungen Orkfrau lautlos ins Dunkle der Bäume.

**

Die Spuren der Reiter führten immer tiefer in den Wald. Sie folgten einer Senke, die vor Jahrhunderten vielleicht einmal einem kleinen Fluss als Bett gedient hatte. Ihre Böschungen waren mit dichtem Strauchwerk und niedrigen Bäumen bewachsen, so dass sie einen natürlichen Hohlweg bildeten. Ein weicher Teppich aus abgestorbenen Blättern dämpfte die Schritte des Emuils. Von Zeit zu Zeit saß Tino'ta ab, um den Boden genauer zu betrachten.

Sie haben nicht einmal versucht, ihre Spuren zu verbergen, dachte sie. Ein kleines Kind könnte ihnen folgen – mit verbundenen Augen. Die Spuren waren frisch, die Menschen mochten etwa drei Stunden voraus sein.

Der Traum der Jägerin

Tino'ta ließ Na'tarva schneller ausschreiten. Es wurde rasch dunkel und sie wollte den Menschen so lange folgen, wie es das Licht zuließ. Der Hohlweg nahm an Tiefe zu, während er ständig leicht bergauf führte. An einigen Stellen raubten umgestürzte Bäume, mit Schlingpflanzen und Moosen überwachsen, die Sicht nach oben. Dann ähnelte der Weg einem Tunnel. Tino'ta fragte sich, warum sie von diesem Ort noch nie etwas gehört hatte. Während ihrer Kindheit waren sie oft auf der Uk'ul'te an der Stelle vorbeigekommen, an der die Menschen in den Wald geritten waren, doch so weit sie sich erinnerte, hatten die Jäger diesen Teil der Wälder gemieden. Auch von ihrer Ausbildung her konnte sie sich nicht an diesen Landstrich erinnern und auch Ge'taro und Kelosa hatten die Gegend nie erwähnt. Vielleicht bildete sie sich das ein, aber sie hatte das Gefühl, dass selbst die Tiere diese Wälder mieden. Zwar waren ab und zu die Spuren eines Fuchses oder eine andere einsame Fährte zu sehen, doch die Geräusche des Waldes erschienen ihr viel verhaltener. Es war, als würde eine bedrückende Last auf der Gegend liegen.

Die Dämmerung verwandelte das Zwielicht des Waldes in eine grüne Finsternis. Die Veränderung erfolgte rasch und Tino'ta musste sich eingestehen, dass sie den Spuren nicht mehr folgen konnte. Aber die Menschen konnten nicht weit voraus sein. Sie zügelte Na'tarva und klopfte dem großen Vogel sanft den Hals.

»Was meinst du?«, fragte sie das Emuil, das seinen Knopf drehte und die Orkjägerin neugierig anblinzelte. »Wagen wir es? Es ist unwahrscheinlich, dass die Menschen die Senke verlassen haben. Vermutlich folgen sie ihr stur. Alles, was wir tun müssen, ist weiterreiten. Vermutlich machen sie so viel Krach, dass wir sie schon lange, bevor wir ihre Feuer sehen, hören können.«

Vorsichtig trieb sie Na'tarva an. Der Rand des Hohlweges zeichnete sich scharf gegen den etwas helleren Wald ab. Die Augen eines Orks waren in der Dunkelheit denen des Menschen überlegen. Selbst wenn die Sonne vollkommen untergegangen war, konnte sie, dank des schwachen Mondlichtes, das gelegentlich durch das Blätterdach fiel, noch Schemen erkennen. Trotzdem musste sie auf der Hut sein. Große Steine, Baumstämme und andere Hindernisse, die dem Emuil gefährlich werden konnten, tauchten oft erst kurz bevor sie damit zusammenzustoßen drohten aus der Dunkelheit auf.

Zwei Stunden ritt sie so weiter. Ihre Augen schmerzten vor Anstrengung und ein feiner Schweißfilm überzog ihre Stirn. Mit einem Mal wichen die Wände des Hohlwegs zurück.

Vor Tino'ta erstreckte sich ein flaches Tal, das wohl einstmals ein See gewesen war. Und der Hohlweg, den sie gekommen war, hatte den Überlauf gebildet. Doch irgendein längst vergangenes Ereignis hatte die Landschaft zerrissen und verändert. Das Tal war nur am Rande bewaldet. Inmitten des Tals lag eine Lichtung und im Schein Nezubas konnte Tino'ta den Spalt sehen, der quer durch den Boden des ehemaligen Sees lief. Selbst bis zu der Stelle, an der sie stand, drang das Gurgeln des darin tosenden Wassers. An einigen Stellen stiegen Gischtwolken auf, die den Schein des roten Mondes einfingen.

Aber es war nicht das Naturschauspiel, das ihre Aufmerksamkeit auf sich zog. Sie wusste, dass sie ihr Ziel erreicht hatte. Vor ihr lag gut sichtbar das Lager der Menschen.

Der Traum der Jägerin

Sie zählte insgesamt sechsunddreißig Gestalten, die es sich an drei Lagerfeuern gemütlich gemacht hatten. Weitere acht Schatten, die sich am Rande der Lichtung bewegten, zeigten der Jägerin, dass die Menschen nicht so dumm gewesen waren, auf Wachen zu verzichten. Tino'ta hatte mit vielem gerechnet: mit einer Gruppe von Vagabunden, einem verwilderten Söldnerhaufen oder gar mit einer Räuberbande, doch was sie nun sah, war schlimmer. Die Männer, die dort lagerten, waren keine Gesetzlosen, die versuchten sich auf Kosten der Orks zu bereichern oder die aus Mordlust brennend durch die Lande zogen. Silberne Insignien reflektierten das Licht der Feuer und enthüllte, was sie waren: Soldaten. Und das bedeutete, dass es sich bei dem Überfall nicht um einen wahllosen Akt der Gewalt gehandelt hatte, sondern um einen geplanten Kriegszug. Tino'ta schauderte. Die Menschen planten die Vernichtung der Orks. Sie hatte es gewusst. Die Anwesenheit von bewaffneten Truppen auf Orkland war nicht nur ein Beweis für ihre Befürchtungen, es war eine unausgesprochene Kriegserklärung. Was machten sie hier im Wald? Planten sie einen erneuten Angriff? Gab es noch mehr von diesen Gruppen? Vielleicht dachten sie, wenn sie sich in kleinen Gruppen durch die Wälder schlichen, würden sie nicht auffallen, nur um sich dann im Rücken der ahnungslosen Sippen wieder zusammenzuschließen. Oder es waren womöglich gar nicht die Sippen, auf die sie es abgesehen hatten. Was, wenn der Zusammenstoß mit den Wagen nicht geplant gewesen war und sie nur unliebsame Zeugen ausgeschaltet und sich an ihnen ausgetobt hatten? Was, wenn es die Menschen auf ein viel größeres Ziel abgesehen hatten? Wenn sie direkt auf Malak'tin Shuda't zu marschierten? Das würde auch erklären, warum sie Orkverräter als Führer dabei hatten. Wer harmlose Frauen, Kinder und Händler ermordete, der würde auch nicht davor zurückschrecken eine Stadt voller alter Orks zu überfallen und die Bewohner abzuschlachten. Doch das konnte nicht sein. Die Stadt war viele Wochenritte entfernt und nicht einmal die Menschen konnten so dumm sein, zu glauben, dass ihr Marsch durch die Wälder für so lange Zeit unbemerkt bleiben würde. Und zudem waren die Alten in der Stadt nicht vollkommen hilflos. Es waren immer einige Riegen der Kriegergilde in Malak'tin Shuda't, welche die Stadt gut bewachten. Um sie einzunehmen, bedurfte es eines viel größeren Heeres, als dass man es in kleinen Gruppen im Verborgenen marschieren lassen konnte. Also, was hatten die Menschen vor? Sie musste es wissen.

Tino'ta band Na'tarva lose an einen Strauch unweit der Mündung des Hohlwegs. Fall es nötig wurde, konnte sich das Tier schnell losreißen. Aber auch dann würde es in der Nähe bleiben, um auf ihre Herrin zu warten. Den Speer ließ sie im Halfter am Sattel des Tieres. Die lange Waffe würde sie beim Schleichen nur behindern. Stattdessen schob sie sich ihren Dolch über dem rechten Gesäß in den Gürtel, wo er gut erreichbar war und sie nicht störte. Ohne Eile kehrte sie zum Rand des Tals zurück. Für eine Weile beobachtete sie die Bewegungen der Wachen, dann ließ sie sich auf Arme und Knie sinken. Lautlos glitt sie in die Nacht.

***

Der Traum der Jägerin

Es war ja so leicht. Die Wachen, die um das Lager der Menschen patrouillierten, waren für Tino'ta kein Hindernis. Sie drehten ihre Runden regelmäßig und in großen Abständen. Sie sind sich ihrer Stärke zu sicher, dachte Tino'ta, ich könnte fast aufrecht an ihnen vorbeigehen, ohne dass sie mich bemerken würden. Sie führen sich auf, als befänden sie sich auf einem Ausflug irgendwo im Kernland der Menschen. Lautlos schob sie sich, jede Unebenheit des Bodens als Deckung ausnutzend, weiter auf die Lagerfeuer zu. Ihr Ziel war das größere der drei Feuer, das in der Nähe des einzigen Zeltes brannte, das die Menschen errichtet hatten. Tino'ta hätte am liebsten gelacht. Ein Zelt! Wenn man Kinder, Mütter oder Alte dabei hatte, dann ja; aber ein Zelt für Krieger? Typisch Menschen. Sie hatte gehört, dass die Kommandanten der Menschen oft deren Adelshäusern angehörten; sie hatten die Befehlsgewalt aufgrund ihrer Geburt und nicht wegen ihrer Leistungen. Verweichlichte Sprösslinge einflussreicher Familien wurden bei den Menschen höher angesehen als jene, die große Taten begangen hatten. Die Menschen waren solche Narren, hochmütig und verwöhnt. Nur ihre schiere Überzahl machte sie gefährlich. Ihre Lebensweise, zusammengepfercht in riesigen Städten, überfüttert und dem wahren Leben entfremdet, hatte sie dekadent gemacht. Ihr Dasein bestand nur daraus, zu fressen und sich zu sich fortzupflanzen. Ja, sie waren wie die Raten, sie vermehrten sich genauso und wie diese übertrugen sie Krankheiten. Und genauso musste man sie zertreten, wo man sie fand.

Je näher sie dem Lager kam, desto langsamer wurde sie. Die prasselnden Feuer sendeten Lichtlanzen in die Finsternis der Nacht. Diese verhalfen den Schatten zu noch tieferer

Schwärze, ein Umstand, den sich Tino'ta zunutze machte, um direkt bis zu dem Zelt vorzudringen. Dort verharrte sie für einen Moment und lauschte. Aus dem Inneren des Zeltes drang kein Laut. Die Männer, die einige Fuß von ihr entfernt saßen, waren ins Gespräch vertieft, doch Tino'ta vermochte ihre Worte nicht zu verstehen. Zwar war sie, wie jeder Ork, der seit seiner Kindheit durch die Lande der Menschen wanderte, ihrer Hochsprache mächtig, doch die Männer redeten einen Dialekt, den sie nie zuvor gehört hatte.

Tino'ta überlegte kurz, ob sie zu einem der anderen Feuer schleichen sollte, dann kam ihr ein Gedanke. Wenn das Zelt wirklich dem Kommandanten gehören mochte, und davon war auszugehen, dann gab es dort bestimmt Informationen über die Ziele und Pläne der Menschen. Aus dem Inneren des Zeltes drang kein Licht, also war es momentan vermutlich leer.

Sie wandte sich den Holzpflöcken zu, die die Zeltplane mit dem Boden verbanden. Mit einem kurzen Handgriff löste sie das Seil von einem der Pflöcke. Ein Blick durch den entstandenen Spalt zeigte ihr die Seitenwand einer großen Kiste. Noch einmal lauschte sie auf Atem oder leises Schnarchen, doch im Zelt herrschte Stille. Niemand schien sich darin aufzuhalten. Rasch schlängelte sie sich zwischen Plane und Boden hindurch.

Im Inneren des Zeltes verschmolzen Licht und Schatten zu einem farblosen Nichts. Noch einmal vergewisserte sie sich, dass sie alleine im Zelt war, dann erhob sie sich geschmeidig.

Außer der Kiste gab es hier nur wenige Einrichtungsgegenstände. Neben einem Feldbett stand ein Tisch, dessen Oberfläche mit Dokumenten übersät war. Eine Kristallfigur, die eine unbekleidete Menschenfrau darstellte,

Der Traum der Jägerin

beschwerte die Papiere. Sie hielt die Hände, die eine walnussgroße Obsidianperle umklammerten, über dem Kopf erhoben. Vor dem Tisch stand ein kleiner Klappstuhl mit Ledersitzfläche. Die drei Möbelstücke waren zweckmäßig gearbeitet, so dass sie sich einfach zusammenklappen und auf Lasttieren befördern ließen. Der Boden des Zeltes war mit fein gearbeiteten Teppichen bedeckt. Das war nicht das, was man in der Wildnis erwarten würde. Doch was Tino'tas Aufmerksamkeit am meisten auf sich zog, war ein Ständer aus Wurzelholz, der in unmittelbarer Nähe der Kiste aufragte. Sie machte einen Schritt auf den Ständer zu und streckte die Hand aus. Ihre erste Verwirrung wich schnell einer Woge von Ärger. Sie hatte den Kommandanten der Menschen richtig eingeschätzt; verweichlicht und naiv. Fast ehrfürchtig berührte sie den edlen Stoff der Kleidung, dann zog sie angewidert ihre Hand zurück. Was hatte der Mann hier im Wald mit solchen Kleidern vor? Wollte er einen der menschlichen Bälle veranstalten, voller Dekadenz, Maßlosigkeit und Wollust? Vielleicht konnten die Männer der Menschen mit solchen Kleidern ja eine ihrer Frau beeindrucken, aber bei den Orks wurden solche Stoffe nur bei einer Hochzeit getragen – und zwar von der Braut! Dieser Kommandant war nicht nur verweichlicht, er war vor allem weibisch. Ein eingebildeter Pfau ohne Selbstachtung. Tino'ta konnte ihn fast vor sich sehen, in seiner edlen Kleidung: fett, sich geziert bewegend, wie ein junges Mädchen, das sich an ihren ersten Tänzen übte. Was brachte so eine Kreatur in die Wälder des Orklandes? Das erste Unwetter würde ihn zurück in seine Zivilisation treiben, wenn es ihn nicht gleich umbrachte. Dachte er, das sei die richtige Gegend für einen Spaziergang? Was würde er machen, wenn er sich das erste Mal einem Orkkrieger gegenübersah? Das Bild formte sich in Tino'tas Kopf. Wider Willen musste sie schmunzeln. Auf der einen Seite sah sie einen Ork, geschmeidig und gefährlich, mit einem Lächeln, das sie an Kelosan erinnerte, der locker seinen Speer hielt. Ihm gegenüber stand der menschliche Kommandant in seinem Samtanzug, die manikürten Finger krampfhaft um den Griff seines Degens gekrallt, das Gesicht vor Furcht zur Maske gefroren. Ein dunkler Fleck auf seiner nachtblauen Hose, der sich rasch vom Schritt die Beine hinab ausbreitete, zeugte von seinem heldenhaften Mut.

Sie riss sich von ihren Gedanken los, wandte sich von dem Kleiderständer ab und besann sich, weshalb sie hier war. Sie musste etwas über die Absicht und die Pläne der Menschen in Erfahrung bringen. Sie trat an den Tisch und betrachtete die Papiere. Zwar konnte sie die Schrift der Menschen nicht lesen, aber eine Karte deuten, das konnte sie. Vorsichtig schob sie einige Blätter und die Figur der jungen Frau zur Seite. Sorgfältig merkte sie sich deren genaue Position, um sie später wieder dorthin zurücklegen zu können. Dann betrachtete sie überrascht die große Karte, die fast die gesamte Fläche des Tisches einnahm. Wo wollten die Menschen da nur hin? Sie kannte die Gegend grob von den Karten, die Ge'taro ihr gezeigt hatte, aber diese Karte war weitaus genauer als alles, was sie je zuvor gesehen hatte. Am Rand zeigte sie den Teil das Orklandes, in dem sich das Lager befand. Doch den größten Teil der Karte nahm ein Gebiet ein, das auf Ge'taros Karte nur grob als Geisterland markiert gewesen war; ein Gebiet, das die Orks mieden, ein Gebiet, in dem der Tod zu Hause war. Und mit einem Mal verstand sie auch, warum

Der Traum der Jägerin

dieser Teil des Waldes, in den sie die Menschen verfolgt hatte, von den meisten Orks gemieden wurde. Der ausgetrocknete See, in dem das Lager der Soldaten lag, befand sich nur zwei Reitstunden von der Grenze des Geisterlandes entfernt. Sie hätte es wissen müssen. Aber die trockene Ausbildung, die die Lehrer Landeskunde genannt hatten, hatte sie meist mit Träumen verbracht. Kaum dass ein Lehrer damit begonnen hatte von Wäldern und Flüssen zu erzählen, dachte sie an die Legenden, die dort ihren Ursprung hatten. Parsemo hatte auch keine Karten studiert, er hatte die Länder bereist. Hätte sie besser aufgepasst, hätte sie gewusst, was dies für Wälder waren. Doch was hätte das geändert? Sie wäre den Spuren der Menschen dennoch gefolgt.

Sie konzentrierte sich auf die Karte und bemühte sich, so viele Einzelheiten wie möglich einzuprägen. Doch je mehr sie erfasste, desto mehr hatte sie mit widerstreitenden Gefühlen zu ringen. Diese Menschen hatten es anscheinend nicht auf die Orks abgesehen, und das beruhigte sie. Doch das Ziel der Soldaten war nicht weniger besorgniserregend. Seit unzähligen Jahren hatte kein Ork das Geisterland betreten. Wenigsten sollte es so sein, denn es war verboten. Das Geisterland war Teil einer ehemals viel größeren Todeszone, die der Legende nach auf den Krieg der Alten gegen die Götter zurückzuführen war, wobei Tino'ta sich nicht des Unterschieds zwischen diesen beiden bewusst war. Die Vorstellung, was die Menschen dort aufschrecken mochten, ängstigte sie. Es war ein Land voller blutrünstiger Monster und die Geister der Verstorbenen wandelten dort frei umher, immer auf der Suche nach Lebenden, an deren Energie sie sich laben konnten. Es war nicht wie im Tulkatraum, der einen Ort des Übergangs, des Abschiedes darstellte. Nein, im Geisterland wandelten die Rastlosen. War der Kommandant der Menschen auf irgendeinem verklärten Heldentrip? Wollte er sich oder anderen etwas beweisen? Sie hatte ihn vielleicht doch nicht richtig eingeschätzt. Dieser Mann war entweder extrem mutig oder, und das war das Wahrscheinlichere, er war vollkommen verblödet. All das passte irgendwie nicht zusammen und ihr sorgfältig aufgebautes Bild von dem Mann geriet ins Schwanken. Erneut versuchte sie die Gedanken zu verscheuchen und sich auf die Karte zu konzentrieren, doch nur mit mäßigem Erfolg.

Ein fast unhörbares Geräusch ließ sie herumfahren. Die Kristallfigur auf dem Tisch flammte plötzlich in gleißendem Licht auf und erhellte die Gestalt, die gerade das Zelt betreten hatte. Wenn Tino'tas Bild des Kommandanten eben angefangen hatte zu schwanken, dann fiel es nun dröhnend in sich zusammen.

Den Gedanken an Flucht verwarf Tino'ta sofort. Bevor sie es geschafft hätte die Kiste zu erreichen und durch den dahinterliegenden Spalt zu klettern, wäre es zu spät gewesen. Stattdessen zog sie ihren Dolch. Sie brauchte dafür nur den Bruchteil eines Augenblicks und doch war ihr Gegenüber schneller. Das Licht der Kristallfigur spiegelte sich in den gekrümmten Klingen der beiden Khukuri, die ihr Gegner urplötzlich in den Händen hielt. Ihre Blicke trafen sich und zwei grüne Augen musterten sie mit einer Schärfe, die ihr ein Kribbeln über den Rücken jagte. Der Kommandant der Menschen war nichts von dem, was Tino'ta sich vorgestellt hatte. Er war weder fett noch verweichlicht – und vor allem war es kein Er.

Der Traum der Jägerin

Tino'ta griff an. Mit einer fließenden Bewegung tauchte sie unter der Deckung der Menschenfrau hindurch und stieß zu, doch die Andere befand sich nicht mehr dort. Ihr Stich ging ins Leere. Ein brennender Schmerz am Rücken zeigte Tino'ta, dass sie nicht schnell genug gewesen war. Sie warf sich zur Seite, gerade rechtzeitig, um dem zweiten Khukuri auszuweichen. Mit einem fauchenden Geräusch durchschnitt die breite Klinge die Luft an der Stelle, an der sich die Orkjägerin gerade eben noch befunden hatte, und hinterließ einen klaffenden Schnitt in der Zeltplane. Draußen wurden Stimmen laut.

Tino'ta täuschte einen Angriff an. Sie stieß zu, nur um zurückzuweichen und sofort wieder zuzustoßen. Stahl traf auf Obsi'tia. Funken sprühten. Tino'ta drehte sich, um in eine bessere Position zu gelangen, doch ihre Gegnerin erwischte sie mit dem Ellenbogen im Gesicht. Sie taumelte. Ihr Blick trübte sich. Sie schmeckte Blut.

Nicht schwach werden, befahl sie sich selbst. Sie biss die Zähne zusammen und ließ sich fallen. Sie rollte ab und kam sofort wieder auf die Füße. Ein weit ausholender Hieb in Richtung der Kommandantin entlockte dieser ein Keuchen. Einer der Khukuris fiel zu Boden. Blut tropfte aus dem aufgeschnittenen linken Ärmel der Menschenfrau.

Die Frau griff wild an und Tino'ta sah ihre Chance. Blitzschnell stach sie zu. Doch die Spitze ihres Dolches splitterte und die Waffe entglitt fast ihren Fingern. Mit Verblüffung nahm sie das metallische Funkeln wahr, das durch den Schnitt in der Kleidung ihrer Gegnerin hindurchschimmerte. Gerade noch rechtzeitig bemerkte sie den Tritt, den die Frau gegen ihre Hüfte führte, und wich zurück. Sie lachte auf, ob des plumpen Versuches, sie zu Fall zu bringen, dann gefror ihr Lachen. Sie war so dumm gewesen! Sie spürte den Rahmen des Bettes in ihrer Kniekehle und wusste, dass sie fallen würde. Verzweifelt wirbelte sie im Sturz herum. Ihre rechte Hand stieß schmerzhaft gegen den Tisch. Der gebrochene Dolch entglitt ihren Fingern und verschwand im Schatten unter dem Bett.

Tino'ta spürte den Khukuri an ihrer Kehle. Sie fühlte die Schärfe der Klinge. Ein feines Blutrinnsal lief ihr über den Hals. Sie ignorierte den leichten Schmerz und starrte der Menschenfrau in die Augen. Hass und Wut brodelten in ihr wie glühende Lava. Nur nebenbei nahm sie war, wie Soldaten das Zelt betraten. Einer der herbeigeeilten Männer nahm die Kristallfigur von Tisch und hielt sie über Tino'ta. Nun kam auch noch ein brennendes Schamgefühl dazu. Hier lag sie wie eine Sklavin auf dem Bett ihrer Gegnerin. Sie hatte sich vorführen lassen wie eine Anfängerin.

»Nun lass uns mal sehen, was wir da haben.« Die Stimme der Kommandantin war überraschend tief und freundlich, doch Tino'ta hörte nur den Spott in ihr, als sie fortfuhr: »Ein Kind. Ich habe ein Kind gefangen!«

**

Laszan schritt durch die dunklen Gassen von Gisreth. Die Stadt roch nach Müll, Urin und Rattenkot. Aus einem Hauseingang drang das gedämpfte Keifen einer wütenden Ehefrau. Irgendwo kämpften zwei Katzen um ihr Revier. Der

Der Traum der Jägerin

Klang seiner Schritte, der von den Hauswänden widerhallte, begleitete ihn. Der Regen hatte aufgehört. Rotes Mondlicht spiegelte sich auf dem noch immer feuchten Kopfsteinpflaster.

Dies war eine üble Gegend, doch der Priester machte sich keine Sorgen. Niemand würde ihm etwas tun. Auf den Plätzen rund um den Palast, wo die Straßen sauber und die Luft besser war, würden die Leute ihm zunicken und ihn dann vergessen. Dort gehörte er dazu wie die Bäume auf der Fürstenallee, die zum Palast führte. Hier jedoch hielten die Menschen Abstand von ihm. Hier, in den heruntergekommenen Teilen der Stadt, in denen ein Menschenleben nicht viel zählte, fürchteten sie ihn.

Gisreth war eine Stadt der Widersprüche. Doch das waren wohl alle großen Städte, dachte Laszan. Die Paläste, die Wasserfälle und die alten elfischen Monumente, das war das, was ein Besucher sah. Die verschmutzten Gassen, die Viertel in welche die Wache sich nicht hineinwagte und der faulige Gestank der Zivilisation, das sahen die meisten seiner Bewohner.

Doch Gisreth war viel mehr, dachte der Priester. Es war auch das alte Gisreth, die Stadt, die die Elfen vor Äonen errichtet hatten. Das Herz der Edelblütigen weinte bei dem Gedanken, was die Menschen daraus gemacht hatten. Und nicht wenige unter ihnen wären bereit fast alles zu geben, um die einstige Perle des Nordens wieder in ihre Hände zu bringen. Doch dafür war die Zeit noch nicht reif. Erst brauchte er die Stadt. Laszan schmunzelte. Ja, danach konnten die Elfen sie haben. Wenn die Menschen und die Orks auf anderen Schlachtfeldern beschäftigt waren, sollte Gisreth wieder den Erstgeborenen gehören. Und mit ihnen die ganzen verdammten Blauen

Lande. Aber zuerst war er an der Reihe. Und bis dahin würde es noch ein Stück Arbeit sein.

Er blieb stehen und zog ein Stück Pergament aus seinem Beutel. Ein prüfender Blick sagte ihm, dass er den gesuchten Ort erreicht hatte. Irgendwo hier musste es sein. Er sah sich um. Dies war eine ganz normale Kreuzung, wie man sie zu Hunderten in der Stadt fand. Und doch musste sie anders sein. Zwei Gassen trafen hier aufeinander. Früher einmal, so verriet ihm seine Karte, war das hier ein kleiner Platz gewesen mit einem Brunnen und der Statue von Halabahi, der Mutter der Liebe. Doch die heutigen Bewohner Gisreths hatten jeden noch so kleinen Platz mit Häusern vollgestopft. Die Gebäude der Elfen hatten sie, falls sie diese nicht vorher zerstört hatten, einfach in die ihren integriert. Laszan seufzte. Es würde nicht einfach werden, die alten Zugänge zu finden. Vermutlich lagen sie nun in irgendwelchen Kellern. Er musste Geduld haben. Bald war es so weit. Nur noch wenige Tage. Eigentlich war er ja ganz zufrieden. Alles lief nach Plan. Erst waren es nur Gerüchte gewesen – ein Wispern hier, ein ungläubiger Blick dort –, doch aus den Gerüchten war Wissen geworden; ein Wissen, das von Erzähler zu Erzähler, von Ohr zu Ohr festigte. Auf seiner Reise von der Felsenburg nach Gisreth waren ihm die Geschichten vorausgeeilt. In jedem Gasthof, in dem er Rast gemacht hatte, waren die Ereignisse, von denen sie erzählten, gewaltiger geworden. Die Gerüchte entstanden in den Höfen an der Grenze, sprangen von Dorf zu Dorf, schneller als der Fluss fließen konnte. Sie spülten über die kleinen Städte wie eine Welle und trafen schlussendlich die Küstenstädte und vor allem Gisreth mit der Wucht einer Sturmflut.

Der Traum der Jägerin

Jeder in der Stadt *wusste* von den Gräueltaten, welche die marodierenden Horden der Orks angerichtet hatten. Jeder *wusste* von den Tausenden und Abertausenden von Toten. Und manch einer erzählte fast mit Stolz, er sei dabei gewesen, als Kofurt bis auf die Grundmauern niederbrannte, nachdem die Orks jeden einzelnen der Bewohner massakriert hatten. Laszan schmunzelte. Wollte man den Geschichten glauben, gab es viel mehr Tote als überhaupt Menschen in den Grenzlanden lebten. Oh ja, er war sich sicher, dass sich einige der Leute wussten, dass die Zahlen übertrieben waren. Doch die Volkswut brodelte und Tatsachen und Emotionen passten einfach nicht zueinander. Die wenigen Besonnenen wurden in solchen Situationen vom Herdentrieb mitgerissen.

Das Volk war bereit. Das Fass war randvoll. Doch noch fehlte der entscheidende Tropfen. Doch dieser befand sich schon im freien Fall und Laszan würde dafür sorgen, dass er nicht daneben traf.

***

Diese Nacht hielt diverse Überraschungen bereit, dessen war sich Evana Osarek sicher. Ihr blondes Haar hing ihr lose über die Schultern. Evana war hochgewachsen und schlank. Die blaue Uniform und ihre aufrechte Haltung vermittelten eine Autorität, die man bei einer Frau mit 24 Jahren nicht erwartet hätte. Sie lehnte mit dem Rücken an einem Baum und betrachtete ihr kleines Lager.

Es war wieder Stille eingekehrt und doch war eine gewisse Unruhe unter den Soldaten zu spüren. Dass die kleine

Orkdiebin unbemerkt bis in ihr Zelt vordringen konnte, hatte die Männer aufgerüttelt und nervös gemacht. Jetzt waren sie wachsamer. Die Hände wanderten bei jeder Gelegenheit zu den Waffen. Noch war sich Evana nicht sicher, ob ihr das gefiel. Bei den Besuchern, die sie in dieser Nacht erwartete, war es vielleicht nicht schlecht, wenn die Männer aufmerksamer waren als sonst, doch konnte auch ein zur falschen Zeit gezogenes Schwert alles zerstören.

Eigentlich hatte sie angenommen, dass sie hier keine Störungen zu erwarten hatte. Immerhin mieden die Orks in ihrer Abergläubigkeit die Gegenden, die sie Geisterland nannten. Aber anscheinend konnte nicht mal der Aberglaube das Gesindel abhalten, wenn sie glaubten, etwas stehlen zu können. Sie zogen umher wie Zigeuner und waren auch um keinen Deut besser als diese. So etwas wie Ehre und Anstand kannten sie nicht. Stattdessen bestanden sie darauf, dass die Wälder und das fruchtbare Land diesseits des Parzevals ihnen gehörte, obwohl sie nichts anderes damit taten, als zweimal im Jahr hindurchzureisen. Evana war in weiten Teilen mit der Politik ihres Vaters einverstanden, aber seine Nachlässigkeit den Orks gegenüber war schon geradezu sträflich. Was man davon hatte, diesen Wilden alles durchgehen zu lassen, konnte man ja daran sehen, was ihr heute Nacht geschehen war. Sie berührte den Schnitt, den die zierliche Orkfrau ihr am Arm zugefügt hatte. Nichts von Bedeutung, dachte sie, kaum mehr als ein Kratzer. Das hätte ihr gerade noch gefehlt, wenn sie in dieser Nacht nicht voll einsatzfähig wäre. Zu viel stand auf dem Spiel und zu viel konnte schieflaufen. Morgen früh würde das Schicksal der Blauen Lande in einem neuen Licht erstrahlen. Ein Zurück gab es nicht mehr. Jedoch traute sie

Der Traum der Jägerin

ihrem neuen Verbündeten nicht weiter als sie ein Pferd werfen konnte. Das Treffen heute Nacht konnte auch ganz anderes ausgehen, als sie sich das ausgemalt hatte. Und sie wollte nicht das Opfer ihrer eigenen Unachtsamkeit werden. Doch sie hatte ihre jetzige Position nicht erreicht, indem sie allzu leichtgläubig durch die Gegend lief. Und auch nicht, weil sie die Tochter ihres Vaters war. Und deshalb würde sie bei dem bevorstehenden Treffen nicht mehr dem Zufall überlassen als unbedingt nötig.

Das Knacken eines Zweiges verriet ihr, dass sich jemand näherte. Einer der Soldaten trat aus dem Schatten ins Licht des Feuers.

»Lady Osarek«, der Mann deutete eine leichte Verbeugung an, »der Bote ist eingetroffen.«

»Führe ihn in mein Zelt«, sagte sie knapp und der Mann eilte davon.

Gut, dachte Evana, sollen die Spiele dieser Nacht beginnen. Sie würde den Boten empfangen und sich danach um die Orkdiebin kümmern. Ein kurzes Verhör musste reichen, auch wenn das Urteil schon jetzt feststand. Da es hier keinen ordentlichen Galgen gab, würde für die kleine Wilde ein Strick und ein Baum genügen.

Ein Lächeln umspielte ihre Lippen. Ja, diese Nacht mochte noch die eine oder andere Überraschung bereithalten, die Frage war nur, für wen.

***

J.R. Kron

Die Fesseln, mit denen Tino'tas Arme hinter ihrem Rücken zusammengebunden waren, schnürten ihr das Blut ab. Sie spürte, wie ihre Hände langsam taub wurden. Dass sie auf ihnen lag, verbesserte die Lage nicht unbedingt. Zum Glück war es um ihre Beine etwas besser bestellt. Zwar konnte sie diese kaum bewegen, doch die Seile schnitten ihr nicht so tief ins Fleisch. An eine Flucht war jedoch zu diesem Zeitpunkt nicht zu denken. Sie lag an einer recht abgelegenen Stelle unweit eines der kleineren Feuer, aber der Soldat, der sie bewachte, zeigte keinerlei Anzeichen von Unaufmerksamkeit. Im Gegenteil, es schien ihm geradezu Spaß zu machen, jede ihrer Bewegungen mit dem Stoß eines dicken Astes zu quittieren. In seinen Augen glitzerte etwas, daher war Tino'ta froh, dass man sie noch im Schein des Feuers abgelegt hatte und nicht in einer vollkommen dunklen Ecke. Sie war sich nicht sicher, ob der Mann seiner Gier widerstehen könnte, falls er sich unbeobachtet fühlen würde. Zum Glück schien die Kommandantin des Lagers, die Männer hatten sie als Lady Osarek angesprochen, auf ein gewisses Maß an Disziplin zu achten. Osarek? Irgendwas sollte der Name ihr sagen, das wusste sie, doch so sehr sie sich auch anstrengte, es wollte ihr nicht einfallen. Doch das war auch nicht wichtig, momentan zählte nur, dass sie sich irgendwie aus dieser Lage befreien musste. Und dann wehe dieser Osarek-Schlange, wenn sie ihr zum zweiten Mal gegenüberstehen würde. Noch einmal ließ sie sich nicht überrumpeln. Kind! Sie hatte sie Kind genannt! Voller Wut machte Tino'ta eine heftige Bewegung, was ihr einen stechenden Schmerz in den Armen und einen Hieb mit dem Ast auf den Kopf einbrachte. Sie musste stillliegen. Sie durfte ihren Wächter nicht provozieren. Sie brauchte Ruhe

Der Traum der Jägerin

zum Nachdenken; Schläge auf den Kopf waren da nicht besonders zuträglich. Sie zwang sich, ruhig durchzuatmen. Ein Plan musste her. Sie musste die Schwäche dieser Menschen herausfinden. Jeder hatte eine Schwäche, selbst diese Osarek-Schlange.

Sie lag still und beobachtete. Irgendetwas ging hier im Lager vor. Es lag eine Spannung in der Luft, die sich Tino'ta nicht erklären konnte. Und das hatte nichts mit ihrem Eindringen zu tun. Vielmehr hatten sich die Menschen so benommen, als sei sie zwar ein Ärgernis, aber nicht weiter von Bedeutung. Auf Befehl von Lady Osarek hatte man sie verschnürt und abgelegt. Nicht einmal den Versuch eines Verhöres hatten sie unternommen. Dann war wieder Ruhe im Lager eingekehrt. Und das war eine extrem angespannte Ruhe. Die Menschen warteten auf etwas, da war sich Tino'ta sicher. Leider lag sie an einer Stelle, von der aus sie den größten Teil des Lagers nicht erkennen konnte. Das Feuer beherschte ihr Blickfeld. Daran vorbeizuschauen war schwer, weil die Flammen sie blendeten. Sie konnte ein paar der Soldaten sehen, die auf der anderen Seite des Feuers saßen. Ihre nachtblauen Uniformen waren mit schwarzen Lederbeschlägen verstärkt. Die silbernen Ranginsignien glitzerten in den Flammen. Im Schatten unweit der Lichtinsel konnte sie die Schemen von Pferden ausmachen. Dort befanden sich auch zwei Soldaten, die die Tiere bewachten.

Und natürlich war da noch ihr Wächter. Der Mann hatte ein kantiges Gesicht, das von zwei breiten Narben dominiert wurde. Seine blassblauen Augen waren kalt und doch funkelte darin ein Schimmer von Unheil. Der Mann bereitete ihr

Sorgen. Und er hatte, zu ihrem Leidwesen, offensichtlich gerade beschlossen, ihre Fesseln zu inspizieren.

Neben ihr ging er auf die Knie und drehte sie auf den Bauch. Seine Hände zogen mit einem Ruck an ihren Handfesseln. Ein Schwall von Schmerzen durchflutete Tino'tas Arme. Ihre Schultergelenke schienen zu explodieren. Seine Hände verweilten einen Moment zu lange auf ihren Hüften, bevor er sie wieder auf den Rücken drehte, was erneut Schmerzlanzen durch ihre gepeinigten Arme jagte und ihr die Tränen in die Augen trieb.

»Oh, die Kleine weint«, höhnte der Mann und beugte sich über sie. Sein Gesicht war jetzt nur noch wenige Fingerbreit von ihr entfernt. Sein Atem roch ranzig. »Ich frage mich«, fuhr er fort, »ob wir dich auch gründlich genug durchsucht haben. Wäre doch ungut, wenn wir irgendein verstecktes Messer übersehen hätten. Das wollen wir doch nicht, oder? Hm, wo könntest du ein Messer versteckt haben?«

Sie spürte seine Hände, die ihren Körper abtasteten. Die Gier in seinen Augen verhieß nichts Gutes. Seine Finger glitten grob über ihre Brust, ihre Hüften und ihre Beine. Nun wanderten sie an der Innenseite ihrer Schenkel nach oben.

»Was meinst du? Ist dein Körper unter deiner Kleidung genauso hässlich wie dein Gesicht? Oder steckt da doch eine Frau drunter?« Er legte den Kopf schräg und benetzte seine Lippen mit der Zunge. »Du bist doch eine Frau, so dürr, wie du bist? Was für eine Schande, wenn sie dich nachher aufknüpfen, ohne dass wir etwas Zeit zusammen haben. Aber die Lady mag so was nicht. Ist halt 'ne Lady.« Er streichelte ihr mit der Rechten über die Wange. »Aber ich verspreche dir,

Der Traum der Jägerin

dass ich dabei sein werde. Ich will doch nicht verpassen, wie deine dürren Beine ihren letzten Tanz tanzen.«

Die Hilflosigkeit ließ Tino'ta rasen. Sie wollten sie aufhängen. Und der verdammte Kerl wollte sich daran ergötzen. Sie musste hier weg. Sofort. Mit aller ihr zur Verfügung stehenden Kraft riss sie ihre Knie an den Körper. Den stechenden Schmerz, der ihr das Bewusstsein zu rauben drohte, ignorierte sie und rammte dem Soldaten mit ihrer angestauten Wut die Beine in den Bauch. Der Mann stieß einen Fluch aus und taumelte ein Stück zurück. Tino'ta wartete nicht ab, sondern rollte sich auf den Bauch und schlängelte sich so schnell sie konnte auf den Rand des Lichtscheins zu. Doch bevor sie auch nur fünf Fuß weit gekommen war, traf sie ein schwerer Tritt in die Seite. Übelkeit durchflutete sie. Kleine schwarze Punkte tanzten vor ihren Augen. Starke Hände wuchteten sie herum und sie blickte in das hassverzerrte Gesicht ihres Peinigers.

»So, die Kleine will also spielen? Können wir das zulassen?« Er legte den Kopf schräg und blickte die junge Jägerin mit einem sadistischen Lächeln an. »Nein, das müssen wir bestrafen. Wir ...«

Ein Schwall heißen Blutes spritzte Tino'ta ins Gesicht. Entgeistert blickte sie auf den Bolzen, der aus dem Hals des Soldaten ragte.

Es war totenstill im Lager. Die Nacht hielt den Atem an. Dann brach das Chaos los.

Noch bevor der Körper des Mannes auf den Boden aufschlug, war Tino'ta in Bewegung. Von überall aus dem Lager ertönten Schreie und Kampflärm. Wer auch immer die

Angreifer sein mochten, ob Ork oder Mensch, ob Freund oder Feind, solange sie hilflos auf dem Boden herumlag, war sie die ideale Kandidatin für einen versehentlichen Treffer oder einen fehlgeleiteten Hieb. Und so schob sie sich fieberhaft auf die Dunkelheit zu.

***

Blut tropfte von Evanas Khukuris. Sie bewegte sich wie in Trance. Zuschlagen, ausweichen und erneut zuschlagen, all das war eine Einheit. Die Männer waren keine Gegner für sie. Zwei Kämpfer tauchten vor ihr aus der Dunkelheit auf. Einen entscheidenden Moment zögerten diese, als sie sich plötzlich Lady Osarek gegenübersahen. Sie konnte die Verblüffung in ihren Gesichtern sehen. Wie verwirrend musste diese Nacht für sie sein. Und dann war es auch noch ihre letzte.

»Überraschung!« Evana rammte dem ersten einen Khukuri mitten ins Gesicht, tauchte mit einer geschmeidigen Bewegung unter dem erhobenen Schwertarm des Sterbenden hindurch und durchtrennte in der Drehung dem zweiten Mann die Kehle.

Sie wich von den beiden zuckenden Körpern zurück und sah sich um. Der Kampflärm war fast vollständig verebbt. Sie bewegte sich auf ihr Zelt zu, sich vorsichtig im Schatten haltend.

Vor ihr tauchte ein riesiger Hüne zwischen den Bäumen auf. Der Mann war über und über blutverschmiert. Sein linkes Auge hing aus der Höhle. Er schien zu grinsen, was jedoch dem Fehlen seiner Lippen geschuldet war. Mit beiden Händen

Der Traum der Jägerin

umklammerte er den Griff eines Bastartschwertes. Kaum hatte er Evana erspäht, gab er ein wildes Grunzen von sich und stürzte sich auf sie. Evana duckte sich unter dem Hieb seine Schwertes hinweg und schlug zu. Obwohl sie sicher war, ihn erwischt zu haben, drehte er sich in ihre Richtung und ging erneut zum Angriff über. Es schien, als würde er die Schmerzen nicht spüren. Lady Osarek parierte seinen weit ausgeholten Schlag mit gekreuzten Khukuris. Die Kraft des Angriffs ließ sie in die Knie gehen. Er riss das Schwert zurück und schlug erneut zu, bevor sie sich fangen konnte. Wieder konnte sie seinen Hieb nur mit Mühe abfangen. Als der nächste kam, ließ sie sich zur Seite fallen und rollte ab. Doch ihre Beine gaben nach und sie kam nur schwankend auf die Füße. Der Hüne drehte sich und hieb im selben Atemzug nach ihr. Die Spitze seiner Klinge schlitze ihre Uniform im Bauchbereich auf und kratzte hart über das darunter getragene Kettenhemd.

Schon das zweite Mal in dieser Nacht, dass das Hemd mir das Leben rettet, dachte Evana. Sie deutete einen Ausfallschritt an und drehte sich in dem Moment, als ihr Gegner erneut zuschlug. Statt ihm auszuweichen, warf sie sich direkt gegen ihn. Sein Schwert verfehlte sie, doch sein Arm traf sie wie ein Knüppel. Der Schlag war hart genug, um ihr die Luft zu rauben. Sie bezwang den Drang, sich zu übergeben und sprang in dem Augenblick, als der Hüne einen Schritt zurückweichen wollte. Im Sprung kreuzte sie die Khukuris, die Klingen nach innen. Mit ihrem vollen Gewicht prallte sie gegen seine Brust. Für den Bruchteil einer Sekunde sah sie in sein unverletztes Auge. Kein Funke Verstand war darin zurückgeblieben. Sie riss die Arme auseinander und stieß sich von ihm ab. Ihre beiden gebogenen Klingen trennten den Kopf des Mannes wie mit einer Schere ab.

Evana schwankte. Die Welt um sie drehte sich und nur langsam kam sie wieder zu Atem. Ihre Lunge brannte. Sie atmete tief ein und aus. Behutsam und noch immer wackelig auf den Beinen trat sie zwischen die Bäume. Sie brauchte einen Platz, wo sie sich ausruhen und wieder zu Kräften kommen konnte.

Es war mehr ein Gefühl als ein Geräusch, das sie herumwirbeln ließ. Eine Gestalt, verhüllt in einen dunklen Umhang, stand reglos zwischen den Bäumen und beobachtete sie. Die Kapuze war weit ins Gesicht gezogen. In der Hand hielt die Gestalt einen zwei Ellen langen Stab, der in einer aus Obsidian gefertigten Faust endete. Die Luft um die Faust schien zu vibrieren. Auch wenn sie den Blick unter der Kapuze nicht sehen konnte, so spürte sie ihn doch. Für einen Moment hatte sie das Gefühl, nackt im Wald zu stehen.

»Du?« Evana machte einen Schritt auf die Gestalt zu. Rechts von ihr knackte es im Unterholz. Ein junger Soldat stolperte zwischen den Bäumen hervor.

»Lady Osarek, dem Glück sei dank.« Er taumelte leicht, als er zu ihr trat. Blut lief ihm über das Gesicht und sein linker Arm hing schlaff herab. »Ihr seid in Gefahr. Wir müssen von hier verschwinden.«

Er erstarrte, als er die verhüllte Gestalt wahrnahm, die immer noch vollkommen bewegungslos zwischen den Bäumen stand. Mit gezücktem Schwert näherte er sich dem Fremden. Erst als er ihn fast erreicht hatte, reagierte dieser. Es war nur eine kurze Bewegung, nicht mehr als eine Geste mit dem Stab. Gleißendes Licht blendete Evana und die Schreie

Der Traum der Jägerin

des Jungen verschluckten alle anderen Geräusche. Der Gestank von verschmorten Haaren und verbranntem Fleisch biss ihr in der Nase. Dann versank sie in absoluter Dunkelheit.

***

Tino'ta hatte genug gesehen. Am Anfang sah es noch so aus, als würden die Soldaten gewinnen, doch das hatte sich rasch geändert. Die Angreifer blieben im Dunklen, es war, als würden die Menschen gegen Schatten kämpfen. Einmal dachte sie kurz, sie hätte einen Ork gesehen, einen stämmigen Kerl, dem ein Ohr fehlte. Ihr Herz machte einen Sprung, doch im nächsten Moment war er wieder verschwunden. Und wenige Augenblicke später stürmte ein Hüne mit wildem Blick gegen zwei Soldaten an.

Ein Mensch, dachte die junge Jägerin, meine Sinne haben mir einen Streich gespielt. Ich habe so sehr gehofft, dass die Angreifer Orks sind und mich retten wollen, dass ich schon Dinge sehe, die nicht wirklich da sind.

Tino'ta wusste nicht, wer die Angreifer waren, aber sie wusste, dass sie ihnen nicht begegnen wollte. Ihre einzige Chance war, nicht gesehen zu werden. Doch gerade jetzt hatte sich der Kampf in ihre Richtung verlagert. Mehrere Soldaten stürmten an ihr vorbei. Sie bemühte sich so still wie möglich zu liegen, in der Hoffnung, dass die Männer sie für einen der Toten hielten. Sie blickte zwischen halb geschlossenen Lidern hervor. Für einen Moment schien es ihr, als würden die Soldaten gegeneinander kämpfen, dann waren sie auch schon wieder verschwunden.

Ich verliere den Verstand, dachte sie, ich sehe Dinge. Ein Schauer durchlief sie. Und was, wenn es nicht ihr Verstand war? Was, wenn es die Ruhelosen aus dem Geisterland waren? Sie musste hier weg. Alles Stillliegen würde ihr nichts nützen. Vor Geistern konnte man sich nicht verstellen. Vorsichtig, sich wie eine Made bewegend, schob sie sich weiter vom Schlachtfeld weg.

Dann war es ruhiger geworden. Und gerade als sie dachte, es sei alles vorbei, flammte zwischen den Bäumen ein Licht auf, das sie selbst hier, auf der anderen Seite des Lagers, blendete. Die Todesschreie, die durch den Wald gellten, ließen sie erzittern. Niemand sollte so sterben.

Sie schlängelte sich weiter. Weg von den Feuern, immer tiefer in den Wald hinein. Mehrmals noch loderte das unheimliche Licht hinter ihr auf und zeichnete harte Schatten der Bäume auf den mit Blättern bedeckten Moosboden des Waldes. Wieder und wieder schallten die entsetzlichen Todesschreie durch den Wald. Alle Schmerzen und Krämpfe ignorierend schob sie sich voran. Wohin, war ihr egal. Nur eines war wichtig: Sie wollte weg von diesem Ort.

Nach einer gefühlten halben Stunde blieb sie erschöpft und schweißgebadet liegen. Ihre Haut war mit kleineren Blessuren und Kratzern übersät. In ihren Muskeln wechselten sich die Krämpfe ab. Sie musste eine Möglichkeit finden, sich von ihren Fesseln zu befreien. Durch altes Laub und dünnes Unterholz zu kriechen, war nicht nur anstrengend und zeitraubend, es war auch die sicherste Möglichkeit, durch lautes Rascheln auf sich aufmerksam zu machen. Sie blieb einige Atemzüge ruhig liegen und lauschte in die Dunkelheit. Doch alles, was sie hörte, waren die Geräusche der Nacht.

Der Traum der Jägerin

Die Gedanken der jungen Jägerin rasten. Was war heute Nacht passiert? Das war wie ein einziger nicht endend wollender Albtraum. Alles hatte so einfach begonnen und wäre doch beinah in einer Katastrophe geendet. Beinah? Die Menschen hatten etwas in den Geisterlanden aufgeschreckt. Und wenn dieses Etwas sich nun nicht damit begnügte, die Menschen zu töten, sondern weiter durch das Land zog, dann standen dunkle Zeiten bevor. Aber jetzt musste sie erst mal an sich selbst denken. Nun gut, sie war frei, wenn man von ihren Fesseln absah. Und sie war am Leben. Wenigstens würde sie den nächsten Morgen nicht als Gefangene der Menschen erleben. Und noch wichtiger, sie würde nicht am Strick enden. Ob die Osarek-Schlange tot war? Verdient hätte sie es. Verdammte Menschen, warum konnten sie nicht da bleiben, wo sie hingehörten? Dies war nicht ihr Wald.

Tino'ta überlegte. Sie konnte hier nicht bleiben. Vielleicht fand sie ja einen scharfen Stein, an dem sie ihre Fesseln aufscheuern konnte.

Sie sah sich um, doch der Waldboden schien eben und steinlos.

Das kann nicht sein, dachte Tino'ta, die ganze Flucht bis hierher habe ich mich an Steinen gestoßen und geschnitten. Aber gerade hier gibt es keine davon.

Sie rutschte langsam weiter, in der Hoffnung, eine Möglichkeit zu finden, ihre Fesseln loszuwerden. Nach mehreren Minuten tauchte ein dunkler, kantiger Fleck vor ihr aus der Dunkelheit auf. Ein Fels! Tino'tas Herz schlug schneller. Genau das, was sie jetzt brauchte. Sie erhöhte ihre Bemühungen und kurze Zeit später hatte sie den großen Steinbrocken erreicht. Zu ihrer ersten Enttäuschung war es ein flacher, abgerundeter Findling, der quer aus dem Waldboden ragte und über einer Mulde endete. Seine Oberfläche war bemoost. Dann entdeckte sie etwas, das ihr neuen Mut gab. Über der Mulde war der Findling gesplittert. Dort mochte die Kante scharf genug sein, um ihre Fesseln durchzuscheuern. Sie kroch über den Stein und näherte sich vorsichtig der Kante. Sie drehte sich und versuchte, mit den Händen den Abbruch zu erreichen. Es fiel ihr schwer. Ihre Arme waren steif und gefühllos. Es fehlte noch ein Stück. Sie schob sich noch etwas vor. Der Stein wankte. Tino'ta verlor den Halt. Mit einem unterdrückten Aufschrei purzelte sie in die Mulde und landete auf dem Bauch. Weiches Laub dämpfte ihren Sturz.

Das durfte alles nicht sein! Tino'ta war zum Heulen zumute. Aber eine Jägerin weinte nicht! Die ganze Nacht war einfach wie verhext. Alles ging schief. Es war fast so, als hätte sie nicht mehr die Kontrolle über ihr Tun. Aber jetzt reichte es. Von jetzt an würde sie bestimmen, wo es langging.

Sie drehte sich zur Seite und blickte auf ein Paar Lederstiefel, die unter einem Umhang herausschauten. Ihr Blick wanderte nach oben und sie sah direkt in das Gesicht eines Menschen, der sie mit leicht schräg gelegtem Kopf beobachtete.

Nein, Tino'ta konnte es nicht fassen, das durfte nicht sein!

***

Die Stille der Nacht wirkte aufreizend. Und das Warten hatte dieselbe Wirkung auf Ormans Nerven. Es war, als stünde etwas bevor, was alles verändern würde. Er konnte es sich nicht erklären, denn obwohl der Abend friedlich verlaufen war, hatte er die ganze Zeit das Gefühl gehabt, sich mitten in einem Kampf zu befinden. Gleichzeitig spürte er eine Euphorie, die ihm noch unerklärlicher war als die Anspannung.

Irgendetwas ging hier im Wald vor sich. Die Spuren waren einfach zu verfolgen gewesen. Aber schlau waren sie daraus nicht geworden. Die Fährte hatte auf eine große Gruppe Berittener hingedeutet. Sein erster Gedanke war, dass es sich um Räuber handeln musste, doch die Pferde waren gleichmäßig und mit hoher Präzision beschlagen. Bei einer zusammengewürfelten Truppe Räuber war das nicht zu erwarten. Also mussten die Unbekannten, die vor ihnen waren, einen militärischen Hintergrund haben. Es gab keine Truppenbewegungen, von denen er wusste. Auch war die Gruppe für eine reguläre Militäreinheit nicht groß genug. Eine Sondereinsatzgruppe wäre möglich, doch die Einzigen, die hier operierten, waren er und seine Männer. Dann kam noch eine diplomatische Mission mit Gefolge infrage, doch die würde nicht heimlich mitten in den Wald reiten, sondern sich auf den offiziellen Straßen bewegen, um gesehen zu werden. Aber auch eine Gruppe gut organisierter Söldner, die möglicherweise ihren eignen Hufschmied hatten, konnte in das Bild passen. Und wenn es Söldner waren und diese mit den Vorfällen in den Blauen Landen zusammenhingen, dann hatten sie vielleicht ein viel größeres Problem, als wenn sie es nur mit ein paar Unruhestiftern zu tun gehabt hätten. Denn das würde bedeuten, dass die Übergriffe geplant und von jemandem bezahlt worden wären. Und wenn dieser ‚Jemand' einen Trupp Söldner beauftragen konnte, dann konnte er auch mehrere für seine Zwecke einspannen.

Und dann war da noch die Orkfrau, die den Spuren in den Wald gefolgt war. Vielleicht war sie nur zufällig darauf gestoßen und wollte herausfinden, was da vor sich ging. Es konnte aber genauso gut sein, dass sie sich gezielt mit dem Trupp treffen wollte. Sie war vorher ein Stück die Straße hochgeritten und wieder zurück, ganz so, als wolle sie sich versichern, dass ihr auch niemand folgte. Alles sah nach einem Komplott aus, in den nicht nur Menschen, sondern auch einige Orks verwickelt waren. Aber etwas an der jungen Orkfrau hatte seine Aufmerksamkeit geweckt. Doch er konnte sich selbst nicht erklären, was es war.

Orman hatte das ungute Gefühl, dass hinter dem Ganzen ein Plan steckte, den er noch nicht einmal ansatzweise durchschaute. Aber er würde es herausfinden. Und das, was vor ihnen im Wald lag, konnte ihn der Antwort einen guten Schritt näher bringen. Und er wusste, dass seine Männer ebenso herausbekommen wollten, wer dort vor ihnen war. Doch in dieser Nacht würden sie nichts mehr erfahren. Obwohl Orman die Unruhe der Männer spürte, hatte er halten lassen. Es war dieselbe Unruhe, die auch ihn befallen hatte, doch wer zu ungeduldig war, konnte schnell in eine Falle tappen. Als die Nacht hereinbrach, wurde die Gefahr zu groß, in der Dunkelheit wichtige Spur zu übersehen übersehen. Auch wollte er nicht riskieren, dass sich eines der Pferde ein Bein brach. Sie hatten den Hohlweg verlassen und ein wenig abseits ein behelfsmäßiges Lager aufgeschlagen: keine Feuer, nur ein sicherer Platz für die Pferde und windgeschützte Mulden zum Schlafen. Doch Orman war sicher, dass keiner seiner Männer heute Nacht Schlaf finden würde.

Der Traum der Jägerin

Dann hatte das Warten begonnen. Alles war ruhig gewesen. Bis die Lichtblitze begannen. Und die fernen Schreie. Und mit einem Mal wurde es wichtiger zu wissen, was da vor ihnen war, als darauf aufzupassen, keine Spuren zu zerstören. Deshalb hatte er Lacaru Manroah und seinen Zwilling Patrar als Späher in die Nacht hinausgesendet. Die Brüder waren unleugbar seine besten Kundschafter. Beide waren nicht besonders groß, dafür aber drahtig und ihnen haftete etwas Katzenhaftes an. Er schmunzelte, als er daran dachte, wie er die beiden das erste Mal getroffen hatte. Damals waren sie fast noch Kinder gewesen, die glaubten, ihr Dienst in der Armee des Hauses Osareks würde ihnen ein Leben voller Ruhm und Abenteuer bescheren. Als sie dann Ormans Truppe zugeteilt wurden, konnte man ihnen die Enttäuschung schon von weitem ansehen. Vorbei die Träume von glitzernden Rüstungen und triumphalen Schlachten. Ihre Augen hatte so viel Trotz ausgestrahlt, dass Orman fast lachen musste. Wie schnell sich das geändert hatte. Oh sicher, Ormans Leute wurden nie für das gefeiert, was sie taten und die normalen Soldaten sahen etwas mitleidig auf sie herab, doch die Männer wussten, dass das, was sie taten, wichtig war. Und der Gedanke, dass viele der Soldaten, die sie belächelten, nicht mehr am Leben wären, wenn es Ormans Truppe nicht geben würde, machte es einfach, mit dem Spott umzugehen. Und auch die Brüder Manroah hatten das schnell eingesehen. Sie waren intelligent. Niemand kam in Ormans Gruppe, wenn er nicht einige gewisse Grundvoraussetzungen hatte und Gewitztheit gehörte zwingend dazu. Ebenso die Fähigkeit eigenständig Entscheidungen zu treffen. Ein Soldat tötete, wenn man es ihm befahl; Ormans Männer töteten, wenn es notwendig war oder wenn es sich nicht vermeiden ließ. Ein Soldat tötete, um zu überleben; seine Leute taten es, damit andere überlebten. Ein Soldat kämpfte gegen eine akute Gefahr; Ormans Trupp, damit es nicht dazu kam.

Die Rückkehr Lacarus riss Orman aus seinen Gedanken. Er war überrascht, den jungen Mann so schnell wiederzusehen, doch noch überraschter war er, als er sah, dass dieser nicht allein war. In seinen Armen trug er eine zierliche Gestalt, die er nun vorsichtig vor Orman auf den Waldboden legte.

***

Es war so erniedrigend! Der Mensch hatte sie getragen! Wie ein kleines Kind! Immer noch verschnürt und hilflos hatte er sie aufgehoben und sich einfach über die Schulter geworfen. Ihre Versuche, sich aus seinem Griff zu befreien, waren vergeblich gewesen. Und jetzt hatte er sie auch noch dem anderen Menschen wie ein Brautgeschenk vor die Füße gelegt. Vor Wut hätte Tino'ta heulen können. Wenn sie nur aus ihren Fesseln herauskäme, wenn sie doch nur ihre Arme wieder gebrauchen könnte, sie würde es diesen Menschen schon zeigen. Sie würde ihnen ihre Arroganz mitsamt ihrem Leben austreiben.

Sie richtete ihren Zorn auf den großen Mann, vor dessen Füßen sie nun lag und der sie mit einem gewissen Grad an Neugier und Überraschung betrachtete.

Der Traum der Jägerin

»Warum hast du sie gefangen?« In der Stimme des Mannes war kein Vorwurf, er akzeptierte die Entscheidung des Anderen, wollte aber den Grund verstehen.

»Das habe ich nicht, Hauptmann«, antwortete nun der Mann, der maximal ein Jahr älter war als sie selbst. »Ich habe sie so gefunden. Sie lag verschnürt wie ein Päckchen in einer Bodensenke. Vielleicht hat sie jemand dort verloren, obwohl ich eher glaube, dass sie demjenigen, der sie so fein eingeschnürt hat, entkommen ist. Es ist schwer, sie zu halten. Sie ist wie eine Wildkatze. Sie hat mich sogar in den Rücken gebissen.«

Der Mann, den der andere als Hauptmann angeredet hatte, kniete sich neben Tino'ta nieder und sah ihr ins Gesicht. Sie überkam das seltsame Gefühl, seine grünen Augen vorher schon mal gesehen zu haben. Mit voller Kraft zerrte sie an ihren Fesseln, doch das Einzige, was sie bewirkte, war ein stechender Schmerz in der Schulter.

»Mein Name ist Orman.« Seine Stimme war tief und schwang in ihren Eingeweiden nach. Tino'ta antwortet nicht. Ihre Augen sprühten Funken vor Zorn.

»Ich will wissen, was da vor uns passiert«, fuhr er nach einigen Augenblicken fort. »Irgendetwas geht heute Nacht in diesem Wald vor sich und ich denke, du kannst mir etwas darüber erzählen. Alles, was ich will, sind ein paar Antworten.«

Was bildete er sich ein?! Das war Orkland, wie konnte er hierherkommen und sie, gefesselt und hilflos, verhören, als sei sie der Eindringling und nicht er. Dass er dabei so ruhig blieb, machte alles noch schlimmer. Tino'ta bäumte sich auf. Ein unartikulierter Zorneslaut drang aus ihrer Kehle, sie wollte ihn schlagen, ihn beißen, aber er wich nicht einmal zurück. Tränen der Wut liefen ihr übers Gesicht. Verzweifelt und erschöpft sank sie zurück auf den Waldboden.

»Du willst also nicht antworten? Oder verstehst du mich nicht?«

Natürlich hatte sie die Sprache der Menschen der Grenzlande gelernt. Eine Notwendigkeit für die Orks, die jedes Jahr durch diese Gegend zogen, um zu ihren Winterquartieren zu kommen, aber erst in diesem Moment wurde ihr bewusst, dass er zu ihr nicht in seiner, sondern in ihrer Sprache gesprochen hatte. Ein Riss aus Verwirrung ließ den Damm der Wut brechen.

»Nein! Ich will nicht!« Sie wusste, wie dumm ihre Worte klingen mussten. »Fühlt ihr euch stark, weil ihr eine gefesselte Frau verhöhnen könnt? Was haben wir euch getan? Wenn ihr uns vernichten wollt, dann versucht es doch im offenen Kampf! Aber dafür habt ihr keinen Mut. Das ist unser Land! Ihr habt hier nichts zu suchen. Ihr kommt hierher und führt euch auf, als wärt ihr die Herren. Ihr schlachtet unsere Kinder ab, vergewaltigt hilflose Mütter und verbrennt unsere Wagen. Warum? Ihr ...« Tino'ta verstummte. Sie hatte jede Reaktion von dem Menschen erwartet: Wut, Aggressivität, sogar ein Messer zwischen den Rippen, aber sie würde nie wieder diesen Ausdruck von Schmerz und Entsetzen vergessen, der für einen winzigen Moment in seinen grünen Augen aufleuchtete. Das Gefühl, in seine Seele geblickt zu haben, raubte ihrer Wut die Worte.

Orman richtete sich auf. Fast nebenbei wurde ihm bewusst, dass einige seiner Männer zu ihm getreten waren. »Schneide sie los«, befahl er an Lacaru gewandt. Und als er das Zögern des Mannes bemerkte, fügte er ein »Tu es« hinzu, das viel schärfer klang, als er beabsichtigt hatte.

»Du bist frei«, sagte er zu Tino'ta.

»Was?«

»Nun, du kannst gehen. Wie du sagtest, es ist euer Land und ich habe weder das Recht noch die Absicht, dich hier festzuhalten. Ich werde auch allein herausfinde, was hier vor sich geht.«

***

Nur langsam strömte das Blut in Tino'tas Gliedmaßen zurück, was diese mit einem schmerzhaften Kribbeln quittierten. Sie stand an einen Baum gelehnt, um zu überspielen, dass sie sich auf ihren Beinen noch immer ein wenig wackelig fühlte und massierte sich Arme und Hände. Eine junge Frau, die Tino'ta zuerst für einen Jungen gehalten hatte, brachte ihr eine Schüssel kalter Rebhuhnbrühe. Sie lächelte sie schräg an und Tino'ta erkannte, dass der linke Mundwinkel der Menschenfrau in eine wulstige Narbe überging. Sie trug die gleiche Gewandung wie die Männer und war mit einem kurzen, gebogenen Säbel bewaffnet. Außerdem konnte Tino'ta mehrere Ausbeulungen in ihrer Kleidung ausmachen, die auf versteckte Messer hindeuteten.

»Ich bin Niolet«, hatte sich die Frau vorgestellt. Das waren die einzigen Worte, die Tino'ta von ihr hörte. Sie selbst nickte nur.

Darüber hinaus schienen die Menschen im Lager sie zu ignorieren, doch es war ihr nicht entgangen, dass sich immer einer von ihnen in ihrer Nähe aufhielt. Egal, was ihr Hauptmann gesagt hatte, sie trauten ihr nicht, und das beruhte auf Gegenseitigkeit. Hauptmann? Was für ein Hauptmann war er? Die Männer trugen keinerlei Uniformen oder Abzeichen. Sie waren eher wie Waldläufer gekleidet.

Was mochten sie vorhaben? War dieser Orman ehrlich gewesen oder war das alles nur eine raffinierte Falle, vielleicht damit sie die Menschen zu ihrer Sippe führte? Sie war frei, ja, vielleicht. Aber noch war sie sich nicht im Klaren darüber, was sie jetzt tun sollte. Sollte sie den Wald verlassen und zu den Wagen zurückkehren? Oder sollte sie besser noch einmal zu der Lichtung zurückkehren? Na'tarva stand noch immer dort im Wald und Tino'ta wollte das treue Tier nicht im Stich lassen. Wenn es nicht schon den Menschen in die Hände gefallen war. Oder jenen, die die Menschen überfallen hatten. Wer hatte gesiegt? War das wichtig? Und was war mit diesen Menschen hier? Sie blickte zu einer kleinen Gruppe hinüber, die sich um Hauptmann Orman versammelt hatte und leise diskutierte. Niolet stand schräg hinter dem Hauptmann, doch ihr Blick galt Tino'ta.

Orman? War das sein Erst- oder sein Zweitname. Tino'ta hatte den Brauch der Menschen, mehrere Namen zu tragen, am Anfang nicht verstanden, bis sie begriff, dass der zweite Name eine Zugehörigkeit zu seiner Familie darstellte. Das war ein guter Zug. Aber was war mit ihm? Warum trug er nur einen Namen. Sie verstand ihn nicht. Der Schmerz in seinen Augen war echt gewesen, oder konnte er so gut lügen?

Der Traum der Jägerin

»Wir sollten auf jeden Fall warten, bis Patrar zurück ist«, sagte Gandoar. »Wer auch immer da vor uns im Wald ist, ich will nicht unvorbereitet auf ihn stoßen.«

»Du magst recht haben.« Orman blickte besorgt in die Runde, »aber ich habe ein ungutes Gefühl dabei, weiter zu warten. Irgendetwas sagt mir, dass es dringend ist und mein Instinkt hat mich noch nie im Stich gelassen.«

»Und was, wenn wir blindlings in einen Kampftrupp Orks hinein marschieren?«

»Keine Orks.«

Die Männer blickten überrascht auf, als Tino'ta zu ihnen trat.

»Menschen. Soldaten. Wenn sie noch leben«, sagte Tino'ta und versuchte, sich ihre Unsicherheit und Verwirrung nicht anmerken zu lassen. Verwirrt war sie vor allem von sich selbst und davon, dass sie mit den Menschen sprach. Etwas in dem Verhalten des Hauptmanns gab ihr das Gefühl, dass es so richtig war. Und nach all dem, was diese Nacht schief gelaufen war, wollte sie nun endlich etwas ‚Richtiges' tun.

»Soldaten? Hier? Unmöglich«, sagte der kleine Mann mit dem blonden Zopf, der neben dem Hauptmann stand, »Orman, sie versucht uns vielleicht von der Wahrheit abzulenken.«

Doch Orman antwortete ihm nicht und wandte sich Tino'ta zu.

»Gandoar hat recht«, sagte er, »warum sollten sich Soldaten auf Orkland befinden? Das würde gegen alle Befehle aus Gisreth verstoßen. Was kannst du uns über die Soldaten erzählen? Und was meinst du mit ‚wenn sie noch leben'?«

»Wenn es hier gegen diese Befehle verstößt«, fragte Tino'ta und funkelte die Männer an, »was macht ihr dann hier?«

»Das geht dich gar nichts an«, begann der Kleine, »das ist eine Frage der inneren ...« Er verstummte, als Orman ihm die Hand auf die Schulter legte.

»Doch«, sagte der Hauptmann, »tut es. Wir suchen eine Gruppe von Mördern, die mehrere Gehöfte überfallen und die Bewohner getötet haben. Wir hatten den Verdacht, dass sie sich über den Fluss abgesetzt haben könnten. Und dann trafen wir auf die Spuren der Reiter, denen auch du gefolgt bist. Wir müssen einfach wissen, was da vor sich geht. Falls es sich um Soldaten handelt, gehören sie vielleicht nicht zu Gisreth. Kannst du uns etwas über sie erzählen?«

»Nicht viel«, Tino'tas Verwirrung wuchs noch mehr. Sie fragte sich, ob sie nicht einen Fehler machte, mit diesen Menschen zu reden. »Es waren Menschen. Etwa vierundvierzig oder fünfundvierzig Mann. Sie hatten blaue Uniformen mit schwarzen Beschlägen.«

»Das sind unsere«, warf Gandoar ein. »Aber die Anzahl passt zu keiner ordentlichen Einheit. Es muss sich um eine Eskorte handeln.«

»Haben sie dich gefangen genommen?«, fragte Orman mit ruhiger Stimme.

»Ich ...« Tino'ta wand sich innerlich. »Ja, sie haben mich gefangen. Aber ich konnte entkommen, kurz nachdem der Überfall begann.«

»Du meinst, bevor deine Freunde sie überfallen haben?« Gandoar packte sie an der Schulter. Tino'ta riss sich los. Sie hatte gewusst, dass es ein Fehler gewesen war, ihnen zu vertrauen, diese Menschen hatten keinen Respekt.

Der Traum der Jägerin

»Ich weiß nicht, wer sie überfallen hat!« Ihre Stimme überschlug sich. »Es waren keine Orks, obwohl ... nein, Orks benutzen keine Armbrüste und ich habe gesehen, wie einer der Soldaten von einem Bolzen getroffen wurde. Ich denke, es waren die Ruhelosen. Die Soldaten haben sie im Geisterland aufgescheucht und nun rächen sie sich.«

»Geister«, sagte Orman und blickte Tino'ta in die Augen, »benutzen auch keine Armbrüste. Also waren es Menschen. Vielleicht eben jene Mörder, die wir hier vermutet haben. Du hast vorhin etwas gesagt, gleich, nachdem wir uns getroffen haben. Gab es auch hier Übergriffe?«

Tino'ta nickte. ‚Getroffen haben', hatte er gesagt. So als wäre es eine gleichberechtigte Begegnung gewesen, bei der sie nicht gefesselt auf dem Boden gelegen hatte, während er auf sie herabsah. Aber so hatte er sie behandelt –gleichberechtigt. Immer noch sah er ihr direkt in die Augen und Tino'ta hatte das Gefühl, von Ruhe durchströmt zu werden. So als ob er ihre Wut irgendwohin ableitete. »Ja, es gab einen Überfall«, hörte sie sich selbst sagen. »Was die Mörder getan haben, war bestialisch.« Das war eine Orkangelegenheit, warum erzählte sie es ihm? Es ging ihn doch gar nichts an. »Wir haben zwei tote Menschen mit den gleichen Uniformen gefunden, die auch die Soldaten vorne im Wald tragen. Ich bin ausgewählt worden, um die Sippe zu warnen. Dann habe ich die Hufspuren gefunden.«

»Das passt«, sagte Orman und wechselten einen vielsagenden Blick mit dem Mann, den er Gandoar genannt hatte. »Das wäre das gleiche Vorgehen, nur gespiegelt.« Er wandte sich wieder an Tino'ta. »Ist dir an den Leichen der Menschen etwas aufgefallen?«

»Außer, dass sie tot waren? Sie schienen verwirrt und hilflos«, sagte Tino'ta und hätte sich selbst für diese Antwort ohrfeigen können. Der Tulkatraum war heilig, sie durfte den Menschen davon nichts erzählen.

Orman sah sie nur an. Dann nickte er. »Was ist mit den Soldaten, die dich gefangen haben? Leben sie noch?«

»Ich weiß nicht«, die Wut war wieder da. Aber es war nicht seine Schuld. Warum konnte sie nur nicht ihren Mund halten? »Es ist mir auch egal! Und wenn sie alle tot sind, dann haben sie es nicht anders verdient, vor allem diese Osarek-Schlange!«

Diesmal war es Orman, der sie an den Schultern packte. Tino'ta versuchte sich seinem Griff zu entwinden, doch dieser war wie Stahl.

»Wiederhole das!«, seine Stimme schnitt tiefer, als es ein Messer gekonnt hätte, »Osarek? Evana Osarek? Sprich! Frau, sprich verdammt. Ist Evana dort vorne. Lebt sie noch?«

»Was weiß ich!«, sagte Tino'ta und hoffte, dass ihre Stimme nicht so klang, wie sie sich fühlte. »Die Soldaten nannten sie Lady Osarek.«

»Verdammt! Diese Idiotin!« Orman ließ sie stehen. »Zu den Pferden«, rief er. Doch diesen Befehl hätte es nicht bedurft, die Männer waren schon in Bewegung.

Noch einmal drehte sich Orman zu ihr um. In seinem Gesicht stand Sorge. »Verzeih«, sagte er und legte ihr die Hand auf den Arm. »Ich wolle dir nicht wehtun. Und ich war unhöflich. Darf ich deinen Namen erfahren?«

»Tino'ta«, stieß sie hervor.

»Danke Tino'ta«, sagte er. »Vielleicht sehen wir uns ja wieder, wenn es das Schicksal will«. Er drehte sich um und eilte zu den Pferden.

Augenblicke später waren die Menschen im Dunkel des Waldes verschwunden. Tino'ta war allein. Allein mit der Dunkelheit, allein mit ihrer Wut, allein mit ihrer Verwirrung.

Der verdammte Kerl! Was war in dieser Nacht nicht alles passiert. Sie war besiegt worden, gefesselt, betatscht und wie ein Kind herumgetragen worden. Sie verfluchte die Menschen! Aber dieser Orman war der Schlimmste von allen. Er hatte irgendwas mit ihrem Verstand gemacht. Wenn er sie mit seinen grünen Augen ansah, fühlte sie sich hilflos und gleichzeitig so geborgen. Sie hatte ihm vertraut und er hatte ihr das Schlimmste dieser Nacht angetan: Er hatte sie einfach so stehen lassen. Nein, korrigierte sie sich selbst, er hat sich verabschiedet. Aber nur, weil er ein schlechtes Gewissen hatte. Und dann war er schneller weggeritten als ein Pavahund auf der Flucht. Und warum? Wegen der Osarek-Schlange. Evana! Für sie hatte er sie hier im Wald alleine gelassen.

Der nahe Schrei eines Wildhahns riss sie aus ihrer Wut. Jäh wurde sie sich ihrer Lage bewusst: Mitten im Wald, der von wilden Tieren und Geistern wimmelte – und vor Menschen, fügte eine innere Stimme hinzu, unbewaffnet und ohne Deckung.

Tino'tas Haltung veränderte sich fließend. Sie duckte sich leicht, ihre protestierenden Muskeln spannten sich an und ihre Augen erfassten in Sekundenbruchteilen ihre Umgebung. Drei geschmeidige Schritte brachten sie zu einem nahen Baum mit gegabeltem Stamm und die junge Orkjägerin verschmolz mit ihrer Umgebung.

Sie musste nachdenken, sich über das klar werden, was sie gesehen und gehört hatte. Sie musste eine Entscheidung treffen.

Während sie reglos überlegte, was zu tun war, schickte die Sonne des kommenden Tages ein sanftes Licht als Vorbote über die Wipfel des Waldes.

***

Ruhig und friedlich erstreckte sich das im Morgengrauen glitzernde Band des Parzevals bis zum Horizont. Fürst Osarek stand am Fenster seines Arbeitszimmers, das sich im sechsten Stock des Palastes befand. Der Raum war spartanisch eingerichtet. Neben einem schmucklosen Schreibtisch, auf dem die Papiere und Schreibutensilien akkurat angeordnet waren, enthielt er einen Stuhl und einen kleinen Beistelltisch, auf dem eine Karaffe und ein Glas standen. Ein Bücherregal, das in der Wurzelholztäfelung der Wände eingelassen war, vollendete die Einrichtung.

Fürst Halbah Osarek liebte den Ausblick. Unter ihm lag die Stadt, umgeben vom Wasser des großen Stromes. Der Parzeval war hier so breit, dass man von einem Ufer das gegenüberliegende nur erahnen konnte. Behäbig und machtvoll beendete er seine lange Reise, um sich dann in unzähligen Kaskaden über die Klippen ins Meer zu ergießen. Mitten in diesen schäumenden Fluten, sich an den Rand der Klippen klammernd und in mehreren Stufen die Wasserfälle hinabziehend, thronte Gisreth, die Stadt der tausend Wasser. Erbaut von den Elfen, war sie nun der Sitz des Hauses Osarek.

Der Traum der Jägerin

So wie die Stadt, einer Insel gleich, den Fluten des großen Stroms trotzte, so trotzte das Haus Osarek den Unbillen der Politik und den Gefahren der Grenzlande. Und die Gefahren waren nicht immer so offensichtlich wie die Gerüchte, die nun von den Grenzen des Reiches herangetragen wurden. Die anderen Häuser stellten, wenn auch viel subtiler als irgendwelche Orkbanditen, eine ständige Bedrohung für die Blauen Lande dar. Die Stadt Gisreth und das Monopol auf den Obsidianhandel mit den Orks weckten Begehrlichkeiten. Und im gleichen Maße, wie der Thron des Großkönigs an Bedeutung verloren hatte, hatten die Intrigen zwischen den Häusern an Intensität zugenommen.

Halbah Osarek seufzte. Sein Blick folgte dem Fluss, bis sich dieser zwischen den Wäldern verlor. Irgendwo dort, wo die Wälder sanft ins Gebirge übergingen, musste der Fluss seinen Ursprung haben, fern von hier, tief im Herzen des Orklandes. Und dort weilte auch seine Tochter Evana. Wie so oft in den letzten Wochen musste er an sie denken. Wie ging es ihr? War sie dem Ziel ihrer Nachforschungen näher gekommen oder war das ganze Unterfangen nichts anderes als Zeitverschwendung? Als die Gerüchte über die Überfälle das erste Mal die Stadt erreichten, hatte sie darum gebeten, die Angelegenheit untersuchen zu dürfen. Eigentlich war das die Angelegenheit des Nachrichtendienstes, doch Evana wollte davon nichts hören. Sie hatte den Dickkopf und das Aussehen ihrer verstorbenen Mutter geerbt und er hatte schon früh herausgefunden, wie sinnlos es war, einer von beiden etwas verbieten zu wollen.

Er lächelte beim Gedanken an seine stets eifrige und energiegeladene Tochter. Eine Frau, die eine Laufbahn im

Militär wählte, war zwar in Gisreth nichts Unbekanntes, einige der jüngeren Adeligen hielten es anscheinend für schick, eine Offizierslaufbahn einzuschlagen, doch war Fürst Osarek ganz und gar nicht begeistert gewesen, als Evana mit diesem Wunsch an ihn herangetreten war. Doch Evana war anders als ihre Freunde. Von Anfang an hatte sie sich weniger fürs Repräsentieren interessiert, sondern nahm ihre neue Aufgabe ernst und verbrachte so viel Zeit auf dem Exerzierplatz, dass sie bei gesellschaftlichen Anlässen zu einem seltenen Gast wurde. Und so verwandelte sich Fürst Osareks anfängliche Skepsis mehr und mehr in Stolz. Stolz, den er auch gerne für seinen Sohn empfunden hätte. Evana würde ihren Weg gehen, da war er sich sicher. Nur an ihrer Einstellung musste sie noch etwas arbeiten. Oft konzentrierte sie sich auf anscheinend Offensichtliches, ohne dabei das große Ganze zu sehen. Ihre Einstellung war manchmal zu radikal und es fehlte ihr noch an politischem Feingefühl.

Ein leises Klopfen kündigte Besuch an und der große Mann mit dem kurz geschorenen, grauen Bart wandte sich vom Fenster ab und blickte zur Tür.

»Ja!«, sagte er bestimmt.

Doch die Tür blieb geschlossen. Stattdessen schwang, vollkommen lautlos, ein Teil der Wandvertäfelung zurück und gab ein dunkles Rechteck frei. Heraus trat ein Mann, der fast komplett in eine graue, zierlose Robe gehüllt war.

»Ich wusste nicht«, begrüßte Fürst Osarek seinen Gast kühl, »dass Ihr wieder in der Stadt seid. Was wollt Ihr, Priester?«

»Ich bin gestern Abend spät eingetroffen, mein Fürst und König. Ich wollte Euch eigentlich erst eine Botschaft zukommen lassen, doch dies hier hat meine Meinung geändert.

Der Traum der Jägerin

Es ist wirklich wichtig.« Der Mann öffnete die linke Hand und enthüllte eine kleine Rolle hauchdünnen Papiers. »Ich bin direkt hierhergekommen, nachdem ich es im Taubenschlag gefunden habe.« Er hob die Hand. Seine Stimme war tonlos. »Es ist besser, wenn Ihr es selbst lest.«

Fürst Osarek griff nach dem Zettel. Das leichte Zittern seiner Finger irritierte ihn selbst. Und noch bevor er die wenigen, in winziger Schrift geschriebenen Worte las, wusste er, was sie enthielten. Eine eisige Hand griff nach seinem Herzen.

***

Die Sonnenstrahlen gewannen langsam an Wärme, als Tino'ta das Lager von Lady Osarek erreichte. In ihrer Linken hielt sie ihren Speer, mit der Rechten führte sie Na'tarvas Zügel. Der kurze Umweg zu ihrem immer noch wartenden Emuil hatte sie nur wenige Augenblicke gekostet und mit der Waffe in der Hand und dem Wissen, dass es ihrem Reittier gut ging, fühlte sie sich bedeutend sicherer.

Das Lager hatte sich verändert. Von der vorher herrschenden Ordnung war nichts mehr zu sehen. Das große Zelt, in dem sie Lady Osarek zum ersten Mal begegnet war, war nur noch ein verkohlter Ring am Boden. An mehreren Stellen war der Boden aufgerissen und einige Bäume hatten sich in rauchende Stümpfe verwandelt. Zwischen diesen Zeugen der Zerstörung lagen die Leichen von Angreifern und Verteidigern.

Und doch war die Lichtung nicht unbelebt. Die Menschen um Hauptmann Orman strichen vorsichtig durch die Reste des

Lagers, auf der Suche nach Spuren und vielleicht auch in der Hoffnung auf Überlebende.

Tino'ta trat aus dem Schutz der Bäume. Mehrere Blicke schwenkten kurz in ihre Richtung und setzten dann ihre Suche fort. Nur einer blieb auf sie gerichtet. Zielstrebig, doch ohne offensichtliche Eile schritt der Hauptmann, der gerade den Boden um das verbrannte Hauptzelt untersucht hatte, auf sie zu. Auf einen Wink von ihm löste sich auch Niolet aus einer kleinen Gruppe von Menschen und bewegte sich ebenfalls in ihre Richtung.

»Es ist gut, dass du gekommen bist«, begrüßte er sie in der Sprache der Orks. Sein Akzent war etwas zu weich und er betonte die ‚T's zu stark. »Niolet wird sich um dein Emuil kümmern. Ich will dir etwas zeigen.«

Zögerlich übergab Tino'ta Niolet Na'tarvas Zügel. Die Menschenfrau wich instinktiv ein Stück zurück, als Na'tarva den Kopf hob. Der scharfe Schnabel und die schiere Größe des Vogels flößten ihr offensichtlich Respekt ein. Tino'ta blickte der jungen Frau in die Augen. Diese lächelte knapp, doch es entging der Orkjägerin nicht, dass Niolet ihren Speer mit Argwohn betrachtete. Der Gedanke, dass eine bewaffnete Ork mit ihrem Hauptmann allein war, schmeckte ihr wohl nicht.

»Habt ihr ... sie gefunden?«, fragte Tino'ta an Orman gewandt. Die letzten Stunden, in denen sie nachgedacht hatte, hatten ihren Zorn abgekühlt. Und auch wenn sie in Gedanken ‚Osarek-Schlange' hinzufügte, so wollte sie Orman doch nicht noch einmal vor den Kopf stoßen. Er sollte nicht denken, dass sie ein kleines Kind sei. Also würde sie besonnen handeln, wie es sich für eine Jägerin gehörte.

Der Traum der Jägerin

»Sie ist nicht unter den Toten. Und auch nicht unter den Verwundeten.« Ormans Blick war gefasst und doch glaubte Tino'ta, eine Spur von Angst darin zu sehen. Oder war es Misstrauen? Sie konnte es nicht deuten.

»Es gibt Überlebende?«

»Ja, drei. Aber bei einem wissen wir nicht, ob er durchkommt. Die Zeit wird diese Frage beantworten.«

»Dann können sie uns sagen, wer die Angreifer waren«, sagte Tino'ta euphorisch, »damit ihr seht, dass es keine Orks waren.«

»Die Befragung gestaltet sich etwas schwierig. Die Antworten sind – hm, sagen wir es mal vorsichtig – verwirrend. Wir reden später darüber.« Er nickte ihr zu und deutete auf das Lager. »Komm! Das wird dich interessieren. Bitte betrachte es mit offenen Augen. Und wenn wir fertig sind, dann sag mir bitte, was du wirklich gesehen hast.« Er schaute sie bei diesen Worten durchdringend an und Tino'ta beschlich das merkwürdige Gefühl, dass ihr eine unangenehme Überraschung bevorstand.

Als sie nun an seiner Seite durch das zerstörte Lager schritt, war es fast so, als würden sie, ohne ein bestimmtes Ziel, durch einen Gorka-Park schlendern, mal hierhin und mal dorthin, auf der Suche nach neuen interessanten Steinformationen oder einem bisher noch nicht bewunderten Geysir. Doch dieser Ort war nicht zur Besinnung und Meditation angelegt. Mit jedem Schritt wuchsen ihre innere Unruhe und der Schmerz über das, was sie hier sah.

Als sie die ersten Leichen erreichten, stieß sie beinahe einen Laut der Verblüffung aus. Ein junger Soldat, dessen Körper an mehreren Stellen tiefe Schnitte aufwies, lag gleich neben seinem ebenfalls toten Gegner. Tino'ta musste sich zusammenreißen, damit ihr Orman die Überraschung nicht anmerkte, denn der andere Tote war ein Ork. Und er sollte nicht der Einzige bleiben.

Jetzt, als sie das Lager fast vollkommen durchschritten hatten, wagte sie es, ihrem Begleiter einen Blick zuzuwerfen und war überrascht, dass dieser sie direkt ansah.

»Nun?«, fragte er.

»Ich ...«, begann sie. Was sollte sie sagen? Es tut mir leid? Sie haben es verdient? Stattdessen sagte sie: »Ich verstehe das nicht.«

»Ich auch nicht, aber ich glaube, ich beginne es zu verstehen. Und doch verbirgt sich mir der eigentliche Grund für das Ganze. Wer auch immer dahinterstecken mag, will etwas damit erreichen, das von dem Offensichtlichen abweicht, da bin ich mir sicher. Aber lass uns langsam beginnen.« Er ging neben einem toten Soldaten auf die Knie. »Schau ihn dir an.«

Der Soldat, ein Mann im mittleren Alter, war übel zugerichtet. Sein Schädel war über der linken Schläfe gespalten und sein rechter Unterarm hing nur noch mit den Sehnen an seinem Ellbogen. Den erstarrten Blick in seinen Augen deutete Tino'ta eher als Überraschung, nicht als Schmerz oder Angst.

Was wollte Orman von ihr? Der Mann war tot. Noch toter ging es nicht. Und er war offensichtlich im Kampf gestorben. Sie wollte gerade sagen, dass sie nichts Besonderes erkennen konnte, da stutzte sie. Sie berührte die Stelle, an der der Arm des Soldaten abgetrennt worden war. Sie hatte gelernt Tiere auszunehmen und zu zerlegen und was war ein Mensch schon

Der Traum der Jägerin

anderes als ein Tier? Wie oft hatte ihnen einer der Lehrer im Unterricht ein totes Tier vorgelegt mit den Fragen: »Was hat der Jäger falsch gemacht?« und: »Wie könnt ihr effektiver werden?«. Sie fuhr mit dem Finger über die Schnittkante der Knochen. Sie waren gesplittert. Nun nahm sie sich die Kopfwunde vor. Sie zog die Haut ein Stück zur Seite und betrachtete den Schädelknochen. Der Schnitt war schartig. Etwas in der Wunde reflektierte das morgendliche Sonnenlicht. Sie griff nach ihrem Dolch. Er war nicht da. Ja, erinnerte sie sich, er ist ja bei dem Kampf gegen die Osarek-Schlange verloren gegangen.

Sie blickte den Hauptmann an. »Habt ihr ein Messer?«

Er zog ein schweres Messer aus einer Lederscheide an seinem Gürtel und reichte es ihr wortlos. Sie spürte seine Finger. Ihre Blicke trafen sich. Tino'ta erschauderte. Dann war der Moment vorbei.

Sie beugte sich wieder über den Toten, doch das Kribbeln, das langsam in ihrem Bauch verebbte, erschwerte ihr die Konzentration. Sie kniff die Augen zusammen. Die Messerklinge hielt sie zwischen Zeigefinger und Daumen. Vorsichtig führte sie die Spitze in die Wunde ein. Sie zog die Waffe zurück und fischte mit dem Daumen der anderen Hand das glitzernde Objekt von der Klinge. Triumphierend hielt sie es Orman hin. Es war ein Metallsplitter.

»Der Mann wurde nicht von einer Obsi'tia-Waffe getötet«, sagte sie. »Es war eine Waffe aus Metall. Zuerst sind mir die stumpfen Schnitte aufgefallen. Obsi'tia schneidet Knochen viel besser. Und dann dieser Splitter. Orks verwenden nur äußerst selten Metallwaffen.«

»Interessant«, sagte Orman, »das ist mir nicht aufgefallen. Ich muss besser auf die Details achten.«

»Aber Ihr wolltet mir doch an dem Toten etwas zeigen.« Tino'ta klang verwirrt. »Wenn es nicht das war, was dann?«

»Ich meinte die Art der Verletzung. Es handelt sich nicht um zwei Schnitte, sondern um einen. Die Wunde in seinem Kopf und die in seinem Arm gehören zusammen. Er hat den Arm schützend vors Gesicht gehalten. Es sieht so aus, als hätte er sich gar nicht verteidigt. Vielleicht wollte er seinen Angreifer nicht verletzen. Oder er wurde vollkommen überrascht.«

»Ich habe gestern Nacht für einen Moment gedacht, die Soldaten würden gegeneinander kämpfen. Aber es war dunkel und ich konnte aus meiner Lage nicht besonders gut sehen. Und da waren noch andere Menschen und«, sie stockte kurz und sah Orman an, »ich hatte das Gefühl, einen Ork gesehen zu haben.«

Der Hauptmann schien gar nicht überrascht. »Das deckt sich mit den Aussagen der Überlebenden. Und auch wenn es verwirrend klingt, so mag es doch die Wahrheit sein. Hast du ...« Ein Pfiff unterbrach ihn. Mit einer einzigen Bewegung wirbelte er herum und sprang auf.

Ormans Leute starrten alle in die Richtung, die dem Hohlweg gegenüberlag. Tino'ta folgte ihren Blicken. Dort waren drei Orks aus dem Wald getreten. Tino'ta kannte sie nicht, doch ihre schwere Lederrüstung und die bedrohlichen Obsidianklingen sagten ihr, dass sie zur Kaste der Krieger gehörten. Noch weitere Orks traten aus dem Schatten der Bäume. Tino'ta zählte knapp vier Dutzend. Es waren nicht nur Krieger, sondern auch Jäger unter ihnen. Stille lag über der Lichtung. Waffen funkelten in der Sonne.

Der Traum der Jägerin

***

Noch einmal las Fürst Osarek die Nachricht. Er hatte sich von seinem Besucher abgewandt, damit dieser die Tränen, die in seinen Augen schimmerten, nicht sehen konnte. »Ist diese Nachricht verlässlich?«, fragte er, obwohl er die Antwort kannte.

»Meine Informationen sind immer verlässlich, Eure Hoheit. Aber ich weiß, was ihr meint. Ja, die Nachricht stammt von meinem Schüler Ardon. Er hatte sich mit Lady Osarek treffen wollen, um sie mit aktuellen Informationen über die Lage in der Region zu versorgen. Als er das Lager erreichte, war es jedoch schon zu spät. Der Überfall der Orks muss plötzlich und in großer Überzahl erfolgt sein.«

»Hier steht nicht, wie sie gestorben ist. Ich will das wissen, Priester. Habt Ihr noch mehr Informationen?«

»Nein, mein Fürst. Aber ich werde sie mir beschaffen. Ihr könnt Euch auf mich verlassen.«

»Nun«, sagte Fürst Osarek nach einer kurzen Weile des Schweigens. »Jetzt wissen wir wenigstens, wie die Lage wirklich ist, auch wenn der Preis, den wir dafür gezahlt haben – den ich dafür gezahlt habe – zu hoch war.«

Fürst Osarek drehte sich mit Bestimmtheit um. Jegliche Trauer war aus seinem Gesicht und seiner Stimme gewichen, als er wieder sprach. »Ihr hattet recht, wie immer.« Er schaute dem Priester direkt in die Augen. Bisher hatte er sich immer auf die Informationen verlassen können, die dieser ihm geliefert hatte. Sein Orden handelte mit Informationen und diese waren ihr Geld wert. Und doch hatte er die Nachrichten von Truppenbewegungen der Orks nicht glauben wollen. Er hatte Beweise gewollt. Aber nicht diese! Nein, nicht diese.

»Ihr könnt gehen, ich habe jetzt einiges zu tun.« Er zögerte noch einen Moment, dann fügte er hinzu: »Danke Laszan.«

»Nicht dafür, Eure Hoheit«, sagte der Priester und trat rückwärts durch die Tür. Lautlos schloss sich die Öffnung.

Fürst Osarek griff nach der mittleren der drei Klingelkordeln, die neben seinem schmucklosen Schreibtisch hingen. Nach wenigen Augenblicken trat ein junger Offizier ein.

»Ruf die Generäle zusammen!« Fürst Osareks Stimme war wie Stahl, als er den Befehl gab. »Ich will den kompletten Stab im roten Zimmer sehen! In fünfzehn Minuten! Und läutet die Sturmglocke, wir berufen die Männer zum Krieg ein!«

Ja, dachte er, es würde einen Sturm geben! Sie würden büßen für das, was sie getan hatten. Sie würden für den Tod seiner Tochter bezahlen.

***

Einen Moment lang glaubte Tino'ta, die Angreifer von letzter Nacht seien zurückgekehrt. Dann erkannte sie Ge'taro und Kelosa unter den Neuankömmlingen. Sie richtete sich auf und ging den Orks entgegen. Sie genoss die Überraschung in ihren Gesichtern, als diese sie erkannten. Auf halber Strecke blieb sie stehen, als sich Ge'taro aus der Gruppe löste und auf die Menschen zu trat. Erst jetzt merkte sie, dass Orman immer noch neben ihr war. Mit einer kurzen Geste und der Autorität des Älteren brachte Ge'taro die anderen Orks dazu, ihre Waffen zu senken.

»Was hat ein Lager der Gisrethaner hier zu suchen?«, fragte er mit einer Schärfe in der Stimme, die Tino'ta noch nie bei ihm gehört hatte. Er bediente sich dabei der Hochsprache der Menschen.

»Das versuchen wir gerade herauszubekommen«, antwortete Orman auf Orkisch. Ein leichtes Raunen, das durch die Reihen der Orks ging, veranlasste Ge'taro zu einem missbilligenden Verziehen der Mundwinkel. Unbeirrt und mit fester, doch versöhnlicher Stimme fuhr Orman fort. »Wir sind erst mit dem Sonnenaufgang hier eingetroffen.« Mit einem Nicken in Tino'tas Richtung fügte er hinzu: »Diese junge Kriegerin hat uns auf das Lager aufmerksam gemacht.«

Tino'ta schluckte. Er hatte sie Kriegerin genannt, das würde ihr noch Ärger einbringen. Und ihr war nicht entgangen, dass der Hauptmann die Umstände ihres Treffens mit keinem Wort erwähnte, genauso wie er nicht sagte, dass er sich bereits im Orkland befunden hatte, als er von dem Lager und dem Überfall erfuhr. Und ebenso entging ihr Ge'taros kurze Geste nicht, ein einziges Wort in der geheimen Gebärdensprache der Orkjäger, das an sie gerichtet war. Sie errötete beschämt.

»Nein«, kommentierte Orman das Handzeichen und schüttelte dabei leicht den Kopf. »Ich würde nicht sagen, dass sie unvernünftig ist. Höchstens ein wenig impulsiv.«

Einen Atemzug lang starrte ihn Ge'taro verblüfft an. Dann fasste er sich wieder. »Ihr versteht uns gut. Wenn ihr uns so gut kennt, dann solltet ihr auch wissen, dass ihr nicht hier sein solltet.«

»Was wisst ihr über die Überfälle?«, fragte Orman, ohne auf die Worte des alten Orks einzugehen.

»Niedergemetzelte Sippen, vergewaltigte und ermordete Frauen, dahingeschlachtete Kinder – meint ihr das?«, Ge'taros Stimme glich einem Messer. »Seid ihr deshalb in unseren Wäldern?«

»Bei den Göttern! Ihr denkt, dass wir ...?«, nun war es an Orman, überrascht zu schauen. »Habt ihr dies hier deshalb angerichtet?«

»Das war keiner von uns. Wir sind den Spuren der Mörder gefolgt und sie haben uns gerade erst hierher geführt.«

»Uns auch«, sagte Orman. Als Ge'taro darauf nicht sofort antwortete, fuhr er fort: »Wir sind in den letzten Tagen dem Pfad der Vernichtung gefolgt, der uns von einem niedergebrannten Hof zum nächsten und von einem Massaker zum anderen geführt hat. Und das hier«, er löste die beiden orkischen Speerspitzen, die er vor Tagen eingesammelt hatte, von seinem Gürtel, »haben die Mörder zurückgelassen.«

Ge'taro antwortete nicht sofort. Er ließ die beiden Speerspitzen nicht aus den Augen, während er seine rechte Hand nach hinten ausstreckte. Kelosa trat heran und legte das zerbrochene Schmuckstück, das er bei den Waagen gefunden hatte, in die Hand des alten Mannes. Dieser reichte es Orman. »Und das haben die Mörder bei uns zurückgelassen. Erkennt ihr es?«

Orman nahm es und drehte es zwischen den Fingern. »Das ist ein Orden des Hauses Osarek.« Seine Stimme wurde leiser. »Er gehört einem Soldaten. Oder er hat einmal einem gehört.«

Der Hauptmann gab den Orden an Ge'taro zurück. »Das passt gut, nicht wahr?«

Der Traum der Jägerin

»Nein, das alles passt nur auf den ersten Blick«, diesmal war es Kelosa, der sprach. »Es ist mir bei den ersten Wagen aufgefallen, die wir gefunden haben. All die Zeichen, alles passt zusammen, zeigt in eine Richtung, aber irgendetwas stimmt nicht.«

Ein leichtes, wenn auch verbissenes Lächeln umspielte Ormans Lippen. Er wandte sich direkt an Kelosa. »Ich weiß. Schaut Euch hier um. Sagt mir, was Ihr seht«, und lauter wandte er sich an die anderen Orks, »schaut euch alle um, ihr müsst verstehen, was ihr seht!«

»Wir verstehen das!« Einer der Orkkrieger, ein riesiger Bursche, dessen Tätowierung wie eine Maske über seinem Gesicht lag, löste sich von der Gruppe. Sein Obsidiansäbel funkelte im Sonnenschein. »Unsere Brüder haben die Mörder gestellt und sind im Kampf gestorben! Jetzt seid nur noch ihr übrig!«

»Der Mensch hat recht, Tan'tra'to«, fuhr Kelosa den Krieger an. »Sieh dich um! Und schau mit dem Verstand, nicht mit dem Herzen.«

Einen Moment herrschte angespanntes Schweigen. Und dann war es Tino'tas Stimme, die durch die Stille drang: »Es ist wie ein Gorka-Park, ein Kunstwerk, ein Gemälde. Alles ist genau so, wie es der Betrachter erwartet. Aber die Realität ist nie so, wie wir sie erwarten. Das hier ist nicht real. Nichts von all dem ist echt, außer den Toten.«

***

Die Stunden des Tages waren vergangen, das Misstrauen nicht. Die Menschen hatten ihre Gefallenen der Erde übergeben, die Orks die ihren dem Feuer. Sie hatten nebeneinander gearbeitet, doch nicht Seite an Seite. Immer wieder war der Hass aufgeflammt, waren Gemüter übergekocht und nur den gemeinsamen Bemühungen von Ge'taro, Kelosa und Orman war es zu verdanken, dass die Erde nicht mit noch mehr Blut getränkt wurde. Dann hatten sich die Menschen und die Orks auf verschiedene Seiten der Lichtung zurückgezogen, von wo aus sie sich nun argwöhnisch beobachteten. Auf mehreren Feuern brieten Fasane und Hasen. Der Geruch von verbranntem Fett hing in der Luft.

In der Mitte der Lichtung brannte ein einzelnes Feuer, um das sieben Personen saßen: Ge'taro, Kelosa, Tan'tra'to und Tino'ta auf der einen Seite, Orman, Gandoar und Niolet auf der anderen.

»Ich denke wir sind uns einige, dass jene, die all dieses Leid angerichtet haben, vor allem den Zweck verfolgen, Zwietracht unter unseren Rassen zu säen«, sagte Ge'taro, »und wenn die Tochter von Fürst Osarek auf Orkland gestorben sein sollte, dann wird es sehr schwer werden, einen Krieg zu verhindern. Die Tatsache, dass wir weder ihre Leiche noch persönliche Gegenstände, wie ihre Waffen, gefunden haben, gibt mir allerdings Hoffnung.«

»Es sei denn«, antwortete Orman mit schmerzvollem Blick, »dass die Täter ihren Körper mitgenommen haben, um ihn als Beweis zu präsentieren. Eine ähnliche Strategie haben sie bereits in Kolfurt benutzt. Und es war ihren Plänen nur allzu dienlich. Unsere tapfere Freundin hier hat eine interessante

Der Traum der Jägerin

Beobachtung gemacht, auch wenn sie diese nicht sofort zu deuten wusste«, er nickte dabei Tino'ta zu.

Diese hätte sich am liebsten im Erdboden verkrochen. Von Orman vor den anderen als tapfer bezeichnet zu werden, war ihr peinlich. Sich tapfer zu verhalten, war eine Sache, doch öffentlich darüber zu reden, eine andere. Die Blicke der Umsitzenden sprachen Bände. Während Ge'taros Miene vollkommen ausdruckslos wirkte, konnte sich Kelosa das Grinsen nicht verkneifen. tan'tra'to sah sie missbilligend an und der kleine Mensch, Gandoar – er schien ihren Motiven sowieso zu misstrauen – lächelte süffisant. Nur Niolets Ausdruck vermochte sie nicht zu deuten. Die junge Frau war ihr ein Rätsel. In einem Moment schien sie freundlich, fast kumpelhaft und im nächsten wieder distanziert und kühl, als hätte Tino'ta etwas getan, über das man lieber nicht redete.

»Sie hat gesagt«, fuhr Orman fort, »dass es ihr kurzzeitig so schien, als hätten die Soldaten gegen sich selbst gekämpft. Das würde darauf hindeuten, dass es in Evanas Lager einen oder mehrere Verräter gab. Wenn sich der oder die, welche hinter den Übergriffen stecken, sich leisten können, ganze Söldnertrupps zu bezahlen, sollte es ihnen nicht allzu schwer fallen, den einen oder anderen Soldaten zu bestechen. Nicht nur, dass ihnen das den Überfall auf das Lager erleichtern würde, sie hätten auch die perfekten Zeugen, wenn sie«, er stockte kurz und atmete einmal tief durch während Gandoar ihn beklemmt und mitfühlend ansah, »ihre Beweise präsentieren. Dafür brauchen sie jemanden, dem man glaubt, wenn er sagt, dass man sie auf Orkland gefunden hat und der die Truppen dann zum Tatort führen kann. Einem Fremden oder Söldner würde man misstrauen. Aber ein Soldat, der an der Seite seiner Herrin gekämpft hat, wäre genau der Richtige. Oder es müsste ein anderer Zeuge sein, dessen Wort in Gisreth Gewicht hat.«

»Wäre es dann nicht einfacher, die Leiche hier liegen zu lassen, damit die herbeigerufenen Truppen sie auch sicher auf unserem Land finden?«, fragte Tan'tra'to.

»Nein«, antwortete Ge'taro, »damit würden die Mörder Gefahr laufen, dass wir diesen Ort zuerst finden und die Körper und die Spuren verschwinden lassen.«

Orman nickte mechanisch. Sein Blick verlor sich in der Ferne.

»Aber vielleicht lebt sie noch«, warf Gandoar ein und legte seinem Freund die Hand auf den Arm. »Sie kann entkommen sein. Möglicherweise ist sie ganz in der Nähe.«

»Die Spuren sprechen eine andere Sprache«, sagte Kelosa. »Wir haben außer der Hauptspur und Tino'tas Kriechspur keine einzelne Fährte gefunden, die von hier wegführt. Allerdings haben wir eine weitere Spur gefunden, die hierher geführt hat. Außer den Angreifern ist gestern noch jemand hier angekommen. Ein einzelner Mann, den Fußspuren nach. Seine Fährte ist leicht verwischt, so als ob er einen langen Umhang getragen hat und vermutlich hatte er einen Stock oder so etwas bei sich, den er beim Gehen immer wieder auf den Boden gesetzt hat. Der Mann scheint jung gewesen zu sein, denn er hat seinen Stock nicht belastet.«

»Ein Magier?«, fragte Tino'ta. »Da waren diese unnatürlichen Lichter.«

»Das würde auf Elfen hinweisen«, sagte Orman. »Es ist nicht gesagt, dass die Lichter etwas mit diesem Mann zu tun hatten. Es könnte auch ein Priester gewesen sein. Das Haus

Der Traum der Jägerin

Osarek arbeitet eng mit dem ‚Grauen Orden' zusammen, der uns mit Informationen versorgt. Wenn Evana hier im Orkland war, hatte sie dafür einen Grund. Vielleicht wollte sie sich mit einem Informanten treffen.«

»Es gab unter den Toten weder einen Priester noch einen Elfen«, sagte Kelosa. »Aber wenn der Priester noch lebt, wäre er dann nicht ein viel besserer Zeuge als ein Soldat?«

»Der ‚Graue Orden' ist treu«, warf Gandoar hitzig ein. »Sie haben ein Armutsgelübde abgelegt. Ich kann mir nicht vorstellen, dass ...«

»Wir können keinem blind vertrauen«, unterbrach Orman ihn. »Wenn es einen Komplott gibt, dann wird er von einer hohen Position aus gesteuert, die über die nötigen Ressourcen verfügt. Und selbst ein Priester hat Schwächen.«

»Wenn sie einen so guten Zeugen haben, ist die Os... ist Lady Osarek vielleicht noch am Leben.« Tino'ta sah Orman an. Sein Gesicht wirkte versteinert. Sie wollte ihm gerne Hoffnung schenken, aber der Gedanke, dass er ‚seiner' Evana hinterher eilen würde, um sie zu retten, knotete ihr den Magen zusammen. »Wir müssen ihren Spuren folgen und sie zur Rechenschaft ziehen. Nur so bekommen wir Gewissheit. Und nur so bekommen die Toten ihre Ruhe.«

»Tino'ta hat recht«, sagte Tan'tra'to. »Noch sind die Spuren frisch. Jede Stunde, die wir hier mit Reden verschwenden, erkaltet die Fährte mehr. Die Menschen kommen mit ihren Pferden nicht so schnell im Wald voran wie wir mit unseren Emuils. Wir können sie einholen.«

»Die Menschen!«, sagte Gandoar mit erregter Stimme, »Ihr seid euch so sicher, dass die Täter unter den Menschen zu suchen sind.«

»Ihr habt die Spuren gesehen, es sind ausschließlich Pferdespuren.«

»Und ein Ork kann nicht auf einem Pferd reiten?« Gandoar funkelte den Orkkrieger wütend an. »Unser Gegner ist ein Meister der falschen Fährten. Aber für euch sind es immer nur ‚die Menschen'!«

»Aber nur Menschen sind zu so etwas fähig.« Tan'tra'tos Augen funkelten. »Euch geht es immer nur um Macht und Reichtum. Wer dafür mit seinem Leben bezahlt, ist euch vollkommen egal.«

»Und was ist mit den Orks?«, fauchte Gandoar den Krieger an. »Ihr seid ja ach so friedlich! Ist Kampf für euch nicht gleichbedeutend mit Ehre und Ruhm? Vielleicht ist da jemand einfach nur auf der Suche nach unsterblichem Ruhm und grenzenloser Ehre«.

»Es liegt keine Ehre darin«, erwiderte Ge'taro ruhig, »Frauen und Kinder zu ermorden.«

»Nein, darin nicht.« Gandoars Stimme überschlug sich fast. »Aber in dem Krieg, der unweigerlich darauf folgt!«

Orman legte seinem Freund die Hand auf den Arm und drückte sanft zu. »Egal was die Motive auch sein mögen, wir müssen sie aufhalten. Unsere Rassen haben so viele Jahre in Frieden gelebt, das darf jetzt nicht enden. Es darf keinen Krieg geben. Die Täter wollen genau das: Wir sollen uns gegenseitig verdächtigen. Aber das darf nicht passieren. Wir dürfen ihnen nicht in die Hände spielen, egal wie schmerzhaft es ist. Wir sehen doch die Widersprüche, wenn wir genau hinsehen.« Und zu Kelosa gewandt, fuhr er fort: »Ihr habt es gesehen und Ihr habt gezweifelt. Was hat Euch stutzig gemacht?«

Der Traum der Jägerin

»Es waren die Männer«, sagte Kelosa. »Es befanden sich mehrere weibliche Leichen an der Fundstätte und auch Kinder, doch fast keine Männer. Ich dachte zuerst, sie wären den Mördern vielleicht gefolgt. Aber kein Ork würde die Leichen seiner Sippe einfach so liegen lassen. Also müssen die Täter die Männer mitgenommen haben.«

»Ja, und ich denke, dass ihr hier einige der Männer wiedergefunden habt«, sagte Orman. »Es dauerte etwas, bis es mir auffiel, aber bei den anderen Überfällen war es so ähnlich. Sie haben immer einige Männer mitgenommen, die sie dann wohl als Sündenböcke beim nächsten Überfall zurückgelassen haben. Ein paar tote Menschen für das nächste Massaker an den Orks und umgekehrt. Mir ist das erst bewusst geworden, als ich auf einem der überfallenen Höfe erkannte, dass ein paar der Orkkrieger so aussahen, als ob sie schon länger tot seien.«

»Wir können hier diskutieren, bis alle Blätter von den Bäumen gefallen sind, aber wir sind nicht die, die über Krieg und Frieden entscheiden. Wir müssen dem Rat berichten.« Ge'taros Stimme war ruhig, aber bestimmt. »Und Ihr, Hauptmann Orman, solltet Eurem Herrn Bericht erstatten.«

»Das ist kein Problem. Ich werde gleich morgen früh eine Taube nach Gisreth senden.« Er ignorierte Tino'tas fragenden Blick. »Aber wir sollten auch die Spuren weiter verfolgen. Einerseits müssen wir diese Bastarde aufhalten und andererseits hoffe ich, Lady Osarek doch noch lebend finden und befreien zu können.«

»Ihr denkt, dass sie noch lebt?«, fragte Ge'taro. »Oder wollt Ihr es nur denken?«

»Da sie nicht unter den Toten war, hoffe ich es«, sagte Orman leise. »Und so lange ich ihren Körper nicht gesehen habe, werde ich nicht glauben, dass Evana tot ist.«

»Euch liegt sehr viel an dieser Frau«, warf Kelosa grinsend ein, »habe ich recht?«

»Sie ist«, Orman zögerte fast unmerklich, doch für Tino'ta glich dieses Zögern einer Ewigkeit, »die Tochter unseres Königs.«

Kelosa Grinsen verbreiterte sich noch ein wenig. »Und nicht mehr, nicht wahr?«

»Ich will, dass ihr mit mir zum Rat kommt«, unterbrach Ge'taro an Orman gewandt die beiden. Sechs verblüffte Blicke trafen ihn.

»Warum?«, fragte Tino'ta.

»Ich kann nicht«, sagte Orman. »Ich muss versuchen Evana zu befreien. Ich kann mich nicht auf eine mehrwöchige Reise ins Gebirge begeben.«

»Nicht weit von hier entfernt befindet sich ein Stützpunkt der Kaste der Lüfte«, fuhr Ge'taro unbeirrt fort. »So können wir schnell zum Rat gebracht werden. Die Anderen«, er deutete auf die Orks und die Menschen, »werden sich an die Spur der Mörder heften. In wenigen Tagen werden wir Euch hierher zurückbringen. Ich bitte Euch, Hauptmann. Es wäre gewiss ein gutes Zeichen, wenn Ihr mit mir kommen würdet. Ihr sagtet selbst, dass wir einen Krieg verhindern müssen.«

Orman sah zu Gandoar. Sein Freund nickte kurz.

»Ich kann die Männer führen, bis du zurückkehrst«, sagte dieser. »Wir hinterlassen Zeichen auf unserem Weg, damit ihr uns schnell folgen könnt.«

Orman seufzte. »Gut. Wer wird Eure Leute führen?«

»Tan'tra'to«, entgegnete Ge'taro. »Er ist zwar ein Hitzkopf, aber wenn er mir sein Wort gibt, dass er mit Euren Leuten zusammenarbeiten wird, dann wird er es halten. Er würde eher sterben, als sein Wort zu brechen.« Er blickte zu dem großen Ork, der ihn etwas verblüfft ansah. »Du wirst mit Gandoar zusammenarbeiten. Ihr arbeitet zusammen, als ob ihr Brüder wärt.« Der Mund des Orkkriegers klappte auf. »Gibst du mir dein Ehrenwort, Tan'tra'to?«

Für ein paar Sekunden sah es so aus, als würde Tan'tra'to explodieren. Dann nickte er. »Ich schwöre«, sagte er. Er erhob sich und baute sich vor Gandoar auf, der nicht weniger verblüfft schaute als der große Krieger wenige Momente zu vor.

»Gandoar?« Orman stupste seinen Freund an. »Das ist unsere Chance. Die Chance, einen Sturm aus Blut zu verhindern, der sonst die Blauen Lande vernichten wird. Steh auf. Ihr werdet zusammenarbeiten.« Er musste ein wenig grinsen, als er das Gesicht seines Freundes sah. »Los. Das ist ein Befehl.«

Gandoar erhob sich leicht schwankend. Er war schon für einen Menschen klein, doch vor dem riesigen, breitgebauten Ork wirkte er wie ein Kind. Er legte den Kopf in den Nacken, blickte Tan'tra'to an und streckte ihm die Hand entgegen. Dieser ignorierte die ausgestreckte Hand, ging in die Knie und nahm den kleinen Mann in beide Arme.

»Wie Brüder«, sagte er und drückte zu. Und doch verriet sein Gesicht, dass ihm die Entscheidung nicht schmeckte.

Gandoar gab einen ächzenden Laut von sich, den man mit viel gutem Willen als Zustimmung deuten konnte.

Die anderen betrachteten sie Szene teils mit Belustigung, teils voll Befremden.

»Wir brechen morgen in aller Frühe auf, noch bevor die Sonne aufgeht«, sagte Ge'taro, »wir können nur mit wenigen reisen. Die Pferde bleiben am Stützpunkt, die Wolkenreiter werden sich um sie kümmern. Und wir lassen alles hier, was wir nicht brauchen. Kelosa wird mich begleiten. Wer wird Eure Begleitung?«

Tino'ta schaute gespannt auf Ormans Miene und für den Hauch einer Sekunde hatte sie die Hoffnung, er würde sie auswählen. Dann wurde ihr klar, wie unsinnig der Gedanke war. Natürlich musste er sich für einen seiner Leute entscheiden.

»Niolet wird mich begleiten«, sagte Orman und erhob sich. »Wir sollten uns nun bald zur Ruhe begeben, es wird eine kurze Nacht. Bitte entschuldigt mich, ich muss noch über ein paar Dinge nachdenken.«

Mit diesen Worten verließ er das Feuer. Mehrere Schritte brachten ihn an eine ruhige Stelle der Lichtung. Er atmete tief ein und wieder aus. Der Duft des schlafenden Waldes vermischte sich mit dem Geruch des Rauches, der von den Feuern herüberwehte. Sein Blick schwenkte über die Baumwipfel zu den Sternen, die kristallklar am Himmel standen. Wo mochte sie nun sein? War sie wirklich noch am Leben oder redete er sich nur ein, dass nicht sein konnte, was nicht sein durfte? Und, verdammt noch mal, was hatte sie hier draußen zu suchen gehabt?

Orman spürte die Kälte der Nacht, die langsam durch seine Kleidung drang. Er fühlte den Wind, der stärker wurde und er hörte das Rascheln der Mäuse im Unterholz; doch was er nicht bemerkte, waren die beiden bernsteinfarbenen Augen, die ihn vom Feuer aus beobachteten.

Tino'ta konnte nicht schlafen. Ziellos tigerte sie durch das Lager. Sie hatte darauf verzichtet, an dem Tulkaritual teilzunehmen, was ihr einen mehr wissenden als fragenden Blick Ge'taros eingebracht hatte.

Schon zum zweiten Mal innerhalb von wenigen Tagen war sie dazu verdammt, nicht dorthin gehen zu können, wohin sie wollte. Normalerweise hätte sie darüber frohlocken sollen, dass sie an der Verfolgung der Mörder beteiligt sein durfte, doch gerade diesmal hätte sie lieber den gefahrloseren Weg nach Malak'tin Shuda't genommen. Und sie wusste auch warum. Dieser verdammte Mensch. Er hatte sich in ihr Gehirn gebohrt wie eine Fleischmade in fauligen Speck. Nein, das durfte so nicht sein. Das musste aufhören. Sie würde mit den anderen Jägern und den Kriegern die Mörder verfolgen und den Menschen vergessen. Und seine grünen Augen auch.

Sie blieb stehen. Vor ihr lag der Platz, an dem man die Überlebenden des Überfalls untergebracht hatte. Auf einfache Decken gebettet und mit einer aufgespannten Plane gegen den Wind geschützt, lagen dort drei Männer. Zwei von ihnen waren noch recht jung, kaum viel älter als Tino'ta. Von dem dritten konnte sie nicht viel erkennen, da er seinen Kopf zur Seite gedreht hatte. Sein Hals war mit einer dicken, blutbefleckten Binde bandagiert. Plötzlich drehte der Mann den Kopf und Tino'ta blickte in ein kantiges Gesicht mit blassblauen Augen und zwei breiten Narben. Ihr Herz stockte. Der Mann grinste sie leicht an und in seinem Blick lag ein unausgesprochenes Versprechen. Warum, dachte Tino'ta, warum bei allen Zufällen, die es in den letzten Tagen gegeben hatte, musste ausgerechnet er überleben.

Rasch lief sie zu ihrem Lagerplatz und wickelte sich in ihre Decke. Doch noch lange wollte sich kein Schlaf einstellen. Immer wieder musste sie an die Augen des Mannes denken und den Hass, den sie darin gesehen hatte. Und als der Schlaf endlich kam, verfolgten die blassblauen Augen sie bis in ihre unruhigen Träume.

***

Fürst Osarek setzte sich auf. Er schob sich eines der daunengefüllten Kissen hinter den Rücken und lehnte sich zurück. Die Butzenscheiben des Schlafgemachs waren beschlagen. Das Licht des Mondes ließ sie rötlich schimmern. Es roch nach Kaminfeuer, Schweiß und heißen Leibern. Das Feuer war fast heruntergebrannt. Lange Schatten erfüllten den Raum. Schatten, die auch die Seele Fürst Osareks berührten.

Vielleicht hätte ich das nicht tun solle, dachte er. Es schickt sich nicht, wenn man in Trauer ist. Doch es war für ihn eine der wenigen Möglichkeiten, den Kopf klar zu bekommen. Und Susannas Zärtlichkeit und die Liebe, die sie ihm schenkte, waren in stürmischen Zeiten oft der einzige Anker, der ihm die Stärke gab, die er so dringend benötigte. Er war ein guter Herrscher, wenigstens glaubte er das von sich. Und wenn er den Menschen mit der Affäre zu seiner Kusine ein wenig zum Lästern gab, würde das ihre Loyalität zu ihm nicht zerstörten. Nein, vielleicht verstärkte es sie sogar, wenn sie sahen, dass auch er eine winzige kleine menschliche Schwäche hatte. Am

Der Traum der Jägerin

Anfang hatten sie versucht, ihr Verhältnis geheim zu halten. Doch der Palast hatte mehr Augen und Ohren als man sich vorstellen konnte. Und so war aus ihrem Geheimnis schnell ein öffentliches Geheimnis geworden. Und wenn man darüber nachdachte, war an ihrer Beziehung auch nichts wirklich Verwerfliches. Gut, die Menschen redeten, sollten sie doch. »Unser König hat ein Verhältnis mit seiner Kusine«, sagten die einen. »Das Mädchen könnte seine Tochter sein«, flüsterten die anderen. »Gut, dass er wieder jemanden hat, er wirkte immer so einsam«, wisperten wieder andere. Seine Frau war schon lange tot und Susanna versuchte auch nicht, sie aus seiner oder des Volkes Erinnerung zu verdrängen. Und ein Mann konnte nicht ewig den trauernden Witwer spielen. Dass Susanna seiner verstorbenen Frau sehr ähnlich sah, hatte das Ganze nur beschleunigt. Sie hatte das gleiche blonde Haar, den gleichen Schwung der Nase und selbst ihre Augen strahlten in dem gleichen Grün, das er so geliebt hatte. Aber sie war sanfter und hatte bei weitem nicht so einen Dickkopf. Ihr ganzes Wesen war anders, auch wenn ein Teil davon ihrer Jugend gezollt war. Wenn die Leute sagten, Susanna könne seine Tochter sein, so war das altersmäßig gar nicht so falsch. Sie war sogar ein Jahr jünger als Evana. Er setzte sich schlagartig auf. Als Evana gewesen war, korrigierte er sich und das Gefühl von Verlust und Wut war wieder da. Warum ausgerechnet sie? Er hätte seinen Sohn schicken sollen, um die Vorfälle zu untersuchen. Doch der ging lieber seine eigenen Wege. Und jedes Mal, wenn sie sich trafen, sah er auf seinen Vater herab, als ob er ein Tyrann wäre. Das bin ich nicht, versicherte sich Fürst Osarek selbst, aber manchmal müssen unangenehme Entscheidungen getroffen werden. Und vielleicht sollte der Blick seines Sohnes auch etwas anderes ausdrücken. Er wusste es nicht, er hatte ihn noch nie wirklich gekannt. Er war mehr seiner Frau zugetan gewesen, während Evana mehr ‚seine' Tochter war. Aber das lag wohl in der Natur der Sache. Da Evana die Ältere war, hätte der Thron des Hauses Osarek ihr zugestanden. Und sie wäre eine gute Herrscherin geworden. Nun würde sein Sohn seine Titel und sein Land erben. Und er wusste noch nicht einmal, wo dieser sich gerade herumtrieb.

»Kannst du nicht schlafen?« Eine zierliche Hand legte sich auf seine rechte Schulter. Dann tauchte ein herzförmiges Gesicht mit langen, blonden Locken auf, das sich an seinen Oberarm schmiegte. »Ich hatte gehofft, dass du in meinen Armen vergessen kannst.«

Fürst Osarek legte seine Linke auf ihre Hand. »Ich kann, wenigstens für einige Momente. Aber es ist noch so viel zu bedenken. So viel zu planen. Ich habe eine Entscheidung getroffen, mein Herz. Wenn die Schiffe den Hafen Gisreths verlassen, werde ich an Bord sein. Und dann wird auf dir eine ungewohnte Last liegen.«

»Ich verstehe nicht ganz?« Susannas große Augen blickten ihn verblüfft an.

»Ich habe beschlossen, dass die Zeit der Heimlichtuerei vorbei ist. Es weiß doch sowieso jedes alte Mütterchen über uns beide Bescheid. Morgen, bei der Ratsversammlung, werde ich den Ministern eröffnen, dass du während meiner Abwesenheit das Haus Osarek führen wirst. Du wirst es leiten, bis ich zurückkomme. Und falls das nicht geschehen sollte, musst du es in die Hände meines Sohnes legen.«

Der Traum der Jägerin

»Natürlich kommst du zurück.« In Susannas Stimme schwang Sorge und Angst mit. »Wenn du es willst, werde ich die mir übertragene Aufgabe mit all meinen Kräften ausführen. Aber ich weiß, dass du zurückkommen und deinen Platz wieder einnehmen wirst. Alles andere ist unmöglich. Versprich mir, dass du zurückkommst, Halbah. Ich liebe dich. Ich brauche dich.«

»Ich dich auch, Kleines.« Er drehte sich zu ihr um und küsste ihre Lippen. Seine Hand fuhr die zarte Linie von ihren vollen Brüsten bis zu ihrer Hüfte ab. Zärtlich drückte er sie in die Kissen. »Ja«, sagte er leise, »ich komme zurück.«

Er küsste ihren Hals. Susanna stieß einen unterdrückten Seufzer aus. Ihr Körper bäumte sich auf, als seine Küsse über ihre Brüste wanderten, während seine linke Hand ihre Schenkel erforschte.

Ja, dachte Fürst Osarek und schob sich zärtlich über sie. Ich werde zurückkommen, denn ich habe jeden Grund dafür. Und kein Ork kann mich davon abhalten.

***

Es roch nach kaltem Rauch, altem Blut und ungewaschenen Leibern, als sich Orks und Menschen zum Aufbruch bereit machten. Orman hatte sich über einen Kasten aus Weidengeflecht gebeugt. Vorsichtig entnahm er ihm eine Taube. Das Tier war fast vollständig weiß. Auf dem Kopf und am linken Flügel hatte es jedoch einige schwarzsilberne Federn. Orman befestige eine kleine Rolle Papier mit einer Lederschlaufe am Bein des Vogels. Die Taube würde eine Zeit lang brauchen, um die Hauptstadt zu erreichen, doch sie war bei weitem schneller als jeder Bote. Er hoffte inständig, dass seine Nachricht Gisreth sicher erreichte und seine Entscheidung, zum Orkrat zu reisen, gutgeheißen wurde. Auch hatte er darüber berichtet, dass das Lager Evanas überfallen und sie verschwunden war. Falls die Mörder Evana wirklich getötet haben sollten, und daran wollte er gar nicht denken müssen, so würde diese Kunde die Stadt erst viel später erreichen. Seine Nachricht sollte genug sein, um eine überstürzte Fehlentscheidung zu verhindern. Aber was war, wenn wirklich einer der Priester in das Komplott verwickelt war? Der Graue Orden war so dicht in den Nachrichtendienst des Hauses Osarek eingebunden, dass das wirklich eine Katastrophe wäre. Aber nur wegen einer Spur, die darauf hindeutete, dass einer der Mörder vielleicht eine Kutte getragen hatte, darauf zu schließen, dass Laszan oder seine Leute zu Verrätern geworden waren, war doch etwas zu weit hergeholt.

Sanft strich er der Taube über den Kopf. »Du hast einen weiten Weg vor dir, meine Kleine. Flieg rasch und bringe meine Worte nach Hause.«

Er warf das Tier vorsichtig in die Luft und sah zu, wie es davonflog.

»Sie liebt dich, das weißt du doch, oder?«

Orman drehte sich um. Hinter ihm stand Niolet. »Die Taube?«, frage er.

»Nein.« Niolet lächelte leicht. »Ich meine das Orkmädchen. Hast du nicht gesehen, wie sie dich ansieht? Jeder hat es gemerkt, außer euch beiden vielleicht.«

Der Traum der Jägerin

»Ich weiß nicht«, sagte Orman, »es ist vielleicht etwas weit hergeholt, von Liebe zu sprechen. Ich ... sie ist bemerkenswert. Ich denke, sie hat eine große Zukunft vor sich, wenn sie sich nicht selbst den Kopf einrennt. Aber sich in einen Menschen zu verlieben, so verrückt kann nicht einmal sie sein. So was hätte keine Zukunft. Ein Ork und ein Mensch, bei aller Liebe, so was klappt vielleicht mit einem Bauern, der an der Grenze lebt, aber nicht bei meiner Stellung. Du weißt, dass ich Verpflichtungen habe.«

»Ja«, sagte Niolet sanft, »ich weiß das nur zu gut. Dass mit uns war ein Fehler, das habe ich eingesehen. Aber wenn die Nächte länger und kälter werden, denke ich trotzdem gerne daran.«

»Selbst wenn ich nicht dein Hauptmann wäre, hätte das nie gut gehen können. Meine Familie; ich kann nicht immer der sein, der ich will.«

»Du bist nie der, der du zu sein scheinst.«

Orman blickte sie lange an, bevor er antwortete. »Das bringt es eben mit sich, wenn man einer Sondereinsatzgruppe des Nachrichtendienstes angehört.«

»Nein Orman«, sagte Niolet und legte ihm die Hand auf den Arm. »Das bringt es mit sich, wenn man du ist. Wenn man sich selbst nicht eingestehen will, wer man ist. All das, was du gesagt hast, sind Ausreden. Was alleine zählt, ist dein Wille. Bitte, Orman, versprich mir etwas: Tu ihr nicht weh.«

Tino'ta machte Na'tarva reisebereit, während sie die kleine Gruppe beobachtete, die sich anschickte, zum Stützpunkt der Wolkenreiter zu reisen. Sie sollte sich verabschieden, das wusste sie, doch der Gedanke, sich Ge'taros Blick auszusetzen, bereitete ihr Unwohlsein. Der alte Ork wusste irgendetwas über das, was ihr während des Tulkatraums zugestoßen war. Er wollte nur helfen, das war ihr klar, aber sie brauchte keine Hilfe dabei. Das war ihre eigene Sache. Und vielleicht würde er ihr nur erzählen, dass sie den Verstand verloren hatte und sich etwas einbildete. Oder er würde es dem Rat berichten und dieser sperrte sie weg, weil sie weder Tod noch Zerstörung haben wollten. Nein, das war ihre Vision, ihre Prophezeiung, und niemand anderer musste davon etwas wissen. Sie fragte sich, ob es möglich war, in den Traum eines Anderen hineinzuschauen. Aber der alte Ork war nicht der einzige Grund, warum sie sich vor ihren Freunden verbarg. Auch Orman wollte sie an diesem Morgen nicht begegnen. Sie hatte beschlossen, ihn zu vergessen und das würde sie auch tun. Sollte er doch weiter nach seiner Osarek-Schlange suchen. Sie ging das nichts an.

Sie sah, wie die vier aufsaßen. Orman, Ge'taro und Kelosa sahen sich im Lager um, möglicherweise auf der Suche nach ihr. Niolet jedoch stierte auf den Nacken ihres Pferdes.

Nun traten Tan'tra'to und Gandoar dazu und wechselten ein paar kurze Worte. Dann blickten sich ihre Freunde erneut um. Noch immer stand Tino'ta so, dass sie nur knapp an Na'tarva vorbeisehen konnte, ohne selbst gesehen zu werden. Sie trat auch nicht hervor, als die vier ihre Tiere wendeten und in Richtung des Hohlweges davonritten.

Tan'tra'to und Gandoar gaben Befehle an ihre Leute. Wenige Minuten später saßen Orks und Menschen nebeneinander in den Sätteln ihrer Reittiere. Nur zwei Menschen sollten mit den Verwundeten im Lager bleiben und

Der Traum der Jägerin

später, wenn der Zustand der Verletzten es erlaubte, mit ihnen nach Kolfurt aufbrechen.

Tan'tra'to hatte angeordnet, dass die Jäger die Flanken des Trupps sichern sollten. Außerdem war ein kleiner Spähtrupp aus Jägern und den Manroah-Zwillingen zusammengestellt worden, der nun als Erstes aufbrach. Tino'ta war an der linken Flanke eingesetzt. Sie würde, wie die anderen Jäger, außerhalb der Sichtweite des Trupps reiten. Die Fährte der Mörder verlief in einem rechten Winkel zum Hohlweg, und so konnte Tino'ta noch einmal einen Blick auf den Pfad werfen, den ihre Freunde vor wenigen Minuten genommen hatten.

Sie hatte sich nicht verabschiedet. War das ein Fehler gewesen? Ein kurzes Zeichen, ein Wink oder ein Nicken hätte doch gereicht. Was, wenn sie Ge'taro und Kelosa nun vielleicht nie wieder sah? Und Orman. Nein, wenn sie ihn nicht wiedersah, war das nicht schlimm, sie würde ihn vergessen.

Schweigend ritt sie durch den Wald, ständig nach Rufen horchend, die ihr eine Veränderung der Route ansagen würden, doch es waren nur die Geräusche des Waldes, die an ihr Ohr drangen. Der Boden vor ihr war ein eintöniges Miteinander von Moosen und alten Blättern. Mit der Zeit wurde er steiniger und ab und zu drängte sich ein Pilz durch das feste Moos. Fast eine Stunde ritt sie, ohne dass sich das Bild vor ihr stark veränderte. Dann plötzlich zügelte sie Na'tarva. Sie ließ sich aus dem Sattel gleiten. Eine kleine Steinansammlung hatte ihre Aufmerksamkeit auf sich gezogen. Sie ging in die Hocke und untersuchte die Steine. Sie waren vor kurzem bewegt worden. Eindeutig konnte Tino'ta die Stellen sehen, an denen die Steine vorher gelegen hatten. Und von einem, ein kleiner

Brocken in der Größe von zwei geballten Händen, war das Moos abgerissen. Das konnte von einem Wildtier verursacht worden sein, doch es konnte genauso gut heißen, dass einer der Verfolgten hier entlanggekommen war. Wenige Sekunden später hatte sie noch andere Anzeichen für eine Spur gefunden. Verschobenes Blattwerk, ein zerdrückter Pilz und Moos, das sich noch nicht wieder vollständig aufgerichtet hatte; all das bildete eine Linie, die im rechten Winkel zur Hauptspur der Mörder verlief. Und doch konnte sie keine klaren Umrisse von Hufen finden. Die Spur selbst war viel jünger als die Hauptspur. Und das bedeutete, dass jemand hier vor weniger als einer halben Stunden vorbeigekommen war. Ansonsten hätten sich die Moose wieder vollkommen aufgerichtet und die Blätter wären vom Wind erneut gleichmäßig verteilt worden. Wäre sie genauso wie die anderen Spuren einen Tag alt gewesen, hätte sie sie nicht mehr gefunden. Aber wenn jemand vor so kurzer Zeit hier entlang gekommen war, bedeutete das, ein Teil der Mörder war zurückgeblieben, um die Lichtung zu beobachten. Und wenn das so war, hatten sie vielleicht einige ihrer Pläne belauschen können.

Tino'ta überlegte kurz, ob sie zum Trupp zurückreiten und Hilfe holen sollte, doch sie entschied sich dagegen. Schon jetzt war die Spur nicht leicht zu verfolgen. Jede weitere Minute würde es schwerer, wenn nicht gar unmöglich machen. Sie musste wissen, womit sie es hier zu tun hatten. Vielleicht umgingen die Mörder den Trupp, um ihn dann zu verfolgen. Oder sie bereiteten einen Hinterhalt vor. Nein, sie durfte keine Zeit verlieren. Sie griff nach Na'tarvas Zügel und führte das Tier hinter sich her, während sie der schwachen Fährte tiefer in den Wald folgte.

Der Traum der Jägerin

Kurze Zeit später bekam sie einen Teil der Antworten auf ihre Fragen. Von einem Moment zum anderen verwandelte sich die Spur. Nun zeichneten sich gut sichtbare Hufspuren im aufgerissen Waldboden ab. Daneben lagen achtlos weggeworfene Leinentücher, Schnüre und Stroh.

Sie haben sich ihre Füße und die Hufe ihrer Pferde umwickelt, dachte sie. Dann haben sie die Tiere langsam bis hierher geführt, um keine zu markante Spur zu hinterlassen. Vermutlich dachten sie, dies sei weit genug weg, um ihre Maskerade zu beenden.

Tino'ta untersuchte die neue Fährte und zählte acht Pferde. Die Richtung veränderte sich nicht.

Sieht nicht so aus, überlegte die junge Jägerin, als wollten sie unseren Trupp umgehen. Aber was haben sie vor? Sie orientierte sich kurz. Die Fährte wich immer noch im rechten Winkel von der Richtung ab, die die vereinte Truppe aus Orks und Menschen nun verfolgten. Das bedeutete, dass sie parallel zum Hohlweg verlief. Der Hohlweg! Tino'ta schluckte. Ihre Freunde waren dort entlang geritten. Wenn die Mörder wirklich ihre Pläne belauschen konnten, dann waren vielleicht ihre Freunde ihr Ziel. Es war nicht einmal nötig gewesen, zu lauschen. Wenn die Mörder sie am Morgen noch beobachtet hatten, und darauf deutete das Alter der Spuren hin, hatten sie gesehen, wie Ge'taro, Kelosa, Orman und Niolet sich von der Truppe getrennt hatten.

Tino'ta Kehle war plötzlich wie zugeschnürt. Die vier wussten nicht, dass sie in unmittelbarer Gefahr waren. Tino'ta zog sich in Na'tarvas Sattel. »Gwenka, Na'tarva«, flüsterte sie dem Tier zu, das sofort den Kopf in den Nacken legte und weit ausschritt. Jetzt zählte jede Minute, wenn sie ihre Freunde nochmals lebend wiedersehen wollte. Und, fiel ihr siedend heiß ein, ich habe mich noch nicht einmal von ihnen verabschiedet.

***

Ein beißend scharfer Gestank nach Exkrementen und Schwefel wehte über Rand des Kraters. Mohv gab den anderen ein Zeichen und sie verteilten sich. Das musste das Ziel sein. Hinter dem schroffen Felsrand erklangen gedämpfte Stimmen und etwas, das sich wie das Grunzen großer Tiere anhörte. Dünne Rauchfahnen stiegen von dort auf, was auf Lagerfeuer hinwies. Die vier trafen hier also jemanden. Was für ein vermaledeiter Ort. Von weitem hatte es wie einer der unzähligen bewaldeten Hügel ausgesehen, doch nun konnte er erkennen, dass nur der Rand des Kraters mit Bäumen bestanden war. Noch verwehrte sich ihm der volle Blick auf den Krater, doch schon von hier konnte er durch zahlreiche verwitterte Spalten erkennen, dass im Inneren des Kessels kaum Bäume wuchsen. Es sah fast so aus, als sei vor unzähligen Jahren etwas hier zu Boden gestürzt und habe Felsen und Erde beiseite gedrückt. Dabei hatte es sich ausgerechnet einen der höchsten Hügel ausgesucht. Er schob sich weiter den Felsrand hinauf. Der Weg, den die zwei Orks und die beiden Menschen genommen hatten, war bestimmt bewacht. Und er wollte doch die Überraschung nicht verderben.

Mohv erreichte den Rand des Kraters. Der Anblick, der sich ihm bot, raubte ihm für einen Moment den Atem. Mit so was hatte er nicht gerechnet. Statt eines runden Kessels war der Krater auf der Seite, die dem Fluss zugewandt war, offen. Dort fiel der Hügel steil ab. Dahinter konnte er die Wälder und das glitzernde Band des großen Stromes sehen, an das sich die Hügellandschaft der Blauen Lande anschloss. Winzig klein in der Ferne lag Kolfurt. Aber was ihn faszinierte, war nicht der Ausblick, sondern das, was in dem Krater war. Neben mehreren Zelten und Lagerstätten wurde die Szenerie von sechs riesigen Flugbestien dominiert. Drachen, dachte Mohv. Doch nein, dafür waren sie dann vielleicht doch zu klein. Aber eindeutig waren sie mit Drachen verwandt. Ihre schlanken, fast schlangenartigen Körper mit den langen Hälsen waren schuppenbedeckt und die Sonne spiegelte sich in zahllosen Farben auf den riesigen Leibern. Sie hatten stämmige Hinterbeine, doch die Vorderläufe gingen in Flügel über, die sie an ihren Körper angelegt hatten. Eines der Tiere erhob sich. Es riss sein Maul auf, das mit mehreren Reihen spitzer Zähne besetzt war, und gähnte herzhaft. Dann streckte es sich und entfaltete dabei seine Flügel. Riesige lederhafte Schwingen breiteten sich zur Größe eines kleinen Hauses aus.

Die Kaste der Lüfte, dachte Mohv. Seine kulturelle Bindung an die Orkseite in ihm war genauso verkümmert wie die elfische, aber er wusste doch, was die Wolkenreiter waren. Sie wollen also irgendwohin fliegen oder eine Nachricht senden. Und beides würde seinem Bruder gar nicht gefallen. Er zählte schnell die Personen, die sich im Krater befanden. Die vier, die er verfolgt hatte und noch einmal neun Wolkenreiter. Acht gegen dreizehn. Er und seine Leute waren dem Feind also zahlenmäßig unterlegen, doch sie hatten das Überraschungsmoment auf ihrer Seite. Mit etwas Geschick und Glück würde sich das Verhältnis in wenigen Sekunden zu ihren Gunsten verändern. Unter den Wolkenreitern waren vier Frauen, doch auch die Männer waren eher zierlich gebaut.

Er sah zu seinen Leuten und stellte befriedigt fest, dass sie alle auf dem Felsenkamm Stellung bezogen hatten. Der einohrige K'tor'to grinste ihm breit zu. Auf sein Zeichen hin machten sie ihre Bögen bereit. Nur Schlitzer hatte eine Armbrust. Das verdammte Ding wirkte fast genauso groß wie sein schmächtiger Besitzer.

Er wartete, bis seine Leute bereit waren. Dann hob er die Hand. Er schmunzelte. In wenigen Sekunden würde die Hälfte der Narren da unten im Krater tot sein.

Orman hatte das ungute Gefühl, beobachtet zu werden. Immer wieder glitt sein Blick über die Kraterwände und den Felseneingang, durch den sie hierhergekommen waren, doch er konnte keine Gefahr erkennen. Möglicherweise war ihm nur wegen den Flugbestien unwohl zumute. Er hatte viel über die Kaste der Lüfte gelernt. Doch nie zuvor hatte er eines der beeindruckenden Tiere aus der Nähe gesehen. Und auch die Reiter selbst faszinierten und irritierten ihn. Sie waren, egal ob Mann oder Frau, fast ausschließlich von knabenhafter Statur. Und doch traten sie mit einem Selbstbewusstsein auf, das keine Widerrede zuließ. Vermutlich brauchen sie dieses Gehabe, um die Tiere unter Kontrolle zu halten, dachte Orman, doch ein wenig mehr Freundlichkeit würde ihnen gut zu Gesicht stehen. Selbst den alten Ge'taro behandelten sie von oben herab. Für sie schien die natürliche Rangordnung der Orks nicht zu gelten. Die junge Frau, der er seinen Rappen anvertraute, betrachtete das Tier, als wäre es eine räudige Ratte

Der Traum der Jägerin

und nicht ein Hengst aus einem der edelsten Gestüte von Gisreth.

Orman fühlte sich hier nicht wohl und er hoffte, dass die Verhandlungen, die Ge'taro und Kelosa mit dem Chef dieses Stützpunktes führten, bald abgeschlossen sein würden. Inzwischen war er sich gar nicht mehr so sicher, ob die ganze Idee mit der Reise zum Orkrat überhaupt sinnvoll war. Wenn die Ältesten der Orks nicht auf ihn hören wollten, dann musste er womöglich eine Entscheidung treffen, die ihm gar nicht gefiel.

Erneut suchten seine Augen den Rand des Kraters ab. Für einen kleinen Moment glaubte er, eine Bewegung am Rande der Felsen gesehen zu haben, doch das mochte auch ein Baum sein, der sich im Wind bewegte. Er legte die Hand über die Augen, um besser sehen zu können. Doch genau in dem Moment sprengte ein Reiter auf einem Emuil durch den Felseneingang auf sie zu.

Tino'ta, fuhr es ihm durch den Kopf. Die junge Frau schwenkte die Arme und schrie etwas in der Sprache der Orks. Die Worte wurden vom Wind davon gerissen, doch ihr Gesichtsausdruck sprach Bände.

»Hinterhalt«, schrie Orman und stieß Niolet hinter ein kleines Vorratszelt. In dem Moment ertönte ein Summen wie von zornigen Bienen. Orman sah Kelosa und den Anführer der Wolkenreiter von Pfeilen getroffen zusammensacken. Auch Tino'ta bäumte sich im Sattel auf und stürzte dann, sich mehrfach überschlagend, zu Boden. Ein lautes Röhren ließ Orman herumfahren. Eine der Bestien hatte sich auf die Hinterbeine aufgebäumt. Aus ihrem Auge ragte der Schaft eines Bolzens. In seiner Angst und seinem Schmerz stürmte das riesige Tier voran. Die Ketten, die seine Hinterbeine fixiert hatten, rissen wie Bindfäden. Die scharfen Krallen an der Flügelspitze erfassten einen Wolkenreiter. Er wurde durch die Luft geschleudert, einen feinen Blutschweif hinter sich herziehend. Schreiend verschwand er über dem Rand des Abgrundes. Eine junge Wolkenreiterin versuchte, das Tier zu beruhigen. Sie starb stumm unter den stampfenden Tatzen der Bestie.

***

Mühsam richtete sich Tino'ta auf dem rechten Arm auf. Ihre linke Schulter brannte wie Feuer. Ein kurzer Blick bestätigte ihre Befürchtungen. Ein Pfeil hatte sich tief in ihr Fleisch gebohrt. Beim Sturz war er abgebrochen. Der gesplitterte Schaft ragte nur einen Fingerbreit aus der mäßig stark blutenden Wunde. Der Pfeil musste raus, aber jetzt war nicht die Zeit dazu. Sie sah sich rasch um. Von Na'tarva war keine Spur zu sehen. Vielleicht war sie weitergetürmt, möglicherweise hatte aber auch die wütende Flugbestie sie in die Flucht geschlagen. Mit dem Emuil war aber auch ihr Speer verschwunden. Dafür stürmten nun mehrere Gestalten in einem ungeordneten Haufen vom Kratereingang auf sie zu. Sie zählte je drei Menschen und drei Orks. Einer der Orks war der Einohrige, von dem sie vor zwei Nächten geglaubt hatte, sie hätte ihn sich eingebildet. Zwischen den Männern lief eine junge Elfe mit blondem Haar und strahlend blauen Augen, deren ebenmäßiges Gesicht einer Statue hätte gehören können. Doch allen voran lief eine Kuriosität besonderer

Abscheulichkeit. Der Mann, denn das war er offensichtlich, hatte in sich alle negativen Eigenschaften von Orks und Elfen vereint.

Schweißgebadet kam Tino'ta auf die Beine. Die Wunde in ihrer Schulter machte ihr mehr Probleme als sie wahrhaben wollte. Sie wand sich dem Lager der Wolkenreiter zu und wusste in dem Moment, dass es vermessen gewesen wäre, die Lage als hoffnungsvoll zu bezeichnen. Kelosa lag am Boden, er war entweder tot oder bewusstlos. Ge'taro war damit beschäftigt, ihn in Deckung zu ziehen. Von den Wolkenreitern standen gerade einmal zwei bereit, sich dem heranstürmenden Feind zu stellen, die anderen waren entweder tot oder versuchten sie Flugbestien zu beruhigen. Nur Orman und Niolet rannten auf die zu, um ihr beizustehen.

Tod und Zerstörerin. Sie hätte lachen können, wenn es nicht so ernst gewesen wäre. Das war ihre Schuld. Wenn sie früher begriffen hätte, was die Mörder vorhatten; wenn sie nur schneller geritten wäre; dann würde das hier ganz anders aussehen. War das einer der Momente, in dem sie sich entscheiden musste? War die tobende Flugbestie der Wurm, der sich erhob? Aber was sollte sie entscheiden? Verdammte Prophezeiungen, dachte sie, sie sind zu nichts zu gebrauchen, wenn man sie mal brauchte.

Orman hatte sie erreicht und bezog zu ihrer Rechten Stellung. Er hielt den Anderthalbhänder locker in der Hand. Es sah aus, als würde das lange Schwert bei ihm nichts wiegen. Niolet erreichte Tino'tas andere Seite. Sie hatte plötzlich zwei Messer parat, die sie den Angreifern entgegenschleuderte. Eines der Messer verfehlte sein Ziel, das andere fuhr einem jungen Ork, der seinen Schädel vollkommen mit roter Farbe angemalt hatte, ins Bein. Er fiel und ein hinter ihm laufender Mensch stolperte fluchend über ihn. Niolet zog ein weiteres Messer und warf es Tino'ta zu. Dann zückte sie ihren Säbel. Zu Ormans Rechter tauchten die beiden Wolkenreiter, eine Frau und ein Mann, mit abgeflachtem Gesicht, die beide knapp zehn Jahre älter als Tino'ta sein mochten, mit ihren kurzen Speeren auf.

Ein Ork mit dichtem, schwarzem Haar stürmte gegen die beiden Wolkenreiter an. In jeder Hand hielt er einen gebogenen Obsidiansäbel mit gezackter Klinge.

Einer der Menschen hieb mit einem Kurzschwert auf Orman ein. Die Elfe kam ihm zur Hilfe. Gemeinsam drangen sie auf den Hauptmann ein.

Niolet sprintete voran und warf sich dem Mischling entgegen, der es offensichtlich auf Tino'ta abgesehen hatte. Sie schlug mit ihrem Säbel zu, doch er parierte ihren Hieb mühelos. Er ließ seine Waffe, einen dicken, etwa fünf Fuß langen Stab, dessen Enden mit je ein Fuß langen, schnabelförmig gekrümmten Klingen versehen waren, herumwirbeln. Niolet ließ sich zurückfallen. Nur knapp entkam sie der Klinge.

Tino'ta sah sich plötzlich dem einohrigen Ork gegenüber. Das Messer hatte ihr kurz das Gefühl gegeben, nicht vollkommen unbewaffnet zu sein, doch die Axt, mit der der Einohrige nun lächelnd ausholte, entriss ihr dieses Gefühl wieder. Alleine das Blatt der riesigen Waffe war länger als Tino'tas Arm. Sie ließ sich zu Boden fallen und rollte nach hinten ab. Der Schmerz in ihrer Schulter explodierte. Die Axt fuhr dort in den Boden, wo sie gerade noch gestanden hatte. Gesplitterte Steine, zerschnittenes Wuzelwerk und Erde spritzen ihr ins Gesicht. Tino'ta wankte. Dunkle Wolken legten sich über ihre Sinne. An einen fairen Kampf war zurzeit nicht zu denken. Sie wich erneut zurück, während der Einohrige seine Waffe aus dem Boden riss. Aus dem Augenwinkel sah sie, wie ein schmächtiger Mensch, der sich auf der Seite an dem Kampf vorbeigeschlichen hatte, eine Armbrust spannte.

Auch der Mensch, der über den rotköpfigen Ork gestolpert war, kam wieder auf die Beine und eilte dem schwarzhaarigen Ork zur Seite, der gerade die Wolkenreiterin niederstreckte.

Orman wich einem Hieb der Elfe aus, drehte sich unter dem Schwertarm des Menschen hindurch und führte sein Schwert in einer fließenden Aufwärtsbewegung gegen die Elfe. Mit einem hässlichen Geräusch, als schabe man mit einem Messer über Schiefer, fuhr die Spitze seines Schwertes durch das ebenmäßige Gesicht der Frau und schlitzte es vom Kiefer bis zur Stirn auf. Sie ließ ihre Waffe fallen und riss die Hände vors Gesicht. Blut sprudelte zwischen ihren Fingern hervor, als sie auf die Knie ging. Orman hielt in seiner Bewegung nicht inne. Er wirbelte um die eigene Achse und ließ das Schwert, von dessen Spitze immer noch das Blut der Elfe perlte, dem Menschen tief in den Hals fahren. Mit einem Tritt beförderte er den Sterbenden zu Boden. Dann schickte er sich an, Tino'ta mit dem Einohrigen zur Seite zu stehen.

Neben Tino'ta griff Niolet erneut den Mischling an und wieder wehrte dieser den Schlag ab, als sei es nichts gewesen. Sie wich einen Schritt zurück, als der Mischling seinen Stab herumwirbeln ließ. Doch sie war zu langsam. Die scharf gebogene Klinge fuhr ihr tief in den Bauch. Die Spitze ragte einen Finger lang aus ihrem Rücken heraus. Der Mischling hob den Stab leicht und legte den Kopf schräg. Niolets Lippen bewegten sich. Ein feines Blutrinnsal lief ihr aus dem Mundwinkel. Ihre Füße zuckten hilflos über dem Boden. Der Säbel entglitt ihren Fingern. Sie reckte ihre Hand in Ormans Richtung.

»Orman ...« Niolets Stimme war brüchig. »... ich ... mein Fürst.«

Der Mischling riss den Stab nach oben. Die Klinge zerteilte den Körper der schmächtigen Frau vom Bauchnabel bis zum Hals. Noch bevor ihre Leiche auf den Boden aufschlug, drehte sich der Mischling auch schon in Ormans Richtung.

Schlag um Schlag prasselte auf den Wolkenreiter ein, ein zierlicher Orkmann mit einem abgeflachten Gesicht. Nur mühsam konnte er sich des gemeinschaftlichen Angriffs des schwarzhaarigen Orks und seines menschlichen Begleiters erwehren. Der Schweiß lief ihm aus allen Poren und seine Muskeln rebellierten. Erneut griff der Mensch an. Der Wolkenreiter drehte sich und blockte den Schlag mit dem Schaft seines Speers. Im gleichen Augenblick erwischte ihn der Ork mit dem gezackten Säbel an der linken Schulter. Der Wolkenreiter strauchelte, seine Waffe entglitt ihm. Triumphierend grinsend holte der Mensch zum tödlichen Schlag aus. Ein großer Schatten fiel auf ihn, dann wurde er von zwei riesigen Klauen niedergerissen. Die landende Flugbestie zermalmte ihn unter sich. Der Boden zitterte und die Luft vibrierte unter dem triumphierenden Schrei des Tieres. Ein kahlköpfiger Wolkenreiter riss an den Zügeln des Tieres, das sich nun gegen den schwarzhaarigen Ork wandte. Zwei weitere Schatten glitten über das Schlachtfeld.

Der Traum der Jägerin

Das Surren einer Armbrustsehne ertönte und eine der anfliegenden Flugbestien stürzte zu Boden. Sie überschlug sich mehrfach und begrub ihren Reiter unter sich. Wild mit Schwanz und Flügeln um sich schlagend, starb das große Tier. Der rotköpfige Ork, den Niolets Messer am Bein getroffen hatte, versuchte aus dem Gefahrenbereich zu kriechen, doch das verendende Tier erwischte ihn mit dem Schwanz. Er wurde durch die Luft geschleudert und prallte gegen einen mannshohen Felsen. Das Bersten seiner Knochen schallte bis zu Tino'ta.

Diese wich einem erneuten Angriff des Einohrigen aus. Sie konnte den Luftzug spüren, als die Axt an ihrem Gesicht vorbeifuhr. Sie taumelte zurück. Ihre linke Ferse stieß gegen eine Stein. Wild mit den Armen rudernd stürzte sie zu Boden. Der Einohrige trat einen Schritt vor und hob die schwere Axt über seinen Kopf. Tino'ta starrte nach oben. Sie hatte keine Chance davonzukriechen und seinem Schlag zu entkommen. Und sie konnte auch den Hieb nicht parieren. Alles, was sie hatte, war das kleine Metall-Messer, das Niolet ihr zugeworfen hatte, mehr ein Spielzeug als eine Waffe. Sie sah in das Gesicht ihres Gegners. Auch er wusste, dass er gewonnen hatte.

Ich bin tot, dachte Tino'ta. Aber das konnte nicht sein. Sie umklammerte den Griff des winzigen Messers. So durfte es nicht enden. Alles ballte sich in dieser einen Chance zusammen. Nein, rüttelte sie sich selbst auf, ich bin nicht tot! »Ich bin der Tod«, rief sie und schleuderte dem großen Ork das Messer entgegen. Die kleine Klinge drehte sich einmal und drang dem Einohrigen genau über dem Kehlkopf in den Hals. Ein Schwall Blut quoll aus seinem Mund. In seine

Augen trat Unglaube. Er schwankte, doch er hielt sich auf den Beinen. Seine Armmuskeln spannten sich zum letzten Schlag. Ein Zittern ging durch den massigen Körper. Dann sackte er in sich zusammen. Die schwere Axt landete im Staub, der sich rasch mit seinem Blut mischte.

Bebend kam Tino'ta auf die Beine. Hinter der Leiche des Einohrigen konnte sie Orman sehen, der von den raschen Schlägen des Mischlings zurückgetrieben wurde. Hieb um Hieb wurde er weiter in die Defensive gedrängt. Seine Gegenangriffe kamen immer langsamer und verliefen sich im Nichts. Ein Stück weiter rechts konnte sie den schwarzhaarigen Ork sehen. Er schleuderte einen seiner gezackten Säbel und traf den kahlköpfigen Wolkenreiter in die Brust. Der dünne Ork wurde aus seinem Sattel gerissen und endete zuckend unter den Beinen seines Reittieres. Der Schwarzhaarige sprang außer Reichweite des Tieres und stürmte dann auf Ormans Rücken zu.

An der Flanke der reiterlosen Flugbestie tauchte der flachgesichtige Wolkenreiter auf. Mit einem einzigen Sprung landete er im Sattel des Tieres. Die Bestie machte einen Satz nach vorne, stieß den schwarzhaarigen Ork beiseite und kam mit angelegten Flügeln bis dicht an Orman heran. Der Wolkenreiter beuge sich zu ihm und streckte die Hand aus. Orman griff zu und Sekunden später hatte das Tier ihn aus der Kampfzone gebracht. Für einen Moment sah sich Tino'ta alleine dem Mischling, dem Schwarzhaarigen und dem schmächtigen Menschen gegenüber, der erneut seine Armbrust spannte. Dann stürzte ein riesiger Schatten direkt an ihr vorbei. Die Wolkenreiterin, eine drahtige Orkfrau, deren schlankes Gesicht von einem schnippischen Lächeln verziert

Der Traum der Jägerin

wurde, ließ ihr Tier einmal um die eigene Längsachse rotieren. Dabei presste die Bestie ihre Flügel gegen den schlangenartigen Leib. Direkt über Tino'ta, mit dem Kopf nach unten, streckte die Reiterin die Arme aus. Mit ihren Beinen hielt sie sich im Sattel fest. Sie packte die junge Orkjägerin an den Schultern und riss sie mit sich. Tino'ta schrie vor Schmerz. Sobald das Tier wieder in Normallage war, breitete es die Flügel auf, doch es war dem Boden schon zu nahe gekommen und war gezwungen, mit langen Schritten zu landen. Die Reiterin wendete das Tier. Tino'ta krallte sich mit der rechten Hand an einen der Lederriemen, die am Sattel der Bestie befestigt waren. Vor sich, nun auf der anderen Seite des Kampffeldes, konnte sie sehen, wie die Flugbestie mit Oman und dem flachgesichtigen Reiter mit einem Sprung über die Felskante, die den Krater in Richtung des Flusses begrenzte, verschwand.

Die Wolkenreiterin ließ ihr Tier nun ebenfalls auf die Felskante zu rennen. Mit großen Sprüngen stieß sich das Tier vom Boden ab und schlug mit den Flügeln. Jeder Sprung trug sie ein wenig höher hinauf, doch jedes Mahl kehrten die Füße der Bestie zum Boden zurück. Sie schnellten über das Schlachtfeld hinweg. Aus dem Augenwinkel konnte Tino'ta sehen, wie sich der Mischling und der Schwarzhaarige mit einem Sprung in Sicherheit brachten. Dann hatten sie die Felskante erreicht und das große Tier setzte zum letzten Sprung an. Die Wolkenreiterin grinste Tino'ta triumphierend zu. Ihr Lächeln erstarrte. Mit Entsetzen blickte Tino'ta auf den Bolzen, der aus dem Hinterkopf der Frau ragte. Die Reiterin breitete die Arme aus. Ihr Blick erstarb. Mit einem Ruck riss der Flugwind sie aus dem Sattel. Ihr Körper vollführte einen

Salto rückwärts und verschwand hinter den Flügeln des Tieres. Tino'ta blickte genau in dem Moment wieder nach vorne, als sich das riesige Tier in den Abgrund fallen ließ. Es presste die Flügel an den ausgestreckten Leib. Die Felswand des Kraterberges verschwamm zu einem dahinsausenden Schemen. Für einen Moment konnte sie den Körper der toten Reiterin sehen, der gegen die Felswand prallte und dann davonwirbelte. Die Baumwipfel, eben noch weit unter ihr, rasten auf sie zu. Dann waren sie direkt vor ihr. Das Tier breitete seine Flügel aus und bog Kopf und Schwanz nach hinten. Tino'ta wurde gegen den großen Leib gepresst. Sie konnte das Rauschen der Baumwipfel hören, die den Bauch der Bestie streiften.

Es wurde ruhig. Langsam und majestätisch glitt das mächtige Tier über den Wald dahin. Der Fluss kam rasch näher. Das Tier legte sich zur Seite und drehte ab, bis das Band des Oaka-Flusses zu ihrer Rechten lag. Vor sich konnte sie zwei weitere Flugbestien sehen: die mit Orman und dem flachgesichtigen Reiter und weiter vorne ein gewaltiges Tier, auf dem sich drei Personen befanden, die Tino'ta von hier nicht erkennen konnte.

Das Vieh folgt den anderen, dachte sie und zog sich vorsichtig in den Sattel. Sie konnte nur hoffen, dass das so blieb, denn sie hatte keine Ahnung, wie man eine Flugbestie lenkte.

***

Der Traum der Jägerin

Bleicher Nebel stieg zwischen den Baumwipfeln auf. In dieser Nacht hatte das Wetter umgeschlagen, der goldene Herbst der letzten Tage war Vergangenheit. Jetzt kündigte der Winter sein unvermeidbares Kommen an.

Tino'ta zitterte. Ihre linke Schulter, in der noch immer die Spitze des Pfeiles steckte, pulsierte. Die Wunde war heiß und pulsierte. Vor ihren Augen drehte sich die Welt, als sie aus einem Fiebertraum in die reale Welt zurückgerissen wurde. Die Traumphasen wurden immer länger und in den seltenen wachen Momenten dämmerten sie vor sich hin.

Wo sind wir? Die Frage geisterte für einige Momente in ihrem Kopf herum, bevor sie ihr Bewusstsein erreichte. Sie zwang sich, die Augen offen zu halten. Das Gebirge war nun viel näher als beim letzten Mal. Unter ihr erstreckte sich eine Landschaft aus Wald und sumpfigen Lichtungen. Das konnte nicht der richtige Weg sein. Sie kannte die Wälder, die sie überfliegen mussten, um die Hauptstadt der Orks zu erreichen. Und dort gab es eindeutig keine Sümpfe. Wo also mochten sie sein? Für einen Augenblick schien sich die Flugbestie zu drehen, dann begriff Tino'ta, dass es ihre Wahrnehmung war, die zu schwinden begann. Sie durfte jetzt nicht einschlafen. Sie musste wissen, was hier vor sich ging. Hatte sich ihr Tier verflogen? Sie kniff die Augen zusammen. Nein, nicht allzu weit voraus waren die anderen beiden Flugbestien. Also war es eine Entscheidung des Leittieres, oder besser dessen Reiters gewesen, hierher zu fliegen egal wo hier auch sein mochte.

Wie lange waren sie schon unterwegs? War es noch heute oder schon morgen? Sie wusste es nicht. Nach dem Kampf waren sie eine längere Zeit in Richtung Gebirge geflogen, bevor die Tiere abgedreht hatten, um die Ausläufer des

Geisterlandes zu umfliegen. Ein Schauer durchlief Tino'ta und sie krallte sich mit der Rechten fest an den flachen Sattel. Ihr linker Arm reagierte nicht mehr. Er war zu einem schmerzenden Schwamm geworden. Das Geisterland! Sie flogen über dem Geisterland. Das erklärt die Sümpfe. Aber warum? Die Reiter mussten es sehr eilig haben, wenn sie die Gefahr und die Verbote ignorierten, nur um ein paar armselige Stunden zu gewinnen. Etwas war wichtig. Aber was? Sie wusste es nicht.

Der Kampf tauchte aus ihrer Erinnerung auf. So viele Tote. Niolet und vielleicht Kelosa. Und die Wolkenreiter. Sie alle waren ihretwegen gestorben. Weshalb? Weil es eine Prophezeiung so wollte? Weil sie Tod und Zerstörerin war? Was hatte das alles für einen Sinn? Wer würde noch alles sterben, damit sie ihre Bestimmung erfüllen konnte? Vielleicht hätte sie doch mit Ge'taro darüber reden sollen, womöglich bedeuteten die Worte der Kleinen etwas ganz anderes. Oder sie waren gar nicht für sie bestimmt gewesen? Doch, dachte Tino'ta, das waren sie. Und nur für mich. Kein anderer sollte je davon erfahren.

Was hat eigentlich die Prophezeiung über mich ausgesagt?, kam es ihr in den Sinn. Sie sagt etwas über Taten und Entscheidungen, doch nichts über mein eigenes Leben. War sie nur Mittel zum Zweck? Wer entschied, dass das so war? Die Götter? Konnten sie einfach so ihr Leben bestimmen? Was war mit Liebe? Tino'ta hob leicht den Kopf. Dabei hatte sie das Gefühl, Schwerstarbeit zu verrichten. Ihr Blick glitt zu dem Mensch, der auf der nähergelegenen Bestie neben dem Sattel kauerte. Er hatte beide Hände fest in die Lederschlaufen gewickelt, mit denen normalerweise größere Lasten auf den

Rücken der Tiere befestigt wurden. Sie hatte beschlossen, ihn und seine grünen Augen zu vergessen. Doch war jetzt nicht alles anders? Im Kampf hatte er neben ihr gestanden. Er hatte sie von Anfang an als gleichberechtigt akzeptiert. Aber das alleine hatte noch nichts zu bedeuten. Es gab etwas anderes, was sich in ihr regte, wenn sie in seiner Nähe war. Als sie beschloss, ihn zu vergessen, war es noch offensichtlich, dass sie getrennte Wege gehen würden. Doch jetzt reisten sie zusammen. Schon bald würden sie die Hauptstadt erreichen und da würde er keine Freunde haben. Er würde sie brauchen. Aber nein, da war ja die Osarek-Schlange, der all seine Gedanken galten. Wie hatte sie das vergessen können? War das wichtig? Was war überhaupt noch wichtig?

Die Schleier des Fiebers senkten sich erneut über ihre Augen und diesmal ließ sie es geschehen. Nein, dachte Tino'ta und glitt langsam in ein tiefes Grau, nichts war mehr wichtig.

Die Stunden des Tages zogen sich hin, während unter ihnen der Wald lichter wurde und allmählich ins Gebirge überging.

Orman ließ seinen Blick über die Landschaft gleiten. Ein Aufblitzen in der Ferne erregte seine Aufmerksamkeit, doch so sehr er sich auch konzentrierte, er konnte dort nichts erkennen. Er hielt Ausschau nach einem Gebäude, dessen Fenster das Licht reflektiert haben könnte, doch er sah nur Wald und Morast. Vielleicht hatte sich die untergehende Sonne nur in einem See gespiegelt? Was mochte das für ein Land sein? Wenn er sich an die Karten, die er von dieser Gegend studiert hatte, richtig erinnerte, war das kein Orkland im eigentlichen Sinne mehr. Es mochte zwar zu den Orks gehören, aber sie bereisten es nicht. Geisterland, hatte sein Reiter mit Schaudern gesagt. Orman kannte den Begriff. Es handelte sich um Gebiete, die beim großen Krieg magisch verseucht worden waren. Doch er wusste nicht wirklich, was es den Orks bedeutete. Er beschloss, Ge'taro darüber zu befragen, sobald sie gelandet waren und sich ihm eine Gelegenheit dazu bot. Zuerst hatten die Orks das Gebiet umfliegen wollen, doch dann hatten sich die beiden Wolkenreiter untereinander verständigt. Dafür benutzten sie eine Zeichensprache, die der der Jäger ähnelte, die Orman jedoch nicht kannte. Sie trafen die Entscheidung, so schnell wie möglich zu reisen, da sich Kelosas Zustand kritisch verändert hatte. Und auch Tino'ta schien mehr tot als lebendig zu sein. Der flachgesichtige Reiter, der selbst verletzt war und mit dem sich Orman eine Flugbestie teilte, hatte zuerst versucht es ihm in der Sprache der Grenzländer zu erklären, was ihm sichtlich schwer fiel. Umso größer war dessen Erleichterung, als er feststellte, dass Orman des Orkischen mächtig war. Für einen Moment hatte Orman sogar ein Lächeln auf dem Gesicht des Orks gesehen.

Die Wolkenreiterin, die das riesige Tier, auf dem sich auch Ge'taro und Kelosa befanden, lenkte, war eindeutig die Ranghöhere der beiden. Und das war sehr erstaunlich, denn sie war jünger als der flachgesichtige Reiter. Bisher war Orman davon ausgegangen, dass bei den Orks das Alter über Ansehen und Rang entschied, doch es schien da noch eine weitere Komponente zu geben. Offensichtlich war es auch möglich, dass ein jüngeres Mitglied mit genug Kompetenz die Führung übernehmen konnte. Vermutlich war dieses Verhalten jedoch nur in kleineren, geschlossen Gruppen wie den Kasten möglich. Auf die gesamte Gesellschaft der Orks hatte es weniger Einfluss. Dort herrschte der Rat der Ältesten. Und dieser lebte und tagte in der Stadt, die nun ihr Ziel war.

Was würde ihn wohl erwarten, wenn er Malak'tin Shuda't erreichte? Die wenigen Berichte von Händlern, die bis nach Gisreth vorgedrungen waren, sprachen von imposanten Gebäuden und einer in die Landschaft eingefügten großen Stadt. Eigentlich war so etwas für die Orks sehr ungewöhnlich, lebte ihr Volk doch hauptsächlich in Wagen. Doch der Ort war eine Heimstadt für diejenigen geworden, die zum Umherziehen zu alt und gebrechlich waren. Und, so vermutete Orman, für eine Art von Beamtenkaste, die das Ganze am Leben hielt.

Dass Fremde Malak'tin Shuda't besuchten, kam zwar selten vor, war jedoch nicht ungewöhnlich. Immer wieder wagten sich Händler auf die beschwerliche Reise über die Passstraßen. Viel ungewöhnlicher war die Tatsache, dass es ihm womöglich erlaubt sein würde, vor dem Rat zu sprechen.

Würden sie auf ihn, den Menschen, hören? Ge'taro würde für ihn vorsprechen, doch ob das reichte, wusste er nicht. Falls er jedoch den Rat davon überzeugen konnte, ihm Hilfe zur Seite zu stellen, und falls die Übeltäter durch eine vereinte Truppe von Orks und Menschen gestellt werden würden, wäre das ein großer Schritt hin zu einem langandauernden Bündnis zwischen ihren Rassen.

Aber was für einen Preis müssten sie zahlen? Die Toten, Menschen und Orks gleichermaßen, hatten ihn schon gezahlt und weitere würden folgen. Aber die Meisten von ihnen waren Unbekannte, die er zwar bedauern, jedoch nicht wirklich betrauern konnte. Bei Niolet war es etwas anderes. Sie war seine Untergebene gewesen und eine enge Vertraute. Vor einiger Zeit war sie sogar mehr als das gewesen. Und was war mit Evana? War sie auch schon eines der Opfer oder bestand noch Hoffnung? Er durfte Kelosa nicht vergessen, der auf der Flugbestie vor ihm mit dem Tod rang. Die Reiterin kümmerte sich auffallend besorgt um ihn, wenn sie nicht damit beschäftigt war, die Flugrichtung des Tieres leicht zu korrigieren. Orman war aufgefallen, dass sie ihm zwar Wasser gab, es selbst jedoch nicht anrührte. Leider schienen weder sie noch Ge'taro irgendeine Medizin dabei zu haben. Zu viel war auf der Flucht zurückgeblieben. Die Sättel der Bestien waren zwar mit Wasser und Trockenfleisch bestückt, doch die Portionen waren eher für eine, denn für mehrere Personen gedacht.

Und dann war da Tino'ta, die immer seltener den Kopf hob. Sie zu beobachten schmerzte ihn. Sie hatte tapfer gekämpft und ohne ihre Warnung wären sie jetzt alle tot. Er würde es ihr gerne sagen, wenn da nicht das Problem wäre, dass sie ein Lob von ihm falsch verstehen könnte – oder richtig. »Tu ihr nicht weh«, hatte Niolet gesagt. Doch das lag nicht in seiner Hand. Vielleicht doch? Sie war eindeutig schwer verletzt und kaum noch bei Bewusstsein. Wie hoch war die Wahrscheinlichkeit, dass sie die Ankunft in der Orkstadt noch erlebte? Der Gedanke erzeugte eine Leere in seiner Brust, die selbst das Gefühl vertrieb, das er beim Gedanken an Evana verspürt hatte. War etwas daran? Hatte Niolet recht gehabt? Nein, das durfte nicht sein. Er hatte eine Aufgabe zu erledigen. Und er hatte Verpflichtungen seiner Familie gegenüber. Worauf es jetzt ankam, war sich auf das kommende Gespräch mit dem Orkrat zu konzentrieren. Das war vordringlich. Nichts anderes war wichtig.

Der Traum der Jägerin

Den Rest der Reise verbrachte Orman in Gedanken versunken. Als die Flugbestien am Abend ihres zweiten Reisetages über einen Felskamm flogen und sich dann steil nach unten fallen ließen, bot sich dem Hauptmann ein atemberaubender Anblick, den aus dieser Perspektive noch kein Mensch zuvor erblickt hatte.

***

Die Kälte des Morgens verwandelte den Atem von Männern und Pferden in weiße Schleier. An den Fenstern und auf den Balkonen der Stadt standen schweigende Gestalten und beobachten den Auszug der Soldaten, der in fast gespenstischer Stille stattfand. Nur das Klappern der Hufe auf dem Pflaster und das Klirren der Rüstungen war zu hören. Die Wut der Menschen war in Beklemmung umgeschlagen. Nun harrten sie dem Ungewissen.

Von seinem Balkon aus beobachte Laszan den Strom an Kriegern, der sich stetig in Richtung Hafen wälzte. Schiff für Schiff wurde vom Hafen in den Fluss gespuckt. Weiße Segel und bunte Flaggen schlängelten sich das breite Band des Parzevals entlang. In wenigen Tagen würden sie das Orkland erreichen und eine Streitmacht solchen Ausmaßes konnten die Orks nicht ignorieren. Was dann geschah, war eigentlich vollkommen gleichgültig.

Zufriedenheit machte sich in ihm breit. Alles lief nach Plan. Selbst kleinere Unwegsamkeiten fügten sich in das Gesamtbild ein. Verächtlich kickte er etwas Weißes, das neben seinem Fuß auf dem Boden lag, in die hintere Ecke des Balkons. Der kleine Körper blieb neben einem Kübel mit Kräutern liegen, der Kopf fiel haltlos zur Seite. Ein paar schwarzsilberne Federn stachen aus dem ansonsten weißen Gefieder hervor. Ein feines Blutrinnsal sickerte aus dem Schnabel der Taube.

Laszan zerknüllte die Botschaft, die ihren Empfänger nun niemals erreichen würde. Seine Augen funkelten.

Zum Orkrat will unser vorwitziger Hauptmann also, dachte der Priester. Dann wurde es vielleicht Zeit, dass er selbst ein paar Nachrichten aussendete. Nur für den Fall, dass es im Rat der Ältesten den einen oder anderen gab, der noch nicht vollkommen verkalkt war. Eigentlich passte ihm das Ganze sogar recht gut. Das war eine Karte, die richtig ausgespielt genau in sein Spiel passte. Alles entwickelte sich hervorragend, besser sogar, als er zu hoffen gewagt hatte. Jetzt konnte ihn keiner mehr aufhalten. Die Überfälle, die Kriegstreiberei und vor allem die oberflächlichen Offensichtlichkeiten, all das erfüllte nun seinen Zweck. Die Narren, sie blickten hinter eine Fassade, die genau dafür angelegt worden war: dass man sie durchschaute. Nicht zu schnell, aber doch mit Sicherheit. Und das, was dahinter lag, war erst die eigentliche Täuschung. Wenn sie dachten, es gäbe einen Komplott, um einen Krieg zu entfachen, dann hatten sie sich weit genug von der Wahrheit entfernt, um seine Pläne nicht mehr stören zu können. Und selbst wenn die Narren irgendwann verstehen würden, um was es wirklich ging, dann war es längst zu spät! Ob der Krieg kam oder nicht, war gleichgültig. Sollten sie sich doch gegenseitig umbringen – ihm war es gleich.

Der Traum der Jägerin

Ein kalter Windzug erfasste seine Robe und ließ sie flattern. Laszan fröstelte. Er zog die Amtskleidung enger um seinen ausgemergelten Körper. Der Winter, der nun vor ihnen lag, versprach lang und kalt zu werden. Doch er sollte nichts sein, im Vergleich zu dem, was nun auf Menschen, Orks und Elfen zukam.

***

Tino'ta tigerte zum wiederholten Male zwischen ihrem Quartier und dem Balkon hin und her, auf dem Orman schon seit dem Morgen stand und reglos zum Horizont blickte. All das Warten, und weshalb? Was gab es da zu debattieren, was zu überlegen? Hatten die Berichte, die Ge'taro dem Rat vorgetragen hatte, denn nicht gezeigt, wie dringlich die Situation war? Aber was erwartete sie schon? All die Alten, die da im Rat saßen, verknöchert und der Realität entrückt, was wussten die schon von der Bedrohung da draußen? Sie hatten nicht die Toten gesehen, die mit offenen Augen in den Himmel starrten, sie hatten den Geruch von verbranntem Fleisch nicht gerochen, der nicht mehr aus der Kleidung verschwinden wollte.

Wie lange saßen sie nun fest, hier oben an der Flanke des verdammten Turmes, nicht mehr als eine steile Treppe vom Rat entfernt? Wie viele Tage waren seit ihrer Ankunft in Malak'tin Shuda't vergangen? Fünf? Sechs? Am Anfang war sie noch froh gewesen über die Ruhe. Die Tuklaumschläge hatten die Fieberträume rasch vertrieben, doch ihre Schulter brauchte Zeit zur Heilung. Noch immer war sich nicht einsatzbereit und ihr Arm hing recht nutzlos in einer braunen Stoffschlinge. Kelosa, der einen Raum weiter lag, hatte weitaus schwerer zu kämpfen. Und auch wenn er gestern das erste Mal aufgestanden war, so sah er doch aus wie sein eigener Geist. Seine Schritte waren kurz und ungelenk. Der Pfeil hatte seine Lunge durchbohrt und er musste nun langsam und vorsichtig atmen, um die Wunde nicht wieder aufbrechen zu lassen. Das Sprechen fiel ihm sichtlich schwer. Doch der Schalk in seinen Augen war schon wieder erwacht und die verschmitzten Blicke, die er Tino'ta ab und zu zuwarf, ärgerten sie fast mehr als das Warten. Etwas wollte er andeuten und sie wusste genau, dass es etwas war, das ihr nicht gefiel. Von dieser Seite aus betrachtet, war es vielleicht gut, dass er noch nicht problemlos sprechen konnte. Was ihn aber nicht daran hinderte, mit der jungen Wolkenreiterin zu flirten, die den halben Tag an seinem Lager zu sitzen schien. Es war dieselbe, die die Flugbestien nach Malak'tin Shuda't gelenkt hatte, auch wenn sich Tino'ta nicht mehr daran erinnern konnte. Sie hatte die Entscheidung getroffen, das Geisterland zu überfliegen, um Kelosa und auch Tino'ta rechtzeitig zu einem Heiler bringen zu können. Die junge Frau würde sich dafür vor dem Rat verantworten müssen, doch Ge'taro hatte gesagt, dass sie wohl auf Milde hoffen durfte, da ihre Entscheidung selbstlos gewesen war. Wenn sich Tino'ta jedoch anschaute, wie sie Kelosa anhimmelte, war sie sich nicht so sicher, dass sie wirklich vollkommen uneigennützig gehandelt hatte.

Am Anfang, nachdem sie aufstehen durfte, hatte Ge'taro, Orman und sie noch darüber geredet, was nun geschehen mochte, doch als die Stunden vergingen und aus Stunden Tage wurden, hatten sie sich zurückgezogen, und jeder hatte für sich, auf seine eigene Art, gewartet. Kelosa war noch nicht voll ansprechbar und Ge'taro war seit Tagen wie vom Erdboden verschwunden. Vermutlich war er in die Stadt gegangen.

Tino'ta erreichte das obere Ende der engen Treppe und trat zur Brüstung des Balkons, möglichst weit von dem schweigenden Orman entfernt. Die Luft war schwül und ein Hauch von Schwefel war allgegenwärtig. Tief unter ihr erstreckte sich der Krater, der das eigentliche Herz der großen Orkstadt bildete. Am Grunde des Schlundes herrschte immerwährender Nebel. Kein Ork wusste, was dort unten wirklich war. Einige munkelten, dass es die direkte Verbindung in den Karakul sei.

Hunderte von Terrassen und in den Fels gehauene Höhlen zogen sich an den Felswänden hinauf, verbunden durch zahllose Hängebrücken. Die größte dieser Brücken verband den Turm, auf dem sie sich nun befand, mit dem Rand des Kraters. Dieser Turm, der sich wie eine riesige Felsnadel aus der Mitte des Kraters erhob, beherbergte in seiner Spitze das Herz des Orkreiches, das große Ratszelt, in dem der Ältestenrat tagte.

Tino'tas Blick glitt an der Flanke des Turms entlang. Neben unzähligen Fenstern und kleineren Balkonen waren die großen Plattformen, von denen die Flugbestien starteten, die auffälligste Erscheinung.

Auf einer dieser Plattformen sind wir angekommen, dachte sie. Offensichtlich war ihre Flugbestie dem Leittier gefolgt und war auch brav eigenständig gelandet. Das schien nichts Ungewöhnliches zu sein, denn bei schweren Transporten, so hatte Ge'taro ihr erzählt, setzten die Wolkenreiter gerne nur einen Reiter ein, dem die Tiere mit der Last dann folgten. Aber sie konnte sich nicht mehr daran erinnern. Der ganze Flug kam ihr wie ein einziger Traum vor, der mit dem Aufwachen verblasste. Ge'taro hatte ihr erzählt, dass er gebangt hatte, sie könne aus dem Sattel fallen. Erst als man sie aus dem Sattel ziehen wollte, habe man festgestellt, dass sie sich selbst daran festgebunden hatte.

Also habe ich gewusst, dass ich das Bewusstsein verlieren könnte, dachte Tino'ta. Es gab also doch so was wie wache Momente. Tino'tas Herz wurde schwer. Was mochte aus Na'tarva geworden sein? War das treue Tier noch am Leben? Emuils hatten ein gutes Orientierungsvermögen, vielleicht würde sie an einen Ort zurückkehren, den sie kannte.

Sie beobachtete, wie sich eine der wuchtigen Bestien bis zum Rande einer der Plattformen vorantastete, um sich dann in die Tiefe fallen zu lassen. Tino'ta beugte sich über die Brüstung und blickte dem Wesen nach. Warme Luft blies ihr ins Gesicht. Diese Wärme, die dem schachtartigen Krater und unzähligen heißen Quellen im Umland entstieg, gab dieser Stadt das Leben und ermöglichte es, auch im Winter hier zu verbleiben. Doch war der Raum begrenzt und nur einer ausgewählten Anzahl von Orks war das Überwintern gestattet. Darunter fielen vor allem die Alten und solche, die zum Wandern zu krank oder schwach waren. Die Hitze half aber ebenso den Flugbestien beim Aufstieg, denn nun erhob sich das riesige Tier mit gewaltigen Flügelschlägen. Getragen vom Strom heißer Luft schraubte es sich in die Höhe und verließ den Krater in südlicher Richtung. Wenig später war es über dem nahe gelegenen Felskamm verschwunden. Tino'ta blieb noch eine Weile stehen und beobachtete ein anderes, viel kleineres Tier, das direkt auf die Turmspitze mit dem großen Ratszelt zuflog. Fast schien es, als würde die Flugbestie gegen den Turm prallen, doch dann machte sie über einer kleinen Plattform, dicht bei dem Balkon, auf dem die junge Orkjägerin stand, kehrt und flog wieder davon. Aus dem Augenwinkel konnte Tino'ta gerade noch erkennen, dass der Reiter ein kleines Objekt abwarf, bevor er sein Tier herumriss. Rasche Schritte erklangen aus Richtung der Plattform und entfernten sich schnell.

Tino'ta warf einen Blick auf Orman. Der Mensch war ihr ein Rätsel. Die anfängliche Freundlichkeit und Offenheit zwischen ihnen war einer Mauer des Schweigens gewichen. Und je mehr er sich zurückzog, desto stärker wurde der Wunsch in Tino'ta, diese Mauer zu durchbrechen. Und dafür hasste sie sich. Warum sehnte sie sich nach seinen Worten und seiner Aufmerksamkeit, wenn sie doch wusste, dass er bei seiner geliebten Osarek-Schlange weilte? Prinzessin Evana! Pah! Wenn diese wenigstens ein verweichlichtes Mädchen wäre, aber nein, sie war auch noch eine passable Kriegerin. Was sollte Tino'ta dem entgegensetzen? Sie war nur eine einfache Orkjägerin und er liebte eine Prinzessin. Natürlich sah er sie nicht. Sein Herz weilte in der Ferne. Und doch hatte sie das Gefühl gehabt, dass er sie mochte, dass da eine gewisse Magie zwischen ihnen existierte.

Tino'ta seufze und startete ihre Runde erneut.

»Hauptmann Orman?« Der Angesprochene drehte sich langsam um. Ein Ork im fortgeschrittenem Alter stand vor ihm und zeigte mit der Hand auf die breite Treppe, die vom Balkon zum Ratssaal hinaufführte. Die Tür, die die ganze Zeit, während sie darauf hofften, vor den Rat gelassen zu werden, verschlossen war, stand nun offen. »Ihr werdet jetzt erwartet.«

Orman nickte dem Mann zu. Er richtete seine Kleidung und nicht zum ersten Mal, seit er in den Gästequartieren der Orks war, bereute er, dass er keine Wechselkleidung dabei hatte. Doch sein Gepäck war auf der Flucht zurückgeblieben. Am ersten Tag hatte man ihm einfache Orkkleidung gebracht, in der er sich jedoch unwohl fühlte. Als sie ihm dann gestern seine Kleidung gewaschen und geflickt zurückbrachten, hatte das seine Stimmung schlagartig verbessert. Doch bei allen Mühen, die seine Gastgeber sich mit der Kleidung gegeben hatten, so war sie doch immer noch vom Kampf gezeichnet. Die Schnitte waren genäht und die Blutflecken verblasst, doch das Gefühl, das damit verbunden war, konnte nicht herausgewaschen werden.

Orman ging, ohne Eile zu zeigen, auf die Treppe zu. Die Ungeduld in seinem Inneren brandete gegen die Ruhe, die er nach außen zur Schau trug. All die Tage des Wartens und endlich wurde er zum Rat vorgelassen. Er hatte sich in dieser Zeit seine Worte sehr genau überlegt und war sich sicher, dass er dem Rat Hilfe abringen konnte, wenn er erst vor diesem sprechen durfte. Bedächtig sah er sich um, während er die Treppe hinaufstieg. Wo waren die anderen? Der Einzige, der bisher vor dem Rat hatte reden dürfen, war der alte Ork Ge'taro gewesen, und der war seither nicht mehr bei den Wartenden aufgetaucht. Eigentlich hatte Orman gehofft, dass der Rat ihn direkt, nachdem Ge'taro Bericht erstattet hatte, zu sich rufen würde. Weiter hinter sich hörte er Schritte und erblickte Kelosa, der, auf Tino'tas Arm gestützt, hinter ihm die

Stufen hinaufstieg. Also wollte der Rat sie alle sehen. Das konnte auch bedeuten, dass man ihm gar nicht gestattete zu reden, sondern dass ihnen einfach nur die Entscheidung des Rates mitgeteilt wurde. Er blieb stehen, um den beiden anderen zu ermöglichen zu ihm aufzuholen. Er reihte sich an Kelosas freier Seite ein und stützte den Ork beim Laufen. Gemeinsam schritten sie weiter die breite Treppe hinauf. Die große Tür an deren Ende stand offen. Zwei Orkwachen flankierten sie.

Als sie die letzte Stufe erreichte, blieben die drei einen Moment stehen und sahen sich an. Dann betraten sie gemeinsam den großen Ratssaal.

***

Dies war das erste Mal, dass Tino'ta vor den Rat trat. Neugierig sah sie sich in dem Saal um, der eigentlich ein großes, rundes, zu den Seiten offenes Zelt war. Aufgerollte Stoffplanen, die über den Öffnungen angebracht waren, boten die Möglichkeit, das Zelt im Winter zu schließen. Hier oben herrschte ein beständiger Luftzug. Der Schwefelgeruch war im Ratszelt nicht so stark ausgeprägt, was jedoch auch an der Tatsache lag, dass die großen, ovalen Kohlebecken, deren Inhalt schwach glimmte, einen schweren, süßlichen Geruch absonderten.

Die Treppe, über die sie eingetreten waren, war eine von vier Zugangstreppen. Sie endete am Rand des inneren Kreises, direkt unter der Tribüne, die den Saal umfasste. Auf dieser Tribüne befanden sich fünf ansteigende Sitzreihen, nur unterbrochen von den acht Treppen, die zum Rand des Saales hinaufführten. Den drei Ankömmlingen direkt gegenüber befand sich die Loge der elf Ratssitzenden. Hunderte von Orks fanden bei Bedarf Platz auf den Sitzreihen des Ratszeltes. Doch heute war dieses fast leer. Außer den Ratsmitgliedern flankierten nur ein halbes Dutzend Wachen die Tribünen. Vor der Loge stand Ge'taro und wartete auf die Neuankömmlinge. Seite an Seite schritten die drei auf die Loge zu. Kaum waren sie zum Stehen gekommen, da erhob sich einer der Ratssitzenden.

»Orman, Hauptmann aus Gisreth!«, seine Stimme war hoch und brüchig. Sein Kopf war vollkommen kahl und seine Haut hatte einen fahlen Ton angenommen. Seine verknöcherten Stirntätowierungen und die hervorstehenden Knochen unter pergamentartiger Haut gaben ihm ein statuenhaftes Erscheinen. »Der Rat hat beschlossen, Euch nicht anzuhören.«

Ormans Augen weiteten sich vor Überraschung.

»Die Stimme eines Hauptmanns hat, wenn wir richtig informiert sind, nicht viel Gewicht in Eurer Heimat«, fuhr der Alte fort. »Doch Ihr habt einen weiten Weg hierher zurückgelegt. Auch habt Ihr Mut bewiesen und Loyalität denen gegenüber, die Ihr begleitet habt. Und so wollen wir Euch die Chance geben, uns kurz darzulegen, weshalb wir Euch dennoch anhören sollten.«

Tino'ta warf Orman einen abschätzenden Blick zu, als dieser einen Schritt vortrat und zu sprechen begann.

»Ihr habt recht, was das Wort eines Hauptmanns anbetrifft. Doch ich will hier nicht als Hauptmann sprechen. Ich spreche hier als Orman Osarek, Prinz der Blauen Lande, Herzog der

Der Traum der Jägerin

Wildküste, Sohn von Fürst Halbah Osarek, dem Herrscher von Gisreth und König der Blauen Lande.«

Es gelang Tino'ta nicht, ihre Überraschung vollkommen zu unterdrücken. Sofort schämte sie sich des leisen Lautes, der ihrer Kehle entwichen war. Rasch schaute sie sich um, um die Reaktion der anderen abzuschätzen: Kelosa zeigte eine Maske der Gleichgültigkeit, auch wenn er vielleicht einfach zu schwach war, um mehr Emotionen zuzulassen. Auf Ge'taros Gesicht zeichnete sich ein wissendes Schmunzeln ab. Woher hatte er es gewusst? Warum hatte er nichts gesagt? Unter den Ratssitzenden war die Neuigkeit gemischt aufgenommen worden. Während die meisten keine Regung zeigten, tuschelten zwei Ratsmitglieder leise miteinander und eine Orkfrau mit schneeweißen Zöpfen war sogar von ihrem Sitz aufgesprungen. Nun setzte sie sich langsam wieder.

Doch Orman schien von all dem nichts zu merken, mit ruhiger Stimme fuhr er fort: »In all den Jahren nach dem großen Krieg, der unsere Rassen fast vollkommen vernichtet und das Land verseucht hat, haben wir gelernt in Frieden zu leben. Auch wenn wir uns nicht immer verstehen, so haben wir uns doch gegenseitig respektiert. Und nun versucht jemand, diesen Frieden zu zerstören. Ich vermute, Ge'taro hat Euch über das berichtet, was wir gemeinsam herausgefunden haben. Wir wissen, dass es nicht Euer Volk war, das unsere Farmen überfallen und die Siedler ermordet hat und es waren auch nicht die Menschen, die Eure Wagen verbrannt und ihre Bewohner gemeuchelt haben. Dennoch bin ich mir sicher, dass unter den Mörder sowohl Orks als auch Menschen zu finden sind. Es gibt immer jene, die im Krieg ihre Zukunft sehen und die nur allzu schnell bereit sind, den Frieden für ihre eigenen

Ziele zu opfern. Doch für uns ist es wichtig, diejenigen zu finden, die hinter der Sache stecken. Nur wenn wir den oder die Drahtzieher zur Strecke bringen, werden unsere Völker wieder unbehelligt leben können. Und deshalb bitte ich Euch um Hilfe.«

Die Orkfrau, die eben aufgesprungen war, erhob sich nun erneut, wenn auch mit bedächtiger Würde.

»Warum sollten wir Euch vertrauen? Vielleicht steckten ja doch die Menschen hinter der Verschwörung und Euer Auftauchen hier dient nur dazu, uns in Sicherheit zu wiegen, während ihr ungehindert unsere Länder überfallt.«

»Das Haus Osarek will Frieden. Mein Vater steht für eine gute Beziehung zu den Orks«, sagte Orman.

»Dann hat er wohl seine Meinung geändert«, erwiderte die Ratssitzende.

»Wie meint ihr das?«

»Wir haben in den letzten Tagen unsere eigenen Nachforschungen angestellt und Kundschafter ausgesendet.« Sie wartete einige Atemzüge, bevor sie weiterredete. »Ein geflügelter Bote hat uns vorhin die Nachricht gebracht, dass das Heer der Menschen vor drei Tagen aus Gisreth ausgerückt ist. Der Fluss ist voll mit Euren Schiffen. Euer Vater zieht gegen uns in den Krieg.«

Tino'ta konnte die Überraschung in Ormans Augen sehen und auch Ge'taro wirkte erschreckt. Eine Bewegung am Rande ihres Wahrnehmungsfeldes ließ sie den Kopf wenden. Fast unbemerkt waren die Wachen nähergetreten.

»Es ist wohl eine glückliche Fügung für uns, dass ihr hierhergekommen seid«, sagte der Ork mit der hohen Stimme. »Euer Vater wird es sich zweimal überlegen, uns anzugreifen,

Der Traum der Jägerin

wenn ihr bei uns weilt. Bitte seht euch für die nächste Zeit als unseren Gast!«

»Ihr kennt meinen Vater nicht«, erwiderte Orman. »Es wird ihn nicht aufhalten, im Gegenteil, es könnte ihn in seinem Tun bestärken. Ich muss mit ihm reden. Ich weiß nicht, was ihn bewogen hat, das Heer gegen euch auszusenden, aber es muss gestoppt werden. Lasst mich zu ihm reisen. Lasst es mich versuchen.«

»Orman Osarek«, sagte die weißhaarige Ratsfrau, »verzeiht uns, wenn wir Euch nicht trauen. Alle Zeichen sprechen gegen Euch. Wenn Euer Vater den Krieg will, wird er ihn bekommen. Noch bevor die Sonne untergeht, werden die geflügelten Boten die Kunde zu allen Sippen tragen. Der Sturm, den die Menschen heraufbeschworen haben, ist nicht mehr aufzuhalten. Und er wird sie hinwegfegen.«

Die Wachen führten Orman aus dem Saal. Noch immer stand Tino'ta am selben Fleck und blickte ihm nach. Der Krieg hatte begonnen. Es gab so viel, über das sie hätte nachdenken oder über das sie sich hätte sorgen sollen. Doch das Einzige, an das sie denken konnte, war: Wenn Orman der Sohn von Fürst Osarek war, dann bedeutete das, dass er und Evana Geschwister waren. Es war also die Sorge eines Bruders, die aus ihm gesprochen hatte und nicht die eines Liebenden.

Noch immer war er der Prinz und sie die Jägerin. Doch auf einmal schien alles möglich.

J.R. Kron

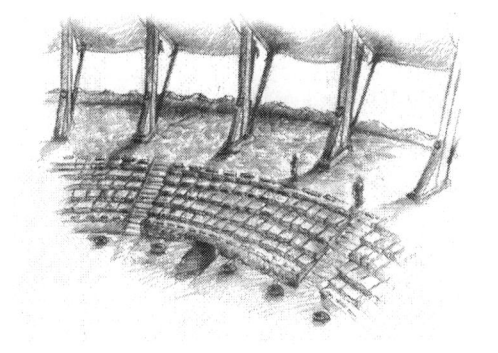

Der Traum der Jägerin

Epilog

Ardon blickte den Hügel hinab. Tief unter ihm lag der Fluss. Die untergehende Sonne reflektierte sich auf den Wellen des Parzevals. Der große Strom schien in Flammen zu stehen. Der Novize sog die frische Luft tief in seine Lungen. Der Geruch von Herbstlaub und Pilzen, der vom nahegelegenen Waldrand herüberwehte, erinnerte ihn an seine Kindheit. Auch wenn die Zeit im Waisenhaus des Ordens nicht einfach gewesen war, so vermisste er doch die Regeln und die Gewissheit eines festen Tagesablaufes. Jede Minute war durchgeplant gewesen. Auch danach hatte er versucht, sein Tage in reglementierten Bahnen zu planen und zu durchleben. Was für ein Unterschied zu dem Chaos, in dem er sich nun bewegte. Seit dem Abend des Überfalls auf das königliche Lager entglitt ihm sein Leben immer mehr. Alles, was er geplant hatte, löste sich in seinen Fingern auf wie Rauch im Wind. Er hatte Laszan gewarnt, dass man dem Elfen nicht trauen durfte. Er war kein Mann, der zu seinem Wort stand. Nein, dachte Ardon, das stimmt nicht so ganz. Er stand schon zu dem, was er gesagt hatte, er fand nur Möglichkeiten und Wege, sich um das Abgemachte herumzuwinden, die einen Advokaten hätten erbleichen lassen. Und er hatte eine sehr kreative Art, mit moralischen und gesellschaftlichen Regeln umzugehen. Auch wenn Vehstrihn selbst der Meinung war, dass er sich vollkommen innerhalb ihrer Vereinbarungen bewegte, so waren die Taten des Elfen für Ardon eindeutig Verrat. Schon allein die Tatsache, dass er ihn nicht frei gehen ließ, war eine Unverschämtheit. Oh, er war kein Gefangener im eigentlichen Sinne. Er trug keine Fesseln und war auch nicht eingesperrt. Aber Vehstrihn hatte ohne jeden Zweifel durchblicken lassen, dass jeder, der ohne seine ausdrückliche Erlaubnis die Truppe verließ, es unter Schmerzen bereuen würde. Und bei diesen Worten hatte er Ardon direkt angesehen. Natürlich hätte er sich widersetzen und im offenen Kampf einige der Söldner vernichten können, bevor sie auch nur begriffen hätten, was ihnen geschah. Vehstrihn wusste das. Ardon hatte seine Macht in der Nacht des Überfalls gebührend demonstriert. Doch der Elf wusste auch, dass er etwas besaß, dessen Verlust Ardon niemals zulassen würde.

Wenn sie Gisreth erreichten, würde er mit Laszan darüber reden müssen, doch er war sich sicher, dass der alte Priester das nur mit einem Lächeln abtun würde. Manche Preise mussten gezahlt werden, um das erstrebte Ziel zu erreichen. Der Elf war wie ein zügelloses Pferd, dem man seine Freiheit lassen musste, bis man ihn brauchte. Und dass er ein wildes Tier war, hatte er an diesem Abend zur Genüge bewiesen. Der Auftrag, den er von Laszan bekommen hatte, war abgeschlossen. Es gab keinen Grund mehr, mit dem Morden fortzufahren, und doch hatte Vehstrihn seine Gelüste an den Bewohnern des Hofes ausgelassen.

Ardon drehte sich um und blickte zu dem Gehöft zurück, das malerisch zwischen zwei Hügeln lag. Von hier aus konnte er das Grauen nicht sehen. Und auch nicht riechen; der Wind blies gnädig zu den Gebäuden hin. Die Schreie der Sterbenden waren vor geraumer Zeit verklungen. Doch in Ardons Ohren hallte das Echo ihres Sterbens noch immer nach. Und ebenso konnte er ihre Körper sehen, wie sie sich vor Schmerzen wanden.

Der Traum der Jägerin

Unser Werkzeug entgleitet uns, dachte Ardon. Unser Ziel mag edel sein, aber vielleicht wandeln wir auf den falschen Pfaden.

Sie ist tot, dachte Vehstrihn. Das war schade, denn es geschah viel zu früh. Sein Blick glitt noch einmal über den Körper der Orkfrau, der vor ihm an die Holzwand genagelt war. Er schüttelte bedauernd den Kopf und wischte sich die blutigen Hände im Gras ab. Die Grenzländer waren zähe Kreaturen, doch sie wussten auch, wenn sie verloren hatten. Und dann starben sie viel zu schnell. Da waren die Städter anders, sie klammerten sich an ihr erbärmliches Leben. Je höher ihre Stellung, je dicker ihre Börse, umso länger jammerten sie um ihr Leben. Die Armen, die Ausgestoßenen und die Hoffnungslosen kämpften kurz und verbissen, dann war es vorbei. Resignation konnte fastgenau so schnell töten wie ein gutes Gift. Hier war es so gewesen. An sich war es ja schon unverständlich, dass der Bauer nicht von alleine gestorben war. Sein Hof war ärmlich, seine Tiere abgemagert und der winzige, karge Boden, den er bestellte, brachte nur wenige, klägliche Pflanzen hervor. Er hätte sich als Holzfäller verdingen können, doch das hätten die Orks wohl nicht zugelassen. Es war schon erstaunlich genug, dass sie einigen Menschen erlaubten, auf ihrer Seite des Flusses zu siedeln. Aber vielleicht waren diese Menschen für sie nicht wichtig genug, um sie zu vertreiben. Der Bauer hatte nicht nur auf der falschen Seite des Flusses gesiedelt, er hatte obendrein eine Orkfrau zum Weibe genommen und drei vollkommen verhungerte Bälger gezeugt. Die mickrigen Steinhaufen hinter dem Haus wiesen darauf hin, dass er es sogar öfters versucht hatte. Sie zu töten hatte nicht viel Spaß gemacht. Störrisch sein und nicht jammern, dann ein wenig zappeln und mit viel Glück auch ein bisschen schreien. Nichts, was seinem Anspruch gerecht wurde. Der Mann hatte aufgegeben, als er gesehen hatte, was mit seiner Brut geschah. Da war die Frau noch interessanter gewesen. Sie hatte den alten Biss, der den Orks innewohnte, noch nicht vollkommen verloren. Nun, wie dem auch sein, es war vorbei.

Vehstrihn erhob sich und schlenderte zu dem kleinen Brunnen hinüber, der sich zwischen dem Wohnhaus und dem Stall befand. Einer seiner Männer eilte herbei und betätigte den Schwengel, als Vehstrihn die Hände ausstreckte.

Ja, dachte er, hier sind wir fertig. Er freute sich schon auf Gisreth. Dort hatten die Menschen wenigstens Kultur. Kultur im Leben. Und, was noch wichtiger war, Kultur im Sterben.

Mohv blickte zu seinem Bruder, der sich am Brunnen die Hände wusch. Manchmal verstand er ihn nicht. Vehs war ein guter Stratege, aber seine Unart, sich mit hilflosen Gefangenen einen Spaß zu machen, war ihm unverständlich. Einen Feind im Kampf zu töten war ein gutes Gefühl. Mohv hatte auch kein Problem einen Gefangenen oder eine erbeutete Frau, die ihren Zweck erfüllt hatte, zu töten. Aber dann sollte es schnell gehen. Nun, vielleicht nicht zu schnell, aber sich mehrere Stunden mit einem Opfer zu beschäftigen, bis von dessen Körper nichts mehr als eine sich windende Larve übrig war, musste nicht sein. Und gerade hier verstand er es nicht: die Orkfrau hatte ganz passabel ausgesehen; die Männer und auch er hätten sich gefreut, wenn sie den Trupp eine gewisse Zeit begleitet hätte. Aber Vehs hatte andere Pläne und niemand wagte es, sich ihm entgegenzustellen. Außer dem Schönling von Priester vielleicht, doch auch auf diesen hörte Vehs nicht.

Umso erstaunlicher war, dass Vehs vor einigen Tagen die Kräuterfrau, Gudrun, angeschleppt und nicht einmal angerührt hatte. Die Frau konnte gut mit ihren Kräutern umgehen, das musste Mohv sich eingestehen und gerade nach dem Kampf gegen die Bestienreiter waren ihre Künste ein Segen gewesen. Die kleine Salasha hatte es böse im Gesicht erwischt. Eine Schande, Mohv hatte ihr Gesicht gemocht. Aber noch mehr mochte er ihren Körper, und der war, den Verdammten der Ebenen sei Dank, vollkommen heil geblieben. Gudruns Kräuter taten ihre Wirkung und der Schnitt im Gesicht von Salasha war nicht geeitert, aber sie war noch für einige Tage nicht einsatzfähig. Sie konnte ja nicht einmal alleine essen, das musste Gudrun ihr mit einem Strohhalm eintrichtern. Es gab noch etwas, warum es seiner Meinung nach gut war, dass Vehs die Menschenfrau mitgebracht hatte. Solange Salasha krank war, konnte Gudrun ihren Platz in den Nächten einnehmen, denn Mohv mochte es gar nicht, wenn es ihm nachts kalt wurde.

Er räkelte sich auf dem Strohballen, auf dem er sich niedergelassen hatte, und blickte ins Innere der Scheune, wo Gudrun gerade die Verbände der Elfe wechselte. Er schenkte ihr ein anzügliches Grinsen. Sollte sie doch froh sein, dass er sie für den Moment auserkoren hatte, dann blieben ihr wenigstens die Anderen vom Leib. Lange konnte es nicht mehr dauern, bis Salasha wieder gesund war, höchstens eine oder zwei Wochen. Um diese Zeit dürften sie auch Gisreth erreicht haben. Was dann mit Gudrun geschah, lag in den Händen der Verdammten.

Gudrun hatte aufgehört zu weinen. Schon vor Tagen. Am Anfang hatte sie vor Wut geweint, ob ihrer eigenen Hilflosigkeit. Dann, in den Nächten, kamen die Tränen von ganz alleine. Ich darf nicht weinen, hatte sie sich immer wieder gesagt, doch es half nichts. Es mochte ein Zeichen von Schwäche sein, doch egal wie sie es drehte oder wendete, sie war momentan schwach. Sie war nicht Herr ihrer Entscheidung. Der Elf hatte sie zur Sklavin gemacht. In den ersten Tagen war ihr Wille immer wieder aus der Unterdrückung hervorgebrochen und jedes Mal hatte sie es bereut. Die Striemen, die ihren Leib bedeckten, waren ein Zeichen dafür, dass dieser Wille ihr bei der Bande nichts nützte. Doch die oberflächlichen Narben waren nichts gegen die, die auf ihrer Seele zurückblieben. Am Tag hieß es still sein, folgen und gelegentlich eine Wunde verarzten. Doch wenn es Nacht wurde, begannen die eigentlichen Demütigungen. Am Anfang war sie Freiwild gewesen und der Versuch, sich zu wehren, hatte zu einer überaus schmerzhaften Bekanntschaft zwischen ihren Füßen und einem Lagerfeuer geführt. Seitdem ließ sie es über sich ergehen. An dem Tag, als Mohv von seinem erfolglosen Beutezug zurückgekehrt war, hatten sich die Dinge geändert. Nun musste sie als Ersatz für seine Gespielin Salasha herhalten. Abgesehen von der Schmach, war es eine Verbesserung ihrer Lage. Denn nun ließen die Männer ihre Finger von ihr. Und Mohv, wie hässliche er auch sein mochte, war weitaus zärtlicher als sie es vermutet hatte. Und sie ertappte sich dabei, dass sie ihm dankbar war. Diese Nächte mit Mohv waren die ersten, in denen sie schlafen konnte und dabei empfand sie eine Art von

Der Traum der Jägerin

Geborgenheit, für die sie sich innerlich schämte. Und doch sehnte sie schon jetzt die Nacht herbei und damit den Schutz seiner Arme, abseits der Meute.

Trotz all dem hatte sie die Hoffnung auf Flucht nicht aufgegeben. Nur hatte sich bisher noch keine Gelegenheit geboten. Und wenn sie entkam, dann würde sie genug Informationen mitnehmen, um Vehstrihn und seinen Auftraggebern für immer das Handwerk zu legen. Denn noch einen Vorteil hatten die Nächte mit Mohv: Er redete gerne.

Was ihr jedoch Sorge bereitete, war Salasha. Die Elfe betrachtete Gudruns Rolle in Mohv Liebesleben mit einer Eifersucht, die Gudrun Angst einflößte. Noch war sie zu schwach. Die Wunde hatte sich nicht entzündet, aber die Kräuter und Drogen, die ihr die Schmerzen nehmen sollten, nahmen ihr auch die Kraft. Und Gudrun würde dafür sorgen, dass dies auch noch einige Zeit so blieb, selbst wenn das Risiko groß war, dass sie Salasha in eine nicht umkehrbare Sucht trieb. Dennoch wuchs mit jedem Tag der Hass in dem verbliebenen Auge der Elfe. Und in diesem Hass lag ein Versprechen, dass Gudrun das Blut in den Adern gefrieren ließ.

Grau und schwer lag der Regen über Gisreth. Seit Tagen waren die Temperaturen gefallen. Das Leben auf den Straßen schien erstorben zu sein. In so einer Nacht blieben die Menschen zuhause.

Laszan wandte sich vom Fenster ab. Das unangenehme Herbstwetter steigerte den Wert einer gemütliche Stube und eines wärmendes Kaminfeuer erheblich. Das monotone Knistern und der Geruch von brennenden Scheiten strahlte etwas Heimeliges aus. Ohne Hast ging der Priester zu seinem Schreibtisch. In den letzten Tagen hatte er ein paar Briefe abgesendet, die nun ihre Empfänger erreicht haben sollten. Neben dem schleimtriefenden Schreiben an den frisch gekrönten König von Geronvalde, dessen Familie seit Jahren einen neidvollen Hass gegen das Haus Osarek hegte, lag ihm ein Schriftstück besonders am Herzen, dessen Empfänger im hohen Norden zu finden war. Briefe ins Orkland zu senden war schon immer eine heikle Sache gewesen, doch dieses Schreiben war sowohl von seiner Brisanz als auch in Bezug auf seinen Empfänger etwas Einzigartiges. Und es würde ein Problem aus der Welt schaffen, bevor es zu einem werden konnte. Zwar war Prinz Orman vorläufig außer Gefecht gesetzt, doch man konnte nie wissen, ob sich nicht doch ein Ohr fand, das ihm Gehör schenkte. Besser war es, ihn für immer zum Schweigen zu bringen. Das dritte Schreiben war direkt an Fürst Osarek gegangen. Es enthielt, in vorauseilender Gewissheit, Laszans Bedauern über die Hinrichtung seines Sohns auf Befehl des Orkrates. Zur gleichen Zeit breiteten sich einige wohlvorbereitete Gerüchte in den Straßen von Gisreth aus.

Laszan blieb vor dem schweren Schreibtisch stehen, der mit filigranen Zeichnungen und Karten bedeckten war. Die alten Dokumente, die den Händen längst verstorbener Elfen-Gelehrter entstammten, ließen die Sehnsucht in seinem Herzen aufflammen. Fast liebevoll glitten seine Finger über die Skizze eines augenförmigen Kunstwerkes.

»All die Jahrhunderte lagst du in der Kälte deines Grabes«, flüsterte er fast unhörbar in die Stille des Raumes, »und nun bist du zum Greifen nah.«

Der Traum der Jägerin

Tino'ta hockte, die Beine verschränkt, auf dem winzigen Balkon, der zu ihrer neuen Unterkunft gehörte. Vor ihr, im Schein Nezubas, lag der Turm. Von hier aus konnte sie die Gästequartiere sehen, in denen sie die ersten Tage nach ihrer Ankunft verbracht hatte. Nachdem der Rat Orman verhaften ließ, war alles anders geworden. Sie mussten den Turm verlassen und sich eine vorübergehende Unterkunft suchen. Wenn die Zeit gekommen und Kelosa wieder vollkommen genesen war, würden sie heimkehren zu ihrer Sippe. Sie schloss die Augen und lehnte sich zurück. Die Geräusche von den Wohnhöhlen, die fernen Stimmen, das leise Krächzen der Flugbestien und das immerwährende Säuseln des Windes über dem Kraterschlund beruhigten sie. Die warme Steinwand in ihrem Rücken gab ihr ein Gefühl von Halt; einem Halt, den sie in der letzten Zeit verloren hatte. Alles war falsch gelaufen. Von dem Moment an, als sie die zerstörten Wagen gefunden hatten, hatte sie eine falsche Entscheidung nach der anderen getroffen. Das würde jetzt aufhören. Als Erstes, so beschloss sie, würde sie mit Ge'taro reden, wenn er heute Abend zurückkehrte. Der alte Ork, so schien es ihr, war emsig mit irgendwelchen Besuchen bei alten Freunden beschäftigt. Doch heute Abend würde er ihr zuhören. Der Zeitpunkt war gekommen, dass sie ihm von der Prophezeiung erzählte. Wenn sie selbst nicht in der Lage war, das Ding zu deuten, dann würde er es vielleicht können. Der Kampf am Wolkenreiterstützpunkt konnte unmöglich ein Teil davon gewesen sein. Dafür war er viel zu unwichtig. Eine Prophezeiung bezog sich normalerweise auf größere, wichtigere Ereignisse. Und der Krieg, der gerade begonnen hatte, war so ein Ereignis. Tod und Zerstörerin, das hörte sich wirklich nach etwas an, das zu einem Krieg passte. Aber was für Entscheidungen das auch immer sein mochten, die sie zu treffen hatte, noch lagen sie in ferner Zukunft.

Tino'ta war sich sicher, dass der Rat mit der Verhaftung von Orman einen Fehler gemacht hatte. Er hatte recht gehabt, als er sagte, dass er mit seinem Vater reden musste. Dieser Krieg musste beendet werden, bevor es zu spät war. Aber um das zu erreichen, musste sie ihn erst einmal befreien. Alleine würde sie das nicht schaffen. Dafür brauchte sie die Hilfe ihrer Freunde. Und selbst wenn er frei war, mussten sie immer noch die Stadt verlassen, was gar nicht so einfach war. Aus Malak'tin Shuda't spazierte man nicht einfach so heraus. Die Stadt lag mitten im Gebirge. Im Winter waren die Passstraßen unpassierbar und der erste Schnee war hier oben nicht mehr fern. Der einzige andere Weg führte durch die Luft. Sie brauchten einen guten Plan.

Und dann, wenn erledigt war, was getan werden musste, würde sie endlich mit Orman reden. Sie würde mit ihm über etwas reden, über das sie noch nie zuvor gesprochen hatte: über Gefühle.

Ausgeschaltet! Zum Schweigen verdammt. Orman erhob sich von den Decken, die seine Lagerstatt bildeten. Er konnte einfach nicht länger als ein paar Minuten ruhig liegen bleiben. Er wusste, dass er nichts tun konnte, doch die Untätigkeit machte ihn ruhelos.

Sein ‚Gefängnis' glich dem Gästequartier, in dem er die Zeit vor seiner Verhaftung verbracht hatte, fast aufs Haar, nur dass es etliche Stockwerke tiefer im Turm gelegen war. Die Luft

Der Traum der Jägerin

war heiß, feucht und stickig. Der Schwefelbrodem war fast unerträglich. Der Blick aus dem Fenster zeigte ihm, dass er sich weit unterhalb der Wohnquartiere befand, die in die Wände des schachtartigen Kraters eingelassen waren. Zwar gab es in der Höhe seines Quartiers noch immer unzählige Höhlen, diese wurden aber offensichtlich nur als Lager oder Abstellräume gebraucht. Auch gab es so tief unten keine Hängebrücken mehr und somit auch keine Möglichkeit, vom Turm zur Kraterwand zu gelangen. Die einzigen Verbindungen zwischen den Lagerhöhlen bestanden aus schmalen Graten, Hängeleitern und Seilzügen. Im Inneren des Turmes, das wusste Orman von seinem Weg hier herunter, gab es jedoch ein Labyrinth aus Treppen und Tunneln. Mehr als ein Mal hatte er sich gefragt, warum ihn die Orks nicht eine Zelle im Inneren des Turmes gesteckt hatte, anstatt ihn in einem Raum mit einem offenen Fenster unterzubringen. Die einzige Antwort, die ihm dazu einfiel, war erschreckend einfach: Sie hofften, dass er sich aus dem Fenster in die Tiefe stürzte.

Orman drehte dem Fenster den Rücken zu und schickte sich an, zu seinem Lager zurückzukehren. Plötzlich schien die Luft dicker zu werden. Das Licht, das von den beiden Lampen an der Wand ausging, verblasste. Es war nicht so, dass sie ausgingen, eher legte sich eine fast substanzartige Finsternis über den Raum. Sekunden später konnte er kaum noch seine Hand vor den Augen erkennen. Die Lampen waren nichts weiter als fahle Punkte in der Ferne, die nicht die Kraft hatten, ihre Umgebung zu erhellen. Allein durch das Fenster fiel noch ein matter, rötlicher Schein Mondlicht.

Orman hörte die Tür knarren. Obwohl er nichts sah, wusste er, dass er nicht mehr allein war.

Ich muss vom Fenster weg, dachte er, und schob sich an der Wand lang, hier kann man mich sehen. Egal wer der Besucher war, er hatte bestimmt nichts Freundliches im Sinn. Er schlich weiter rückwärts, sich immer mit der Linken an der Steinwand entlangtastend. Die Rechte hatte er halb erhoben, um sich im Notfall wenigstens ein wenig wehren zu können. Die Orks hatten ihm seine Waffen abgenommen und in dem kargen Raum gab es nichts, was sich als Waffe anbot. Nur die Decken seines Lagers konnten sich vielleicht als Schutz erweisen. Aber dafür hätte er den Raum durchqueren müssen.

Der Angriff kam schnell, wenn auch ohne viel Kraft. Hätte er seinen rechten Arm nicht als Schutz vor sich gehalten, hätte der Dolchstoß ihn wahrscheinlich in die Brust getroffen. So versetzte ihm sein Angreifer nur einen tiefen Schnitt im Unterarm. Gegen Schmerz, Schreck und Reflex ankämpfend, warf sich Orman nach vorn. Er stieß gegen seinen Gegner und riss ihn zu Boden. Der Angreifer war überraschend zierlich. Orman bekam eine dürre Hand mit dem Griff der Waffe zu fassen. Verzweifelt drehte er die Waffe gegen seinen Gegner und drückte zu. Ein dünner Schrei erklang. Erneut wollte Orman zugreifen, doch der Angreifer entwand sich seinem Griff mit ungeheurer Geschicklichkeit. Als er versuchte aufzustehen, traf ihn ein Tritt an der Schläfe. Er stolperte rückwärts und kam unter dem Fenster zum Sitzen. Ein weiterer Tritt traf ihn in die Brust und raubte ihm den Atem. Die Welt um ihn drehte sich. Da war ein Schatten unmittelbar vor ihm. Seine Augen erfassten eine schnelle Bewegung. Etwas raste auf seine Brust zu. Rotes Mondlicht glitzerte auf dem Schwarz der Obsidianklinge.

Der Traum der Jägerin

Unvermittelt erschauerte Tino'ta. Sie fröstelte. Die Geräusche klangen plötzlich kalt und unfreundlich. Das rote Mondlicht Nezubas, das den Turm umflutete, erinnerte sie schlagartig an Blut. Ein Gefühl der Endgültigkeit presste ihre Brust zusammen. Sie atmete tief ein und wieder aus, doch die Beklemmung blieb. Für einen Moment überlegte sie, ob es nicht besser war, sich dem Schicksal zu ergeben und anderen das Handeln zu überlassen. Sie konnte zur Sippe zurückkehren und alles vergessen, was passiert war. Aber würde das funktionieren? Konnte sie ihrer Bestimmung entkommen? Das große Rad des Schicksals war in Bewegung geraten und es würde alles zermalmen, was sie liebte. Konnte sie einfach dabei zusehen? War dies das Ende ihres Kampfes?

Nein, dachte Tino'ta, das war noch nicht das Ende. Es hatte gerade erst begonnen.

J.R. Kron

Wie es weitergeht ...

Im Ratsturm von Malak'tin Shuda't wird die Leiche eines Ratsmitglieds aufgefunden. Misstrauen und Angst erschüttern die Hauptstadt der Orks. Aber wer hat Interesse daran, ein Ratsmitglied zu beseitigen? Als ein weiterer Mord geschieht, wird das Herz des Reiches hermetisch abgeriegelt.

Während Malak'tin Shuda't im Chaos des Umsturzes versinkt, sammeln sich die Armeen der Menschen und Orks in den Grenzlanden zur unvermeidlich erscheinenden Konfrontation.

Die junge Orkjägerin Tino'ta will den Krieg noch verhindern. Doch dazu braucht sie die Hilfe ihrer Freunde. Vor allem jedoch braucht sie Orman Osarek. Doch der Mensch ist in den Tiefen des abgeschotteten Ratsturms eingekerkert. Tino'tas Herz sehnt sich nach Orman, aber sie weiß nicht einmal, ob er noch am Leben ist.

Weit vom Gebirge entfernt bahnt sich ein weiteres Unheil an. Die Zeit der Maskerade ist vorbei. Der graue Priester zeigt sein wahres Gesicht. In Gisreth fällt der Vorhang des Intrigenspiels.

Obsi'tia - Das zweite Zeitalter - »Der Vorhang fällt« wird voraussichtlich im März 2013 erscheinen.

Namen, Orte und Begriffe

Name/Begriff	Beschreibung
Ardon	Novize des Grauen Ordens; Mensch
Der klagende Mann	Felsformation im Orkland
Dunkelward	Zufluss des Parzevals
Emuil	Reitvogel der Orks; nicht flugfähig
Evana Osarek	Tochter von Fürst Osarek; Prinzessin der blauen Lande; Komandantin
Ferk	Rausschmeißer im „Einarmigen Ork"; Mensch
Gandoar	Offizier in Ormans Truppe; Mensch
Ge'taro	alter Orkjäger
Gelon	Knecht; Mensch
Gisreth	Hauptstadt der Blauen Lande; Sitz des Hauses Osarek; ehemalige Elfenstadt
Gudrun	Heilerin aus Kolfurt; Mensch
Gufward	Torwächter in Kolfurt; Mensch
Haneraf	Bauer; Mensch
Hanero	Bauernsohn; Mensch
Kalbert	Komandant der freiwilligen Feuerwehr von Kolfurt; Mensch
Karen'to	Orkjäger aus den Legenden der Orks
Kaste	Neben den Sippen und Klans spielen in der Gesellschaft der Orks die Kasten eine wichtige Rolle. Sie wurden für spezielle Aufgaben gegründet und können autark handeln.

J.R. Kron

Name/Begriff	Beschreibung
Kelosa	Orkjäger
Klan	Jeder Ork gehört einem bestimmten Klan an. Es gibt 11 Klans, deren Anführer im Ältestenrat die wichtigsten Entscheidungen treffen.
Kolfurt	1. Furt über den Parzeval; 2. Stadt, die an der gleichnamigen Furt liegt
K'tor'to	abtrünniger Orkkrieger mit nur einem Ohr
Lacaru Manroah	Späher aus Ormans Truppe; Mensch
Laszan	Hohepriester des Grauen Ordens; Mensch
Fürst Halbah Osarek	König der Blauen Lande; Herrscher von Gisreth; Mensch
Malak'tin Shuda't	tief im Gebirge gelegene Hauptstadt der Orks
Marcus	Torwächter in Kolfurt
Mert Bormomann	Bürgermeister von Kolfurt
Mohvrihn (Mohv)	Ork/Elfen-Mischling; Halbbruder von Vehstrihn
Muhvak-Stier	Große Zugtiere der Orks
Na'tarva	Tino'tas Reitvogel
Niolet	Kämpferin aus Ormans Truppe; Mensch
Oaka-Fluss	Ein großer Strom, Grenzfluss, zwischen dem Orkland und den Blauen Landen der Menschen. Die Menschen nennen ihn Parzeval.

Der Traum der Jägerin

Name/Begriff	Beschreibung
Obsi'tia	1. Orkischer Name für Obsidian; 2. Der Name der Welt in der Sprache der Orks.
Ohmaga	Provinz in den Blauen Landen
Orman	Hauptmann aus Gisreth
Orvak	alter einbeiniger Orklehrer
Parsemo	Orkjäger aus den Legenden der Orks
Parzeval	Ein großer Strom, Grenzfluss, zwischen dem Orkland und den Blauen Landen der Menschen. Die Orks nennen ihn Oaka-Fluss.
Patrar Manroah	Späher aus Ormans Truppe; Mensch
Pavahunde	kleine Aasfresser; hyänenähnlich
Salasha	Söldnerin in Vehstrihns Truppe; Elfe
Schattenlöwen	nachtschwarze listige Löwen
Schlitzer	Söldner in Vehstrihns Truppe; Mensch
Sippe	Als Sippe wird die Gemeinschaft der Orks bezeichnet, die gemeinsam auf Wanderschaft sind.
Tan'tra'to	Orkkrieger
Tarvalok	Ge'taros Reitvogel
Tavl'tak	alter Ork
Tavragebüsch	hochwachsendes Gebüsch mit großen dunklen, farnartigen Blättern
Tino'ta	junge Orkjägerin
Tulka-Pflanzen	heilige Pflanze der Orks, starkes Rauch- und Heilmittel
Vehstrihn	Söldnerführer; Elf
Wolkenreiter	Transportgruppe der Kaste der Lüfte

J.R. Kron

Nachwort zur Obsi'tia Welt

Als ich im Jahre 2004 auf einer Convention Till Haunschild traf, der seine Miniaturenschmiede dort vorstellte, war das der Beginn von „Obsi'tia - Das zweite Zeitalter", obwohl ich das damals noch nicht ahnte. Es war das erste Mal, dass ich mit dem Tabletop „Obsidian - Das dritte Zeitalter" in Kontakt kam. Till gefiel mein Buch „Elbendämmerung" und ich mochte die Obsidianwelt. Schnell hatten wir beschlossen, dass wir zusammenarbeiten wollten. Unser anfänglicher gemeinsamer Ansatz war, Kurzgeschichten für das Spiel zu erstellen, auf die die Spiele-Szenarien aufbauen sollten. Gleich in der ersten Kurzgeschichte mit dem Namen „verbranntes Fleisch" hatte Tino'ta ihren ersten Auftritt. Diese Geschichte ist übrigens in den Szenen, in denen die Orks die zerstörten Wagen finden, eingeflossen. Später kam die Idee auf, dass ich einen Roman als Vorgeschichte des Spieles schreiben könnte; quasi, um die Hintergrundwelt um einige „nachlesbare" Legenden zu erweitern. Also wurde dieser Roman in der

Der Traum der Jägerin

Vergangenheit, im „zweiten Zeitalter", angesiedelt. Aus der Idee für einen Roman reifte rasch die Geschichte für eine Trilogie heran. Und auch der Stoff für die einzelnen Romane wuchs und gedieh, war doch so viel aus der Obsidianwelt zu erzählen. Irgendwann stand ich dann mit dem Plot für drei Romane zu jeweils ca. 1200 bis 1400 Seiten da. Ein Unterfangen, das alleine schon von seiner schieren Größe weder von mir noch von der kleinen Miniaturenschmiede hätte gestemmt werden können. Einen Verlag einzuschalten, gestaltete sich vor allem deswegen schwierig, da ich nicht allein über die Rechte verfügte. Jahre vergingen und das Projekt lag auf Eis.

Erst Anfang 2012 holte ich das Konzept und die schon geschriebenen Kapitel erneut hervor und plötzlich war auch die Lösung zum Greifen nahe. Wir trafen die Entscheidung, jeden der ursprünglichen drei Bände in fünf Taschenbücher zu teilen und statt einer Trilogie eine kleine Serie zu veröffentlichen.

Dieses Buch, „Der Traum der Jägerin", ist der erste Band dieser Serie.

Weitere Bücher von J.R. Kron

Wenn ihnen das Buch Spaß gemacht hat, dann interessieren sie bestimmt auch die folgenden Bücher von J.R. Kron:

Obsi'tia - Das zweite Zeitalter

Band 1: Der Traum der Jägerin
Band 2: Der Vorhang fällt (März 2013)
Band 3: Die Stadt der tausend Wasser (2013)

Weitere Bände sind in Planung.

Diverse Bücher und Geschichten von J.R. Kron

Die dritte Prinzessin
Der Wolf und der Geist
Der Knopf
Totentanz (Kurzgeschichtensammlung)

Voller Spannung sieht Garvin den Aufnahmeritualen des Heerhaufens entgegen, denn in dieser besonderen Nacht soll er zum Mann werden. Doch stattdessen lässt sein Hauptmann ihn zu sich rufen. Als er unerwartet den Auftrag bekommt, die Prinzessin zu beschützen, weiß er noch nicht, dass er zum Spielball einer tödlichen Intrige wird.

»Es wird Blut in den Straßen fließen, merk dir meine Worte.«

Mittelalterliche Krimi-Novelle.

Als Taschenbuch und E-Book erhältlich

Was als harmonisches Wochenende geplant war, endet in einem Trip in den Wahnsinn. Ein unerwarteter Anruf, ein unaufschiebbarer Test und ein Raumjäger, der eigentlich gar nicht fliegen kann, führen auf eine Reise, an deren Ende die eigene Angst steht.

Horror beginnt im eigenen Kopf ...

Science-Fiction Geschichte.

Als Taschenbuch und E-Book erhältlich

Eine Kurzgeschichte von J.R. Kron

Der Wolf und der Geist

Gerbald von Habenstein hat alles verloren: seine Ländereien, seine Ehre und vor allem seine Selbstachtung. Als er sich auf eine Mission begibt, um das Land von dem Schrecken zu befreien, der nachts aus den Sümpfen steigt, muss er erkennen, dass manche Legenden einen tödlichen Kern enthalten.

Mittelalterliche Geschichte.

Als Taschenbuch und E-Book erhältlich

J.R. Kron
Totentanz
Tödliche Kurzgeschichten

Seelen verschmelzen für die Ewigkeit, der Tod verliert seine Bedeutung und die Angst ist ein ständiger Begleiter in den sechs tödlichen Geschichten der Anthologie »Totentanz« von J.R. Kron. Eine verbotene Affäre zwingt die junge Geliebte zu einer unorthodoxen Lösung, ein Gefangener wartet auf sie Sühne, ein Mord im alten Rom zieht seine Fäden bis ins entfernte Germanien, drei Kreuzritter begegnen in den Katakomben der heiligen Stadt ihrem Schicksal, für eine junge Ehefrau birgt die Einsamkeit der Rocky Mountains ungeahnte Gefahren und ein uraltes Fruchtbarkeits-Ritual in einem brennenden Tempel führt die Geschichte zu ihrem Anfang zurück.

Kurzgeschichten Sammlung.

Als Taschenbuch und E-Book erhältlich

Geheimarchiv der Sehnsucht
Wolfgang Kron

Jürgen Reichardt-Kron

Es war ein eisiger Winterabend, als ich das erste Mal das kleine Büchlein mit Aufschrift „Geheimarchiv" in der Hand hielt. Damals ahnte ich noch nicht, was es enthielt, war es doch augenscheinlich, bis auf wenige Notizen, leer. Erst lange Zeit später entdeckte ich sein Geheimnis.

Romantik und Sehnsucht - Verse voller Gefühle, Schwärmerei und Liebespein - sie bilden die Seele dieser Sammlung mit Gedichten meines Vaters.

Gedichte.

Als Taschenbuch und E-Book erhältlich

Über den Autor

J.R. Kron erblickte an einem kalten Februartag 1968 in Frankfurt am Main das Licht der Welt. Seine ersten Lebensjahre verbrachte er in der Mainmetropole, bevor er mit seiner Familie in den Taunus zog. Erste literarische Schritte unternahm er im malerischen Schwarzwald, wo er ein Internat besuchte. Später feierte er kleine Erfolge bei Kurzgeschichtenwettbewerben und mit Veröffentlichungen in Fantasy- und Science-Fiction-Fanzines. 2005 erreichte er mit seinem Fantasy-Roman »Elbendämmerung« den zweiten Platz beim Deutschen Phantastik Preis in der Rubrik »Bestes deutsches Romandebüt«.
Heute lebt er mit seiner Frau in einer verträumten Ortschaft im Taunus.

www.jrkron.de
www.facebook.de/jrkron
@jrkron

Made in the USA
Lexington, KY
08 February 2013